JN009252

Illustration:NAJI yanagida

転生したらドラゴンの卵だった 14

～最強以外目指さねぇ～

猫子 Necoco

ILLUSTRATION NAJI柳田

CHARACTER
ドラゴンエッグ
進化
ベビードラゴン
進化
厄病子竜
進化
厄病竜
進化
ウロボロス
進化
オネイロス〘イルシア〙
本作の主人公。転生したら卵の姿だったものの、必死のLv上げのかいあって順調に進化を遂げ、ついにランクLの頂にたどり着いた。明るく前向きだが、優しすぎる性格が玉に瑕。

ミーア
箱庭にて出会った元勇者兼元魔王。かつて神の声と戦った経験をもつ。
ヘカトンケイル
箱庭からの脱出手段とされる“天穿つ塔”の入り口を守る魔物。
トレント
イルシアに命を与えられた心優しき木偶モンスター。神の声によって箱庭に閉じ込められてしまう。
アロ
イルシアに命を与えられたアンデッドの少女。神の声によって箱庭に閉じ込められてしまう。
神の声
世界を消滅させるためにイルシアたちを戦わせてきた張本人。

これまでのあらすじ

神聖スキルをかけた戦いで
聖女リリクシーラを打ち倒し〔神の声〕と邂逅するも、
彼の逆鱗に触れ〔箱庭《異界》〕に閉じ込められてしまったイルシアたち。
〔箱庭〕は毒気を振りまく歪な巨木の森で満ちており、
目にする魔物はほとんど高ランク。
おまけに毒気の影響で長居すれば特性スキル〔狂神〕によって自我が崩壊してしまう。
そんな過酷な環境で、〔箱庭〕からのいち早い脱出を余儀なくされることに。

森を散策していると、イルシアたちは頂上が見えないほどに高い“天穿つ塔”を見つける。
この塔が元の世界とつながっているのではないかと考え早速塔を登ろうとするが、
塔の入り口にはヘカトンケイルという魔物が構えていた。
ヘカトンケイルを倒そうとするものの、異様に堅い守りからまともに攻撃すら入らず
泥沼に持ち込まれた挙句、一度撤退することになるイルシアたち。

ヘカトンケイルを倒して天穿つ塔から元の世界へ戻ることを目標に
強敵ばかりの〔箱庭〕にてレベリングを開始。
仲間のアロとトレントを進化させ、自身のレベルも大幅に上がったところで
イルシアと同ランク〔ランクL《伝説級》〕の魔物を倒すことができた。
すると、次元を操るとされていたその魔物の中から一人の人間が現れる。
それは、前代の勇者であり魔王アルキミアでもある剣士・ミーアだった。
〔神の声〕と何度も渡り合ったというミーアは、
〔箱庭〕に閉じ込められた後も〔神の声〕を倒すために準備していたのだという。

〔神の声〕を相手取ったことがあるという強い味方を手に入れたイルシアだが、
手放しでは喜べないような
どこか怪しい空気感をミーアはもっていて——。

CONTENTS

第1話　勇者ミーア……012

第2話　再戦、最堅の番人……071

第3話　天穿つ塔の戦い……124

第4話　六度目の進化……199

第5話　異形の巨人……243

書き下ろし番外編　ミーアとの対話……282

第1話　勇者ミーア

1

ンガイの森での探索を行っていく中で、オリジンマターの『冥凍獄』に敢えて囚われることで森に蔓延《はびこ》る狂神化の精神汚染から逃れた過去の神聖スキル持ちがいるかもしれないと、俺はそう考えた。

オリジンマターが自身の内部に敵を閉じ込めるスキル、『冥凍獄』。これによってオリジンマターに取り込まれたものは、時間の流れそのものから切り離されるためである。

そこで進化したアロ、トレントと力を合わせてオリジンマターを打ち破ったのだが、『冥凍獄』に囚われていた相手は、俺も聞いたことのある人物だった。

気品のある整った顔立ちに、冷たい眼差し。そして腰下まで伸びた、優美に広がる金の髪。その容姿は、俺がかつて戦ったクレイブレイブに酷似していた。

彼女は、ウムカヒメの主であり、前代の勇者ミーアこと、魔王アルキミアだったのだ。

〖ミーア・ミトレニア〗
種族：タナトス
状態：狂神(小)、呪い、人化LvMAX
Ｌｖ　：150/150(MAX)
ＨＰ　：3333/6666
ＭＰ　：4321/4444
攻撃力：2222(4444)+444
防御力：1106(2212)
魔法力：4444
素早さ：3220
ランク：Ｌ(伝説級)

装備：
手：〖黒蠅大刀:L+〗

神聖スキル：
〖地獄道:Lv--〗

特性スキル：
〖グリシャ言語:Lv8〗〖アンデッド:Lv--〗〖不滅の肉鎧:LvMAX〗
〖肉体変形:LvMAX〗〖死者の特権:Lv--〗〖冥府の鏡:Lv--〗
〖HP自動回復:LvMAX〗〖MP自動回復:LvMAX〗〖触手:LvMAX〗
〖飛行:LvMAX〗〖死神のオーラ:Lv--〗〖闇属性:Lv--〗〖邪竜:Lv--〗
〖気配感知:LvMAX〗〖魔術師の才:LvMAX〗〖剣士の才:LvMAX〗
〖隠密:LvMAX〗〖即死の魔眼:LvMAX〗〖恐怖の魔眼:LvMAX〗
〖支配者の魔眼:LvMAX〗〖魅惑の魔眼:LvMAX〗〖悪しき魔眼:LvMAX〗
〖狂神:Lv--〗

耐性スキル：
〖物理耐性:LvMAX〗〖魔法耐性:LvMAX〗〖状態異常無効:Lv--〗
〖闇属性無効:Lv--〗〖光属性耐性:LvMAX〗

通常スキル：
〖衝撃波:LvMAX〗〖残影剣:LvMAX〗〖神速の一閃:LvMAX〗
〖流し身:LvMAX〗〖掬虚月:LvMAX〗〖破魔の刃:LvMAX〗
〖ハイレスト:LvMAX〗〖ホーリースフィア:LvMAX〗
〖ディメンション:LvMAX〗〖クレイ:LvMAX〗〖アルケミー:LvMAX〗
〖毒牙:LvMAX〗〖灼熱の息:LvMAX〗〖病魔の息:LvMAX〗
〖人化の術:LvMAX〗〖自己再生:LvMAX〗〖デス:LvMAX〗
〖念話:LvMAX〗〖ダークスフィア:LvMAX〗〖フェイクライフ:LvMAX〗
〖ダークレスト:LvMAX〗〖腐敗の息:LvMAX〗〖穢れの舌:LvMAX〗
〖ライフドレイン:LvMAX〗〖分離獣:LvMAX〗〖ハイスロウ:LvMAX〗
〖エクリプス:LvMAX〗

称号スキル：
〖最終進化者:Lv--〗〖元英雄:Lv--〗〖元魔王:Lv--〗〖ド根性:LvMAX〗
〖執念:LvMAX〗〖大物喰らい《ジャイアントキリング》:LvMAX〗
〖武の神:LvMAX〗〖ラプラス干渉権限:Lv2〗〖死神:Lv--〗

不安なところはあるが、仲間としては申し分ないステータスである。彼女の協力さえあれば、天穿つ塔の番人であった、ヘカトンケイルを撃破することも難しくはないだろう。

俺はミーアと顔を見合わせた。彼女を前にしていると、自身の勘が警鐘を鳴らす。ミーアは俺よりもずっと小さいが、しかし俺より遥かに強い。ステータスを確認したから知っているのもあるが、対峙しているだけでそのことを肌で感じられる。

ミーアの潜ってきた修羅場は、俺なんかよりずっと多い。俺も色々とやっては来ていた。だが、聞いていた話通りであれば、ミーアは俺とは比べ物にならない程に悲惨な経験を積んできている。エルディアの仕えていた魔王ノアの竜の軍団をたった一人で殲滅し、聖女に嵌められて人間相手に俺より遥かに大規模な戦争を繰り広げ、その果てに神の声に挑んで敗れている。

纏う雰囲気から、本人の強さや積んできた経験の一端を感じる。彼女と対峙していると、得体の知れない大きな存在を前にしているようで、押し潰されてしまいそうな感覚に襲われる。

「自己紹介は必要かな？　ドラゴン君」

『……いや、悪いが、ステータスを見させてもらった。それに、勇者ミーア……お前の話は、俺の代でも有名だった』

「勇者ね……今となっては、何とも皮肉な称号だね。しかし、そうか。君はまだ、その辺りのスキルを抜かれてはいないんだね」

ミーアやここの魔物達には、『神の声』や『ステータス閲覧』がなかった。ミーアの話によれば、どうやらここの森に来てから引き抜かれたらしい。俺も恐らく狂神化が進めば、神聖スキルをレプリカに置き換え、それらのスキルを没収されていたのだろう。

ミーアは完全には狂神化が進み切っていないようであるし、レプリカでない神聖スキルを有しているので、どうにもまた別の事情があるようにも窺えるが。

「悪いが、世代を教えてもらってもいいかな？　君達が千年後なのか、二千年後なのか、悪いけれど私にはわからないんだ。しばらく眠っていたものでね」

当然のことだが、オリジンマターの『冥凍獄』には、やはり知っていて飛び込んだらしい。

『ひと世代、五百年後だ。俺達も、そこまで詳しいわけじゃないけどな』

俺はそう言ってから、アロ、トレントの方へと顔を向ける。

『俺がイルシア……こっちがアロ、トレントだ』

アロとトレントが、恐る恐ると頭を下げた。ミーアが笑みを浮かべる。

「そうかい。いや、可愛らしい部下達で羨ましいよ。フフ、私の部下達は、もっと変わり者が多かったからね。ある人物を知るためには、まずその周囲の人間を知るべしとはよく言ったものだ。もっとも、君達は人間ではないけれど」

俺はそれを聞いて、少しドキリとした。ミーアの部下は、ウムカヒメ、クレイガーディアン、シュブ・ニグラス、そしてクレイブレイブだ。昔はもっと色々といたのかもしれないが、俺は最東の異境地にて彼らと顔を合わせた。そして……その大半を、殺めている。襲い掛かってきたのは向こうであるし、俺の力を試すための試練だ、ミーアの遺言だと、ウムカヒメはそう口にしていた。

だが、何となく、そのことを話すのに抵抗があった。ミーアは今は温厚だが、何かがスイッチになって豹変するのではないかという危うさがあった。伝承を聞く限りでは、義に厚い平和主義者で不遇の英雄であった。しかし、本人を目前にすると、どうにもそれだけだとは思えない何かがあった。

『…………』

ミーアは俺の様子を不審に思ったのか、目を細め、俺を観察するように見る。

「ふむ……もしかして、もう会ったことがあったのかな？」

『あ、ああ……』

「そうかい、そうだったか。だったら、あの子達は君のいい経験値になったかな？　フフ、表にはなかなかＡ＋級の魔物はいなかったから、丁度よかっただろう？」

ミーアは唇を歪め、笑みを浮かべた。俺は返す言葉に詰まった。

考えてはいたことだった。戦う必要のない相手に部下を嗾《けしか》け、どちらかが死ぬまで戦わせるというのは、試練というには重すぎる、と。

ミーアは最初から、自分の意志を継いでくれそうな神聖スキル持ちに、自分の配下を経験値として引き渡すつもりだったのだ。だが、それを嬉々として話すのは、どうにも俺の感性では理解できなかった。

「知っているかな？　何らかの要因での経験値量の減衰がなかった場合、A級下位の経験値量はレベル一つにつき六十四だが……A級上位では、その三倍近い百九十になるんだ。レベル最大値も違うから、実際には更に違いは大きい。ここまで来た君ならば、とっくにご存じかな？」

『……大事な仲間だったんじゃねぇのかよ？　なんでそんな、ただの数字みたいに扱えちまうんだ』

　ミーアは唇に指を当てて、ふむ、と首を傾ける。

「目的のための、必要な犠牲だよ。君も、あの神の声と戦うつもりなのだろう？　まさか、迎合する気だとは言わないだろうね」

　ミーアが無表情で俺を睨み付ける。冷たい目だった。オネイロスの厚い鱗が、ぞわりと冷える感覚があった。トレントが立っていられなくなってその場に倒れそうになり、アロに身体を支えられていた。

『戦えるなら……そのつもりだ』

　言葉を選び、そう返した。

　俺にはそもそも、神の声が抗える相手なのかに疑問があった。リリクシーラは基本的には従いながら、神聖スキル持ちであるという価値を盾に、大事な面を譲らないようにする、という考え方のようであった。俺にもそれが現実的な、精一杯の抵抗に思える。

「考え方が甘いんじゃないかな？　綺麗ごとを並べていて勝てる相手ではないことは、とっくにわかっていると思っていたよ。少し、残念だね。犠牲が少なかったのかな？」

ミーアは悪気なさそうな、ただ事実を口にしただけ、というような口振りであった。俺は相方のことを思い出し、一気に自分が苛立ったのを感じたが、どうにか抑え込んだ。

絶対に敵対してはいけない相手だ。ヘカトンケイルを相手取るために、このンガイの森で唯一協力者になってくれそうな人物なのだ。ステータスでは、あのオリジンマターさえ上回る。

劣化ミーアであったはずのクレイブレイブでさえ、ステータスで大きく上回る俺を相手に戦闘技術で圧倒したのだ。本物のミーアが、その方面で温いわけがない。俺のどうにかなる相手ではない。

「神の声の性格の悪さは一級品だよ。そんな覚悟じゃ、まともに意志を貫けるとも思えないけれど……」

そのとき、トレントが俺の前に出た。

『ミーア殿！　そちらがどれほど過酷な状況であったのかは知りませんが……主殿を、我々が乗り越えてきた物を軽んじる態度は、貴女が相手であっても許容できませんぞ！』

短い翼をぐっと構え、ミーアへと構える。

『トレント……』

ミーアはトレントへ目をやった。何かを考えるように沈黙し、ふむ、と小さく漏らした。

『な、なんですか！　これ以上言うのであれば……このトレント、容赦いたしませんぞ！』

シュ、シュッと、トレントが翼を打つ。次の瞬間、ミーアの姿が消え、トレントの背に手を置い

た。トレントがビクッと肩を震えさせる。

う、動きが、俺でさえまともに目で追えなかった。

「君は、勇気があって優しいんだね。悪かったよ、次に口にするときには、もう少し言い方に気を付けよう」

俺は前脚の爪でトレントを掠め取り、ミーアから引き離した。トレントは腰が抜けたように、俺の前脚の上で尻餅をついた。それからそうっと立ち上がる。

『わ……わかればよいのです、わかれば……』

2

ミーアと状況を摺り合わせ、互いに協力関係であることを改めて再確認した後、俺達は円形に座って顔を見合わせた。

「本当に助かったよ。〖冥凍獄〗の性質上、時間の経過を認識できないからね。目覚めることなく世界が吹き飛んでいたとしてもおかしくはない状態だった」

『世界が吹き飛ぶって、そんな……』

「それが冗談の類でないことは、とっくにわかっているのだろう？　神の声は、君に何も語らなかったのか？」

『……フォーレンのこと、だよな』

俺の言葉に、ミーアが安心したように頷く。エルディアも、ミーアの石碑も、リリクシーラも、神の声も、邪神フォーレンについて触れていた。

フォーレンについては詳しいことは何も聞いてはいない。ただ、過去に封印された巨大な化け物だということだけはわかっている。神の声が嘘を吐いていなければ、神の声はフォーレンを召喚してこの世界を吹き飛ばし、元の世界へと戻ることが最終目標なのだと言っていた。

『なぁ……フォーレンって、なんなんだ？』

「私もよくは知らない。神格化して語られてはいるが、正体は災害や現象に近いもの……呪いや病魔ではないのかとも考えたこともある。確証があって言っているわけではないが、何分それだけ曖昧なのだ。神の声でさえ、どこまで知っているのか怪しいと私は睨んでいる。ただ、世界を滅ぼす力を秘めたものだということに誤りはないだろう」

『魔物じゃねぇのか……？』

「恐らく、そんなわかりやすいものではない。魔物だとしても、そこまで強大な存在が、ある日突然生まれ落ちるとも思えないのでな。ただ、仮に実体のある相手だったとしても、勝てるとは思わないことだ。かつて神の声が口にしていたことだが……もしフォーレンに剣を向けても、それはまともな戦いにならない上に、戦闘の余波で世界全体が蒸発するだろうとのことだった」

……そこまで危険な相手だったのか。

いや、ほとんど全知全能みたいな神の声が、わざわざ何千、何万年と掛けて復活させようとしている化け物だ。それくらいできたって、おかしくはないのかもしれない。

神の声は、世界の好きな箇所で戦争を起こせるような相手だ。人質だって、好きなタイミングで好きなように取れる。

ミーアは俺に対して、神の声と戦うには甘すぎると言った。トレントはその口振りに怒ったし、俺もミーアのようにはなれないし、なりたくもないと思う。

だが、実際、ミーアの指摘はもっともなものでもあるのかもしれない。どんな手段だって躊躇《ためら》わずに取れる神の声相手に、俺が俺のままでどこまで抗えるのかは疑問がある。

解決策の一つとして、復活したフォーレンとやらを倒すことさえできれば、神の声の目的を完全に台無しにすることだってできるかもしれないと……俺は、そうも考えたことがあった。

ただ、ミーアが知ったらしいことから察するに、どうやらそれはほぼ不可能であるようだった。戦闘になるのかさえ怪しい存在で、戦闘になった時点でこの世界が滅茶苦茶になることが避けられないような、強大な存在であるらしい。

「甘えた考えは捨てることだ、イルシア君。神の声の脅しに従ってフォーレンを復活させれば、その時点で世界に先はない。フォーレンは復活させないし、神の声は殺す。それ以外にないんだよ」

『あ、ああ……』

考えを見透かされていた。ミーアは……俺に疑心を持っただろうか。

ミーアは手段を選ぶタイプではない。それは話していてよくわかった。リリクシーラと方向性こそ違えど、似た物を感じる。

仮に俺が、神の声に屈する程度の神聖スキル持ちだと判断したのならば、その時点で殺しに掛かってきてもおかしくはない。ミーアにとって、俺が神の声を殺せる神聖スキル持ちならば味方だが、そうでなければ神の声のフォーレン復活を補佐するだけの敵なのだ。

その後、今後の予定についてミーアと詰めた。といっても、俺が考えていた予定から大きな変更はない。

レベルを上げながら塔へと戻り、そこでヘカトンケイルを討伐する。塔の中を調べて進展を探る。そして、外へと出ることが叶えば、神の声の操る四体の〖スピリット・サーヴァント〗を倒す。その後は、成り行きのままだ。

もしかしたら神の声との決着はそう遠くないかもしれないと、ミーアはそう口にした。ンガイの森は、神の声が神聖スキル持ちの最後のレベル上げのために用意した特異空間であるらしかった。神聖スキル持ちにとって、ここ以上にレベル上げに適した場はないはずだと、ミーアはそう口にした。

神の声の目的は、神聖スキル持ちが〖ラプラス干渉権限：ＬｖＭＡＸ〗を得られるように強化すること、つまりはレベルを上げることだ。であれば、俺がンガイの森で充分にレベルを上げれば、その後の神の声の俺に対する処遇は、〖ラプラス干渉権限〗によってフォーレンを復活させるか、データだけ取って自我を潰してンガイの森の住人にするかのどちらかとなるはずだった。

「私と君がいれば、ヘカトンケイルはきっと突破できるだろう。問題は、その後の神の声との戦いなのだけれど」

『……気になってたことが数点あるんだが、まとめて聞いていいか？』

「ああ、勿論だ。そう脅えなくても、私はつまらないことで腹を立てたりはしないさ。答えるか答えないかは、私が選ばせてもらうけれどね」

……腹を立てなくても、下手なことを口走れば冷静に殺しに来かねないのが、このミーアの恐いところだが。

いや、ミーアとて狂神化は怖いはずだ。ミーア単独では、恐らくヘカトンケイルは突破できない。多少俺が使えない奴だと思っても、速攻で殺しに来るようなことはしないはずだ。

『神の声と、一回戦ったんだよな？　勝てる見込みはあったのか？　ステータスは？』

「正確には三回だった。まあ、どれもまともな戦いとは言えないし……最後の一回は、何の勝算もなく、激情のままに斬りかかっただけなのだけれど」

ミーアは溜め息を吐いた。

「今の私では及ばなかったよ」

『アレの精神干渉のスキルに回避策は見つかったのか？　ランクは？　防御力は？　どういう攻撃を、何回通せば勝てるんだ？』

　ミーアは、フォーレンは絶対に敵わない相手だと、そう口にしていた。だが、そもそもの話、俺からしてみれば、神の声が勝てるような存在なのかどうかが怪しいのだ。神の声は、その気になればいつでも俺を殺すことができた。これまで放置されてきたのは育成のためだ。

　そして神の声は、俺が脅威になりそうであれば、その一歩前、安全に処理できるうちに俺を処理しに来るはずだ。逆転の光明が見えた頃には、それが実る前に潰しに来るだろう。

「……余計な前情報は、入れない方がいいよ。君はただ、勝てると思って、できる限りの全てを尽くせばいい」

『い、いや、答えになってねぇだろ。知ってるより知らない方がいい？　んなこと、あり得ねえだろ。どういう攻撃なら通るのか、どういう戦法を取って来るのか……！』

「嘘を吐いて君をその気にさせても仕方がない。ただ、本当のことを言って、やる気をなくされても困るからね。今の君程度じゃ、知っていても知らなくても変わりはない。それだけは言えるよ。まぁ……それは当然、私も同じことなのだけれどね」

　……さすがに俺だって、今の状態で神の声に挑んで勝てるとは思っちゃいない。しかし、そこまで言われちゃ、俺だってむしろ気が萎える。勝てる見込みはほとんどありませんと、そう突き付けられたようなものだ。ミーアは俺の考えを読んで、その上でやはり教えた方がマイナスだと考えたのだろうか。

『……わかった。もう、それはいい。話す気になったら教えてくれ』

ひとまず、俺はミーアから神の声の情報を聞くことを諦めた。ミーアの意図はわからないが、とにかく神の声について、これ以上話すつもりはないらしかった。

俺への信頼が低いためかもしれない。神の声の力を聞けば俺が逃げると、そう思っているようにも見える。また、時間を置き、機を窺って探りを入れてみよう。

『じゃあ他に、二つほど聞かせてもらうぜ。お前の『地獄道』……それから、狂神化についてだ。俺が何を問いたいかは、わかるよな?』

これまで『地獄道』の神聖スキルなんて存在さえ知らなかった。神聖スキルが六道に即している以上、『地獄道』と『天道』もあるとは思っていた。しかし、実際にこの世界で耳にしたのは、これが初めてだ。何故『地獄道』を持っているのか、どうやって手に入れたのか、それだけは絶対にミーアに説明してもらわなければならない。

そして、当然、狂神化についてもだ。『冥凍獄』の時間停止で防げていたものかと思ったが、ミーアには【狂神（小）】がある。これを見逃すわけにはいかない。また、狂神化の発生時間についても確認しなければならない。

「狂神化については問題ない。今のところ、私に特に悪影響は生じていない。理性的であることは、話している君にも伝わっていることだと信じている。だが、私に後、どれだけ時間が残されているのかはわからない。旅を急いでほしいのは事実だ」

本当に、そうなのだろうか。ステータスに狂神が現れ始めて、何もない、なんて甘いことがあり得るのだろうか？　いや……しかし、今はミーアの言葉を信じるしかない。

『精神に違和感を覚え始めたのは何日目くらいからだ？』

「君も体感したことだろうけれど、ここでは日にち感覚が狂う。だから正確なことは言えないけれど、七日くらいだったかな？」

俺はアロ、トレントへとちらりと目をやった。

「だ、だいたい……少なく見積もって、四日くらいかな……と、思います」

アロがやや自信なさそうに答える。トレントも曖昧に頷いた。

俺もそんなものだと思う。ただ、あくまでも少なく見積もってなので、実際にはまだ三日目程度であるはずだ。

ヘカトンケイルを倒して万事解決だとすれば、狂神が出る前にこのンガイの森から立ち去ることはそう難しくはない。ミーアが本当のことを口にしていれば……という前提ではあるし、ヘカトンケイルを倒しても状況打破ができなかった場合、かなり時間的に厳しいことになるのは間違いないが。それに、仮に脱出前にミーアの狂神化が進んだ場合、本当にミーア相手に戦うことになるだろう。

『……今は、信じるしかねぇか』

思わず、そう『念話』で漏らしてしまった。トレントが、びくっと肩を震わせていた。

迂闊だったかと俺は身構えたが、当のミーアは含み笑いを浮かべ、「そうしてもらえると、とてもありがたいよ」と答えただけだった。俺はほっと息を吐いた。

「〖地獄道〗だけれど、これはリーアルム聖国で、石像に封じられていた聖獣を倒して得たものなんだ。あの国は、深く神の声と絡んでいるからね。どの時代も、神の声は聖女を熱心に育てる傾向にある。宗教で縛りやすいから、従順な手駒にしやすいと考えているのかもしれない」

『せ、聖獣……？』

どうにも俺には、そこが引っ掛かった。

リーアルム聖国に隠していた、というところまではまだわかる。しかし、神聖スキルは神の声にとって大事なものであり、この世界の根幹に関わるものであるはずだ。それをそんな、自身に刃を向けるミーアが、偶然手に入れられるようなところに置いておくだろうか。

「そんなに私が疑わしいかな？」

『……他の神聖スキルは引き抜かれたのに〖地獄道〗だけ残されていたことと言い、妙じゃねぇか？　お前、やっぱり、何か隠してねぇのか？』

俺は踏み込んで、そう尋ねた。

ミーアを怒らせることになるかもしれねぇが……やっぱり、ミーアは不審過ぎる。俺達が神の声に無知なのをいいことに、都合のいいことばかり言って、利用しようと考えているのではないだろうか。

「今はないけれど……私は一時期、五つの神聖スキルと『ラプラス干渉権限：Ｌｖ８』があったんだ。これさえあれば、神の声の干渉をある程度遮ることができる」

『『ラプラス干渉権限：Ｌｖ８』……』

　恐らく、神の声でさえ『ラプラス干渉権限：Ｌｖ９』だ。

　そう言えば、ミーアは特殊なスキルによって神の声の干渉を遮ることができたと、ウムカヒメはそう口にしていた。『ラプラス干渉権限：Ｌｖ８』のことだったのか。

「まあ……神の声のスキルによる干渉と監視から逃れることはできたのだが、直接叩かれて、結局駄目だったのだけれどね。神の声は、私をこのンガイの森に取り込んで逃げられなくしてから、神聖スキルを剝がしていった。神の声は、どうせ私がンガイの森から逃げられないと思っていたのだろう。そう焦って追い詰めてくることはなかった」

　性格の悪いアイツのことだ。自身に敵対したミーアを、時間を掛けて嬲《なぶ》り殺そうとするのは、容易に想像ができた。いや、もしかすると閉じ込めて制御下において生かしておいて他の使い道を考えていた、ということもあるかもしれない。

「神の声は、私が必死に足掻いている様を見届け、死ぬか狂神化が進み切ってから最後の神聖スキルを剝がすつもりだったのだろう。全ての神聖スキルを剝がせば、私が崩神化で死ぬ状況であったからな。レプリカでの回避もできたはずだが、どうせ回収できるのでどちらでもいいと考えたのだろう。だから私は、最後の最後で、一か八かで『冥凍獄』に逃げ込んだのだ。『地獄道』を抱えたまま、な」

『なるほど、それで……』

「ああ、神の声によってオリジンマターごと殺される可能性もあったが、運よくこうして君達に拾われることができた、ということだ。また奴に刃を向ける機会を与えてくれたことを……本当に、感謝しているよ」

ミーアは、空を睨みながらそう言った。

……ひとまず、彼女の話は納得が行った。引っ掛かるところがなかったといえば嘘になる。だが、疑っていればキリがない。

ミーアの話はとりあえずの筋は通っているし、これによって神の声のできることとできないことに、大まかながらに線引きが見えてきた。アイツは神様を気取ってこそいるが、あくまでもそれに似て非なる別の何かなのだ。きっと俺が思っていた程は万能じゃねえし、圧倒的な有利にかまけた慢心も多少入っているように思える。

俺は、ミーアを必要以上に警戒しちまっているのかもしれねぇ。ステータスを見た限り……ミーアの正体は、伝説級アンデッドの化け物だ。そのオーラを感知してしまうがばかりに、ミーアのことを警戒してしまう、という面も確かにあるだろう。

確かに怪しいところでいえば満載だ。考え方が俺とは大きく異なるため目的がいつまでも一致するかは疑わしいし、これまで存在が明らかでさえなかった『地獄道』をあっさりと手に入れたなんて言うし、神の声についても結局肝心なところを教えてくれていない。

だが、このンガイの森の脱出に第三者の協力は不可欠であるし、狂神のことを思うと他のいるかいないかわからない仲間候補を捜すなんて無謀にも程がある。今は、ミーアと手を組むしかないのだ。どうせ頼らなければならない相手だ。うだうだ悩んじまっていても仕方がない。

3

オリジンマター戦で得た経験値を調べるため、トレント、アロのレベルを確認した。

トレントは【Lv：91／１３０】から【Lv：99／１３０】へと上がっていた。

アロは【Lv：94／１３０】から【Lv：97／１３０】へと上がっていた。

教えてやると、トレントはぴょんぴょんと跳ねながら喜んでいた。

「わ、私も、もっと頑張らないと……」

アロはトレントに一気に追い抜かされたのが不安なのか、少し複雑そうな表情を浮かべていた。

『やりましたぞ！　主殿、ついにアロ殿のレベルを超えましたぞ！　アトラナート殿も、きっとこの私のことを見直すに違いありません！』

……トレント、アロがすっごい複雑な顔してるから、そこを強調するのを止めてやってくれ。俺が目でチラチラと合図すると、トレントはアロを振り返り、少し身体を窄めた。燥《はしゃ》いでいただけで悪気はないのだろう。

しかし、俺もまさか、トレントがアロのレベルを追い抜く時が来るとは思っていなかった。今の進化形態であるこのワールドトレント……もしかしなくても、A＋級の中では滅茶苦茶強いのではなかろうか。

いや、ワールドトレントは能動的な攻撃能力には欠ける。逃げようとする相手を追い詰めることは決してできないともいえる。この世界において、それが致命的なマイナスであることは、これまでのトレントを見ていて散々認識させられてきたことでもあった。

多く魔物を狩るだとか、一対一で相手を打ち倒すだとか、そういった面ではアロのワルプルギスに軍配が上がるだろう。ただ、ワールドトレントは主戦力にはなれない代わりに、それらのマイナスを完全に補える戦闘補佐能力を持っている。

今回のオリジンマター戦で大量の経験値を獲得したのもそのお陰だ。実際、トレントが敵の攻撃をいくらか肩代わりしてくれ、『ダークレイ』を『妖精の呪言』でお返しして大ダメージを与えてくれたのは本当に助かった。

アロが分身して魔法攻撃の連打でダメージを稼いでくれたのも勿論助かったのだが、この戦いの最大の功労者を挙げるとなれば、それは間違いなくトレントになる。

……つーか、レベルも九十台となるとかなり上がり幅が厳しくなってくるはずなんだが、結構がっつりと上がったな。

勿論俺の『魔王の恩恵』の経験値倍増スキルがあるので、アロとトレントは、一般的な魔物よりも遥かにレベルが上がりやすい。ただ、それでも俺の実質四倍経験値よりはずっと遅いはずだ。それだけオリジンマターの経験値が膨大だった、ということだろう。

俺に入った分だけでも七万七千と、ルインの四万二千、リリクシーラの五万九千を大きく上回る経験値であった。アロ達にも充分な量の経験値が配分されていたことを思えば、元の経験値量は十万越えだったのではなかろうか。

さすが、伝説級蔓延るこの異様な地の中でも、頭一つ抜けていたことはある。ルインやリリクシーラの数値は、神聖スキルが抜けて弱体化したことにより多少減衰していたのかもしれないが、それでも十万越えの経験値は高い。改めて、オリジンマターが強敵であったことを再認識した。

『主殿、見ていてくだされ！　この調子で、一気に私も伝説級になって見せますぞ！』

『う、う～ん……それは止めた方がいいかもしれねぇな……』

『なっ、何故ですか！　私は、主殿と肩を並べて戦えるようになりたいですぞ！』

トレントがぱたぱたと、木霊状態の翼を羽搏かせる。

「はっは、可愛げのある部下達で羨ましいよ。私の部下は、ちょっとばかり外見と性格の尖っている子が多くてね。まあ、根はいい子達ばかりだったんだけれど」

ミーアは口許に手を当てて笑った。俺はその様子を、ついまじまじと見てしまう。

先入観のせいだろうか。どうしてもミーアの表情が、俺には人工的な嘘臭いものに思えてならないのだ。

「どうしたのかな、イルシア君？」

『い、いや、なんでもねぇ』

「ん？　そうかい」

　あまりミーアの部下達について、ミーアと話したくはなかった。

　ミーアは気味が悪いくらい、俺がミーアの部下の生き残りを手に掛けたことを気にしていない様子であった。だからこそ不気味なのだ。少しくらい複雑そうな様子が見えた方が、まだ安心ができた。何かが切っ掛けとなって爆発するのではなかろうかと、そういった危惧が俺の中にあった。

「トレント君だったね。私から説明してあげよう。神聖スキル持ち以外は、伝説級には絶対になれないんだ。まだ進化上限扱いにはなっていないという話だったけれど、仮に進化しても同ランクの別モンスターになるだけだよ」

『そ、そうなのですか……』

　トレントが落ち込んだように目線を下げる。

「まあ、進化しない方がマシってわけじゃない。スキルも大半は引き継げるし、ステータスも進化回数が多い方が若干高くなる傾向にあるらしい。ただ、レベルがリセットされることを思えば、メリットとデメリットが釣り合っているとはあまり思えないのだけれどもね。時間がある状況ならいざ知らず……」

『なるほど……』

さすが、ミーアは俺よりこうした事情に明るいようだ。本格的に神の声討伐を検討して、三度も奴に剣を向けたというだけはある。

「一応、特例がないわけじゃないけれど。強引に進化できても、崩神っていう特異な状態異常が発生するんだ。そうなったら最後、絶対に助からないよ。じわじわと最大ＨＰが減っていって、身体が崩壊するんだ。覚えておくといい」

トレントはごくりと唾を呑み、こくこくと頷いた。

崩神は知っている。確か、スライムの奴がなった状態だ……。

ミーアも知っていたのか。ミーアの時代でもそのようなことが起きたのか、或いは前代の神聖スキル持ちの中からも崩神持ちが出て来ており、その話を耳にする機会があったのかはわからないが。

4

ミーアと話し合いを終え、彼女と共にヘカトンケイルのいる天穿つ塔へと出発した。道中は俺ではなく、アロやトレントのレベル上げを中心に行うことになった。

「見てもらっただろうけれど、私のレベルは最大だからね。君もレベル１３９で、最大までは後十一だ。それに、君、経験値倍増スキルを持っているんだろう?」

『ああ』

歩きながら、ミーアと話をする。

ミーアには俺のスキルの一部を明かしてある。手放しでミーアを信用するつもりじゃないが、経験値の計算まで予定に入ると、話さざるを得ない。それに、俺はミーアのスキルを『ステータス閲覧』で一方的に確認済みなのだ。

「ならば、どうせすぐに最大まで持っていけるよ。あの醜悪な首無しの番人、ヘカトンケイルもいるわけだからね。ここで君のレベルを上げるよりは、アロ君やトレント君のレベルを上げておいた方がいいよ。わかっているだろう？　ここから出た、後のことを」

そう……ここを出れば、神の声の奴がばら撒いた『スピリット・サーヴァント』を討伐しないといけねぇ。その後、きっと、神の声と戦うことになる。

俺も伝説級の最大レベルに到達しようとしている。そろそろ神の声も、俺を処分しないといけない頃合いに達しているはずだ。何より、このンガイの森自体、神聖スキル持ちの最後のレベル上げの場として神の声が設けた世界なのだろうから。

「急ぎながら……でも、効率的に、歩みを進めないといけないわけだ。神の声の目的は自分より強い魔物を創り出し、レベル最大の『ラプラス干渉権限』を取得させてフォーレンを復活させ、この世界を無に帰すことだ。目的の完遂に近づけば近づくほど、奴は反意を向けられたときに命を落とすリスクを得る」

だから限界まで成長途上を見届け、データだけ収集して神聖スキル持ちの処分を繰り返している、という話だった。俺は処分に出向いてくる神の声を出し抜き……殺し返さなければならない。

ミーアは話しながら、探るように俺をじっと見ていた。

『……なぁ、ミーアの【地獄道】は、奴を出し抜く武器になり得ると思うか？』

俺はミーアへそう尋ねた。

ミーアはオリジンマターの中に逃げ込んでンガイの森の崩神化をやり過ごし、次代の神聖スキル持ちである俺との合流を果たした。このミーアの行動が神の声の意表を突くものであれば、それは奴を殺し返すための大きな武器になるかもしれねぇ。もっとも、神の声との敵対に当たり、【地獄道】の神聖スキルを有するミーアと手を組めたことがどう具体的にプラスに働くのかは、俺にはわからねぇが……。

ミーアは瞬きし、それから目を細めて意味深に笑った。

「ああ、なるさ。きっとね」

こ、怖え……。警戒しすぎているせいか、最早ミーアが普通のことを言っていても、なんだか怖く見えてきてしまう。

アロとトレントも、恐る恐るといったふうにミーアを観察していた。トレントなんかアロの背にぴったりと身を寄せ、彼女を盾にミーアから隠れるようにしていた。……トレント、お前が盾役なんだぞ。

ミーアは唐突にトレントとアロを振り返った。トレントとアロはびくりと肩を震わせ、その場で足を止める。警戒する二体に対し、ミーアは目を細め、薄い笑みを向ける。

「フフ、取って食べたりしないよ。イルシア君、君の部下は本当に可愛いね」

ミーアは上機嫌なふうにそう言って前を向き、再び歩き始めた。

び、びっくりした……豹変してブチ切れたりしないだろうかと警戒してしまった。絶対今、アロとトレントが怖がってるのを分かった上でやりやがったな。心臓に悪いから突然変な茶目っ気を出さないでほしい。

移動の最中、遠くに巨大な蛇を見つけた。俺より長い全長を持っており、不気味なことに、頭の部位に大きな目玉がいくつも付いていた。

顔いっぱいに複数の目玉があるわけではない。頭の場所に、巨大な剝き出しの眼球が、奇妙な果実のようにくっついているのだ。視神経の塊のようなものも裏に見える。

そいつはンガイの森の黒い大木に身体を巻き付けて昇り、その大きな眼球でこちらをじいっと見つめていた。

……また、とんでもねぇのが出てきやがった。ここの魔物のグロテスク、もとい個性的な外見にもいい加減慣れたつもりだったが、しかし、やっぱりキツいもんはキツい。アロとトレントも、眼球蛇の放つ存在感に閉口していた。

「ふむ、こちらに興味津々らしいな」

ミーアが楽しげに零す。さすがというべきか、一切眼球蛇の容姿に物怖じしていない。狂神化が進行し始めるまでここにいただけのことはある。

「そろそろ傷や疲れも癒えただろう。どれ、アロ君とトレント君のお手並み拝見といこうか」

トレントが露骨に嫌そうに顔を顰めていた。俺は『ステータス閲覧』で眼球蛇を確認する。

〖アイビリバ〗
種族：相柳
状態：狂神
Ｌｖ　：83/140
ＨＰ　：5478/5478
ＭＰ　：3524/3524

レベル最大からは遠いが、伝説級の魔物だった。これは、アロとトレントに任せるのはちょっと危険かもしれない。

『俺も出ていいか？　アロとトレントを身体に乗せて戦えば、安全にレベル上げをさせてやれるはずだ。【Lv：83】だが、伝説級だ。相柳って魔物らしい』

「ふむ……。危険と貢献度は連動している。それに手を出し過ぎれば、戦い方を覚えられない。私達が見ているのだから、安全に戦えることに違いはない。死闘の経験っていうのは大事だよ。大切なものを教えてくれる」

『だからって無暗にリスクを取っていいわけがねぇだろ。死ぬかもしれねぇんだぞ』

　ミーアが目を細める。

「二体いるんだ。何かあっても、片方は残るさ」

『お前……！』

　俺は牙を剥き、ミーアを睨んだ。

『わわっ、私も、特に理由なくあんなのと戦うなんてごめんですぞ、ミーア殿！』

　トレントがアロから身を乗り出してそう言った。ミーアが目を向けると、トレントはそっとアロの背に引っ込んだ。

「はっきり言って、君達の強くなれる上限は知れている。レベルを上げきったら、同ランク進化でステータスやスキルを稼ぐか、小手先の技術を磨くかくらいさ。だから君達は、格上との戦い方を身に付けなければならない。どうする？　比較的安全に戦える今挑んで経験を積んでおくか、本番で何もわからない内に圧殺されるのか。そんな覚悟だったら、地上に出たら逃げ出してしまうのも手だよ。私の部下には、そんな奴はいなかったけどね」

　ミーアの言葉に、トレントが無言のまま、困ったように俺を振り返った。

「……竜神さま、私、やります」

アロが真剣な面持ちでそう口にした。

トレントは呆気に取られたようにアロを見てから、『じゃ、じゃあ、私もやりますぞ！』と遅れて宣言した。アロ達の言葉に、ミーアが口許を綻ばせた。

「本当に可愛いね、君の部下は」

俺は不安が拭えなかった。

確かに相柳は、速度は遅い方だ。格上の中でも動きが自身より遥かに速い魔物を相手取るのは自殺行為に近いが、これならば食い下がれる可能性はある。

スキルも概要を見るに単純なものが多い。ただ、見たことのないスキルがあるのが引っ掛かるが……。

「大丈夫だよ。死んでもどちらかだとは言ったが、私と君がいるんだ。まず心配はいらないさ」

5

アロとトレントが眼球蛇の相柳と戦っているのを、俺とミーアはやや離れたところから見守っていた。トレントは木霊状態のまま、アロに抱えられている。周囲はアロの撒いた『亡者の霧』で視界が悪くなっていた。

アロは背から黒い翼を伸ばし、黒い大木の合間を飛び回りながら相柳に『ダークスフィア』を撃っていた。『暗闇万華鏡』による分身二体も、本体であるアロの背後を飛びながら相柳目掛けて『ダークスフィア』を撃っている。

相柳の大きな眼球がいくつもぶら下がった顔面に、『ダークスフィア』の黒い光が幾つも炸裂していた。

しかし、相柳はほとんど怯む様子を見せない。アロの後をしつこく追い掛け回し、隙あらば首を伸ばして飛び掛かろうとしていた。

『タフだな、相柳……』

相柳はステータスの大半をＨＰとＭＰ、そして防御力に振ったような形になっている。耐性スキルも多く、再生能力も高い。鱗と外皮も厄介だ。俺でも殺しきるには手数がいる。

「この森で【Lv：83】なのが気に掛かっていたんだ。狩るか狩られるかの間に、最大レベルになるか殺されるかしているはずだからね。詳しくステータスを聞いてわかったよ。相柳はヘカトンケイルまではいかなくても、かなりの持久型だね」

ミーアは黒い大木に背を預け、背伸びをしながらアロ達と相柳の戦いを見物していた。

「低レベルで持久型なのはありがたい。ただ、攻撃力はそれなりに高いから、近接に持ち込んで、殴らせて殴ってを繰り返し、削り勝つのが本分なんだろう。アロ君とトレント君に経験を積ませるのに、これ以上の相手はいないくらいじゃないか。なぜ止めたんだい？」

『危険な目に遭わせたくなかったんだ。本当を言えば、神聖スキル関連の争いには、あいつらを関与させたくなかった』

「でも、もう降りられないさ。それに、あの子達も逃げる気はないんだろう？　なら覚悟を決めるべきだ。中途半端なことをしたって仕方がないんだから」

『……ああ、そうだな』

　俺は頷く。ミーアがくすりと笑った。

　俺はアロ達の戦いを見守りながら、ミーアは信頼していいのかもしれないと、そう思い始めていた。

　確かに不穏な言動は多い。不完全とはいえ、狂神の状態異常も持っている。話してくれる情報も絞っているように思えるし、なんとなくちぐはぐだ。神の声と対峙するために現実を見ているのは彼女の方なのだろうが、冷たい棘のある言葉も目立つ。彼女にとって必要であるならば、俺を殺すことをきっと厭わないだろう。

　ただ、俺達を裏切るつもりがあるのなら、今回のような提案をしてはこないのではないかとも思うのだ。俺の部下を削るためにしても、さすがに遠回り過ぎる。

　それに、彼女は時折、純粋に楽しそうな様子を見せる。そういうのが嘘だとは、俺は思いたくなかった。

　リリクシーラに裏切られて、俺は人を疑うことに少し慣れてしまったのかもしれない。

ミーアの生き様を見て、神の声と戦うために多くのものを犠牲にしてきたのだな、と俺は感じていた。ただ、それは程度の差はあれど、俺も似たようなものだったのかもしれない。

「いいね、アロ君。スキルに恵まれているし、どう動くかを事前に考えているのがわかる。要領がいいんだね、彼女は」

ミーアの言葉に俺は安堵した。どうやら好評価のようだ。俺が気にしすぎているのかもしれないが、できるだけミーアの不興は買いたくない。

「ただ彼女、火力が高くて手数が多い分、あんまり全力で常に動き回っていいわけではなさそうだね。そろそろＭＰ切れが近そうだ。あれで押し切れる相手ならいいけど、そうでないなら三人分身は控えた方がよさそうだね。あの子に教えておいてあげるといい」

『ああ、わかった。とはいっても、今は俺達がいるから、全力で相手を叩いて貢献度を稼ぐことに重点を置いてるだけだと思うがな』

「それはそうだろうけれど、アロ君、序盤は強くても後半から崩れるところがあったりしない？　事前に考えていた通りに進められるのなんて、戦いの最初だけだからね。劣勢になると巻き返しが利かないというか、弱さが出てくるタイプにも見えるよ。メンタルが弱いって言いたいわけではないんだけれどね。最初に作ったリードや状況を保って、そのまま逃げ切るような戦い方が多いんじゃないかな？」

『ど、どうだろう……』

「おいおい、君の部下だろう?」

『いや、俺の目の届くところにいるときは、そもそも劣勢になるような状況がねぇからな……』

勿論、アロが三騎士のサーマルや、アルアネと戦ったときの話を聞いたことはある。ただ、そこまで踏み込んだ戦況やら、戦いの反省やらを聞いたわけではない。

「やっぱり過保護過ぎるんじゃないかな。もうちょっとしっかり戦いを経験させておかないと。命懸けの死闘で得られるのはレベルだけじゃない。戦いの直感や読み、駆け引きだって鍛えられる。大雑把にはセンスで補えても、細部は経験頼りになるからね。ここまで来た君ならわかるだろう?」

それはわかる気がする。リリクシーラのホーリーナーガと戦ったとき、最初はまるで『アパラージタ』の光の武器の軌道が読めなかったし、ことごとく読み負けて追い込まれていた。

だが、極限の命のやり取りの中で、リリクシーラの読みや駆け引きに段々と追い付けるようになった。リリクシーラのパターンが見えてきた、ということもあるだろうが、あのときの読みや駆け引きの感覚は、他の戦いでも役に立つだろうと思う。その積み重ねの厚みが経験だと、ミーアはそう言いたいのだろう。

『……そうかもしれねぇな』

俺は肩を窄め、項垂れた。

「別に君を責めているわけじゃあないよ。なんだか説教臭くなってしまったね」

ミーアは笑った後、目を細めてアロ達の戦いへと意識を戻す。

『『クレイスフィア』！』

トレントから放たれた土の球体が、相柳の大きな眼球を掠める。

『むっ、惜しい……！　追われながら狙うのは、なかなか難しいですな……』

「ちょ、ちょっとトレントさん！」

トレントがアロに抱えられたまま『クレイスフィア』を放ったため、その反動で彼女の身体が揺れ、高度がやや上下した。相柳の目の隙間から射出された液体が、アロの左足へと掛かった。

相柳のスキル『腐蝕酸』だ。アロの足からどす黒い煙が上がり、太腿からボロボロと腐り落ちていく。相柳の方がステータス面で大きく勝っていることはあるが、ほとんど掠っただけなのに肉体の損壊速度が速い。おまけに、身体を伝ってどんどん『腐蝕酸』の影響が広がっている。

『アロッ！』

俺は思わず叫んだ。

相柳は、更に『腐蝕酸』の追撃を放つ。アロは横回転しながらそれを避けた。

さすがワルプルギスというべきか、回転が終わったとき、アロの足は元通りになっていた。『不滅の闇』の効果か、肉体的な欠損はアロにとってはほとんど影響がないのかもしれない。本当に一瞬で足が戻っていた。『自己再生』とは比べ物にならない再生速度だった。

「……トレントさん、その、『クレイスフィア』は止めて」

『はい……申し訳ございませんアロ殿……』

トレントはがっくりと項垂れる。

「アロ君は問題ないと思うけれど、あの子、大丈夫かな？」

ミーアが笑みを保ったままそう言った。

『……今回はちっと、相性が悪い』

相柳は速度が遅い上、中距離攻撃もさして強くない。リーチがなく、スキル自体そう速くない。ただその分、ＨＰと防御力、攻撃力の高さを活かした、近距離戦闘の殴り合いが強い。

トレントは持久型だ。ただ、さすがに格上かつ近接攻撃特化の相柳を相手に、無策で一方的に殴られるのはかなり苦しい。

遠距離魔法を撃って来るなら単発の魔法を『妖精の呪言』でカウンターすることもできただろうが、相柳はそういうタイプでもない。『不死再生』を使っての殴り合いもできないわけじゃないが、さすがにトレントが先に力尽きるだろう。

『でも戦いに参加してないわけじゃねぇ。『死神の種』ってスキルで、継続的に相柳のＭＰを奪ってるんだ。ちゃんと戦闘には貢献してる』

それに『ガードロスト』の魔法を当てて、相柳の防御力を下げてアロの『ダークスフィア』を通りやすくしている。そうした縁の下的な役割はきっちりと果たしているのだ。

『それにああやって抱えられていることで、アロにＭＰを吸わせてるんだ。そうじゃねぇと、分身を用いた『ダークスフィア』の乱射をアレだけ維持することはできねぇよ』
「それは戦いに貢献しているというか……いや、敢えて言うことではないか」
ミーアはじっとトレントを見つめながら、自身のこめかみをトントンと叩いた。や、やっぱり怖え……。

6

アロ達と相柳の戦いは、アロのＭＰが尽きてきたことで終わりが近づきつつあった。

アロは既に『暗闇万華鏡』を止めて二人の分身を消していた。背から伸ばす黒羽を用いて逃げ回ってこそいるが、それも段々と速度が落ちてきている。分身を囮にすることができなくなって攻撃の機会も失い、ただ迫り来る相柳から逃げ回るばかりとなっていた。

『ミーア、これ以上は無駄だ。アロ達に、相柳にダメージを与える手段はもうねぇ』

相柳は伝説級の魔物だ。アロやトレントとは、ステータスにおいては絶対的な差がある。

相手の速度が控え目であるためどうにかここまで決着を引っ張っては来られたが、相柳の本分はタフネスにある。これまで一方的にアロの魔法攻撃を受けていたのに、まともに応えている様子がない。相柳は外皮が分厚く、再生速度も速い。

アロの『ダークスフィア』も、まともに使うだけのＭＰがもう残っていないようだ。これ以上の戦闘に意味はない。

「相柳とアロ君、トレント君じゃ、差があり過ぎたかな。経験値はともかく、戦闘慣れという面では、A級上位の短期決戦タイプの魔物の方がよかったかもしれない」

ミーアは顎に手を当て、そんなことを口にする。

『もう手を出していいか？』

「まだ〖死神の種〗があるのだろう？　もしもアロ君がトレント君を安定して守りつつ相柳を引き付け続けられれば、まだ勝算は残る」

『すぐに捕まる！　あの様子じゃ無理だ』

「まぁ……そうだろう。アロ君は、最初から相柳を倒そうとはしていなかった。安全に、安定したダメージを与え続けるように動いていた。彼女はよくも悪くも、本当に優等生だね」

『何が言いてぇんだ？』

「相柳の外皮に〖ダークスフィア〗を潰されて、突破できても再生速度に押されていた。せっかく分身で手数も稼げたのに、一撃ももらわないようにと警戒の姿勢が強過ぎて、部位を狙った攻撃もほとんどできていなかった」

『〖腐蝕酸〗と相柳の素の攻撃力の高さがあるんだぞ？　酸撒き散らされて殴り掛かられたら対応できねぇ』

「トレント君を盾に短期決戦を挑めば勝機はあったよ。当然危険だろうけれど、それ以外に勝ち筋もなかった。最初から倒すことだけを目的にしていれば、勝っていたかもしれないね。今から逆転は不可能だろうけど」

淡々とした物言いだったが、棘を感じさせる言い方だった。俺は少しムッとしたが、余計なことは言うべきではないと自分を納得させた。

ミーアの言いたいことはわかる。要するに、アロの安定したレベル上げを目的とした戦闘スタイルが気に喰わないのだろう。戦闘経験を積ませたくてわざわざ俺を引き剝がしたのに、結局俺がついていることとありきの戦い方で、勝ち筋を探るつもりが毛頭ない、と。

ただ、アロは俺がいる間はずっとそうやってきたのだし、今回もレベルが第一の目的だと思っているだろう。俺もミーアの今の発言を聞くまで、今はこの戦い方でいいと考えていた。

アロは、必要なときにはしっかりと勝つための戦い方をしている。自分の方針とズレていたからといって拗ねられても困る。

それにミーアも口にしていたが、相柳は普通に強い。もう少しステータスが低い相手であれば、アロも勝ちにいったかもしれない。

だが、相柳は相手の土俵でまともに戦えば、俺でも苦戦するステータスだ。アロとトレントが一か八かで攻勢に出て強引に相柳の再生能力を上回るダメージを叩き込もうとすれば、三分経たずに返り討ちとなって全滅する可能性が高い。かなり苛烈な近接戦になるため、俺とミーアの救助が間に合わない危険性だって一気に跳ね上がる。

ミーアはきっと、それをしろと言っているのだ。だが、俺は、さすがに戦闘訓練でそこまでしろとは言えない。ミーアのそれは、明らかに仲間を使い潰すことを前提にした考え方だからだ。

俺はミーアの、二体いるのだから片方死んでも構わないだろう、という言葉を思い出していた。

そこまでしないと神の声には勝てないかもしれない、というのはわかる。だが、俺はアロかトレントを犠牲にすれば確実に神の声を倒せると言われたって、絶対にそれは受け入れない。ミーアとは違う。

神の声は、この世界を崩壊させるための大きなシステムのような存在だ。そんな奴を相手取るに当たって、俺の考えは甘いんだろうなとはミーアに会う前から気がついてはいた。しかし、ここは譲っちゃいけねぇラインだ。

『……悪いな、お前から見たら俺はさぞ甘ちゃんに見えて仕方ねぇだろう』

「いい、悪いとは言っていないさイルシア君。思ったことを口に出しただけだ。含みを持たせたようで申し訳ないね」

ミーアの言葉は裏が読めねぇ。ミーアは笑っていても、呆れていても、表情も声調もどこか作られたもののようだった。皮肉なのか本心なのかさえわからないし、敢えてそれを問い質す気にもなれなかった。

「きゃあっ！」

そのとき、アロの悲鳴が響いた。避け損ねた相柳の『腐蝕酸』をまともに背に受けたのだ。アロは地面に肩から落下した。羽根が溶け、背の肉が腐り落ち、骨が覗いていた。

アロの腕から投げ出されたトレントが、顔面から落ちて地面に打ち付けられていた。

相柳が一気に接近していく。ここから立て直して距離を取るのは、今のアロ達にはもう不可能だ。

『やっ、やらせませんぞ！』

トレントがアロの前に立ち、一気に巨大化した。膨れ上がる身体が、ゴツイ樹皮へと変化していく。元のワールドトレントの姿に戻ったのだ。

腕代わりの大きな枝を掲げる。その枝を、細かい枝が覆い尽くしていった。トレントの『樹籠の鎧』だ。

枝の大きなダマができた。恐らく、相柳の一撃を身体で受け止め、『ウッドカウンター』のスキルでぶん殴り返すつもりだろう。

だが、相柳もまた甘くない。トレントのオハコの耐久力は相柳の方が遥かに上だ。

相柳の一撃も相当重い上に、近接スキルも豊富だ。この間合いで戦うのはいくらなんでも危険だった。ミーアはそれをさせたがっているようだが、俺はさすがに賛成できねぇ。

相柳はトレント目掛けて、撓《しな》らせた巨大な尾を鞭のように打ち付けようとした。

いや、違う！　搦め取って、締め付ける気だ！

あれではカウンターで殴り返すこともできない上に、締め付けが始まったら無事に助けるのは困難だ。

俺は『次元爪』で、相柳の尾を弾いた。思わぬ一撃に相柳の巨体が後方へ跳んだ。トレントは太い幹を前傾に撓らせ、安堵の様子を見せていた。

相柳は綺麗に渦を巻きながら着地して衝撃を殺し、離れた場所にいる俺を睨んだ。

『ミーア、ここまでだ』

「仕方がない。そう警戒しないでくれ。私も別に、傲慢に振る舞うつもりはないんだ」

ミーアの言葉を聞いて、俺も安心した。もう少し食い下がって来るかと思っていた。

しかし……あの相柳、本当にタフだ。倒し切るのにちっと時間が掛かるかもしれねぇ。俺も、あのステータスと一対一で殴り合うのは遠慮したい。

俺は地面を蹴って翼を広げ、相柳へと飛んだ。

『ミーア、援護射撃を頼む』

ミーアは『人化の術』で攻撃力が半減している。解除する気がないのなら、数値の減少のない魔法攻撃で援護してもらった方がいい。ミーアの魔法攻撃なら、相柳にとっても無視できないダメージになる。俺が近接で気を引きつつ攻撃を通せば、相柳相手でもすぐに倒せるだろう。

「その必要はない。あのくらい、私だけで充分だ」

ミーアが大剣を構えて地面を蹴った刹那、その姿が消えた。

いや、違う、遥か前方へ瞬間移動したのだ。俺よりもずっと速い。

リリクシーラの『神仙縮地』が頭を過った。あれは空間を縮めたり広げたりして瞬間移動したり、投擲武器の軌道を曲げたりするスキルだった。今の動きは、あの『神仙縮地』に近いものがあった。

しかし、ミーアのスキルにそのようなものはない。

恐らくあれは『神速の一閃』だ。他で見たことがあるが、あのスキルは瞬間速度を引き上げる。

だが、あまりに洗練され過ぎていて、ほとんど瞬間移動にしか見えない。極めればここまでになるスキルなのか。

ミーアは俺に先行して相柳へと接近していった。

ただ、ミーア一人で相柳を相手取るのは、彼女にとっても決して楽ではないはずだ。特に『人化の術』間は攻撃力が半減する。

魔法力はそのままだが、ミーアの主要な攻撃魔法は『ダークスフィア』のみだ。防御が硬く、再生能力に長けた相柳相手には決定打がない。

となると、『人化の術』を解除するつもりか……？

ミーアの種族はタナトスとなっていた。アンデッド系統であることは所有スキルから明らかだが、どういった姿の魔物なのかは知らない。その気になれば『ステータス閲覧』から種族情報を確かめられるが、本人が話さない以上、勝手に調べるのもバツが悪いと感じていた。

相柳は大量の眼球でミーアを睨みつけていた。だが、ひとまずは近くのトレントから処理しようと考えたらしく、首の向きを変えた。トレントがびくりと巨体を揺るがし、枝を構えて戦闘態勢を取った。

「寂しいじゃないか、他所見とは」

ミーアが目を見開いた。禍々しい殺気が周囲に走る。後方にいる俺まで、悪寒を覚えて身体が強張るのを感じた。恐らく彼女の特性スキル……『死神のオーラ』だ。

相柳が硬直した。その後、相柳の大量の眼球が血走り、真っ赤になった。目と目の隙間から、血らしき真っ赤な液体が滲み始める。ミーアの挑発に対し、激怒しているようだった。

ミーアは相柳に接近し、口許に笑みを浮かべた。手にした大剣……『黒蝿大刀』を構え、相柳の間合いの内側へと入り込む。

『『人化の術』、解かねぇのか!?』

俺は慌てて爪を構えた。すぐに『次元爪』で援護射撃ができるようにだ。

人間体では攻撃力が半減しているので決定打がないはずだ。おまけにＨＰも半減している。魔物の間ならあるはずの外皮もないのだ。

相柳は、タフさと高火力の攻撃で殴り合いに持ち込むタイプだ。『人化の術』のまま相柳の間合いに入るのは無謀すぎる。一発入れても、返しの一発を受ければ致命傷を負いかねない。

「必要ない。この姿の方が戦い慣れているのでな」

だが、魔法の間合いではない。今のミーアの攻撃力で、相柳相手に決定打を与えられるのか……？

ミーアが剣を振るう。実体を持った斬撃が宙を飛び、相柳の頭部の大きな眼球を斬りつけた。相柳の大量の眼球の内、二つが潰れて真っ赤な血が噴出した。

相柳は自身の負傷などないかのように、ミーアへと頭部を勢いよく打ち付ける。周囲が揺れ、地面が割れた。だが、ミーアは、いつの間にか相柳の頭の上へと移動していた。

恐らく、また『神速の一閃』を用いたのだ。そのことはわかるが、俺もどう移動して上へと回り込んだのか、一切見えなかった。掲げていた『黒蠅大刀』を、ミーアは足場の相柳へ振り下ろす。

「『残影剣』」

ミーアの手許がブレる。『黒蠅大刀』が二本になった。そういうふうにしか俺には思えなかった。振り下ろされた二つの刃が相柳の後頭部を抉る。裏側の神経を抉られた目玉が、相柳の身体から転げ落ちていく。

相柳が激しく頭を振るい、ミーアを払い落とす。ミーアはその瞬間に宙へ跳び、相柳の顔面に再度一撃をお見舞いした。

相柳は一瞬怯んだが、眼球を外側へ押し広げて大きな口を開いた。口の中から、赤紫の触手のような巨大舌が三本伸びる。口の端についている牙は長く、一本一本がミーアの背丈ほどあった。

相柳は大口を開けたままミーアへと喰らいつきに掛かる。ミーアはその牙を蹴って後方へ逃れる。相柳はそれを追い掛け、ミーアが着地するまでに再び喰らいついた。

だが、相柳が口を閉じたとき、ミーアは再び相柳の頭の上に立っていた。相柳の下顎を蹴って跳び上がっていたらしい。

速い……！　いや、速いだけじゃああはならねぇ。完全に相柳の動きを見切っている。『神速の一閃』は、あまり複雑な動きはできねぇはずだ。使用中はほぼ直線移動だ。下手に連打すれば、むしろ隙を作ることになる。

だが、ミーアは相手の動きを読み、的確に『神速の一閃』を使っている。言葉にするほど簡単なことじゃねぇ。

相柳の頭部は、外皮がない弱点であると同時に、豊富な攻撃手段を持った武器でもある。近づかず、遠距離魔法で攻撃するべきだと俺は考えていた。しかしミーアは自分から頭部へ近づき、相手の攻撃を全て至近距離で往《い》なしている。

俺はミーアの戦い振りを見て、リリクシーラの雇った剣士、ハウグレーを思い出していた。ミーアがあんな反則技を使うかどうかはわからないが、剣術やスキルの精度なら、恐らく彼女はハウグレー以上だ。

ハウグレーは一般聖騎士以下のレベルだったが、俺相手に単騎で古びた短剣一本で挑んできた。ミーアは、レベルのあるハウグレーだ。

ミーアがまた相柳の頭部の眼球を斬りつけた。相柳は眼球の合間より、大量の『腐蝕酸』を放出した。ミーアは頭部を蹴り、地面へ逃れる。

相柳は激しく首を振り乱しながら、『腐蝕酸』を撒き散らした。まるで雨だ。地面が溶けだし、煙が上がる。一旦距離を置くしかないと、俺にはそう思えた。

だが、ミーアは逆に距離を詰めに掛かった。『腐蝕酸』の雨をものともしていない。

耐性があるのかと思ったが、違った。雨の合間を抜け、避け切れない飛沫は大剣で斬っていた。

目前の光景を、俺は受け入れられなかった。これが勇者ミーア……！

ハウグレーといい、ヴォルクといい、この世界の最上位剣士はステータス以上の力を持っているとは思っていた。ミーアはその完成形だ。俺には、そういうふうに思えた。

だが、『腐蝕酸』の雨の中、相柳がミーアへと大きく尾を掲げた。あまり動き回れないミーアを、自身の撒いた酸の雨を突っ切って尾で叩き潰すつもりらしい。元々相柳は、自身の放つ『腐蝕酸』への耐性スキルを所有している。

避ければ『腐蝕酸』を受ける。だが、避けなければ相柳の尾の直撃だ。『人化の術』間の彼女の体格とステータスでは、あの攻撃を正面から受け止めることはできない。

相柳の攻撃をまともに受けるよりは、『腐蝕酸』の飛沫を浴びた方がマシだ。ミーアならば『腐蝕酸』に触れても、一気に行動不能に追い込まれることはないだろう。

俺はそう考えたのだが、ミーアは動きを止めた。相柳の尾の一撃をまともに身体にくらった。

『おっ、おい、ミーア！』

援護すべきだったか!?　さすがにミーアが、伝説級とはいえ低レベル相手の攻撃の一撃でやられたとは思えない。だが、かなり重いダメージを負ったはずだ。

「『掬虚月《きくうつろづき》』」

次の瞬間、相柳の太い尾が大きく抉れた。相柳の硬く分厚い鱗が、事もなげに引き裂かれている。血と肉片が飛び交い、相柳の巨体が吹き飛ばされ、黒い大木に叩きつけられた。相柳は地面に落ち、ピクリとも動かなくなった。

な、なんだ、今の攻撃……。持久型の伝説級の魔物である相柳に、攻撃力半減の人化状態で決定打を叩き込んだ。ミーアは大剣を背負う。

「受けた打撃を、移動のエネルギーに変えて打ち消す受け流しの技だよ。剣先に威力を乗せてお返しすれば、こういうこともできる」

7

戦いが終わり、俺達は相柳の亡骸の前へと集まった。

『すげぇな……人間の姿で、持久型の相柳を一気に倒しちまうなんて』

「こっちの方が動きやすいんだよ。戦い慣れているからね。それに私の特性スキルの『冥府の鏡』は、『人化の術』に必要なMPをほとんどゼロにしてくれるんだ。今の私の纏う妖気も和らげてくれる」

ミーアは軽く笑いながら答える。

今回の戦いでアロは【Lv：97／130】から【Lv：102／130】へ、トレントは【L

v：99／130】から【Lv：102／130】へと上がっていた。

　倒したのはほとんどミーアの攻撃だが、分配された分だけでも充分レベルが上がっている。それだけ相柳が強敵だったということだ。

　それにミーアが言っていたように、ダメージ自体はそれなりに通っていたのだ。攻撃していたのはほとんどアロだが、トレントもちょっと上がり幅は劣るものの、しっかりとレベルが上がっている。

　やはり『死神の種』の影響力が結構馬鹿にできないようだ。考えてみりゃ、どんな格上の相手にも通用して、粘りさえできればいつかは倒せる技だ。

『思ったよりは上がっていませんな……私もアロ殿も』

　木霊状態のトレントが、ちょっとがっかりしたように零す。

「確かにイルシア君の背に乗せてもらっていた方が、レベルは上がっていただろうね。安定して攻撃できる状況さえ作れば、私達の直接攻撃なしでも倒し切れていただろうし。でも君達には、伝説級の魔物との戦いを体験してみて欲しかったんだ」

『な、なるほど……』

　トレントは俺の前脚を盾にして隠れ、こそっとミーアの方を見る。……トレントも、余計なことを口にしてミーアに目を付けられるのが怖いのだろう。

「でも、レベル最大のあなたより、竜神さまに倒してもらった方がよかったのではありませんか？」

　アロがミーアへとそう言った。

『アッ、アロ殿！』

　トレントが羽をぱたぱた動かす。ミーアはトレントを見てくすりと笑った。

「気を遣ってくれているのは嬉しいけれど、そこまで警戒されるのは寂しいかな」

『すっ、すいませんぞ……』

　トレントがぺこぺこ頭を下げる。ミーアは苦笑いしながらそれを眺めていた。

　それから「ふむ」と零し、顎に手を当てる。自分の考えを少し、頭の中で纏めているようだった。

「イルシア君のレベルについては、そこまで課題だとは思っていないんだ。確かに伝説級のステータスの上がり幅は大きいけれど、それよりも私は経験や技術、情報の方が大切だと思っている。数値が百、二百変わったところで、一度攻撃が当たるか外れるかで、そんなもの簡単になかったことになる程度の差だからね。勿論、あるに越したことはないけれど」

　攻撃力や素早さが二百も上がれば、大分変わってくると思うんだが……。いや、しかし、ミーアが相柳を圧倒していたのは、ステータスというよりも純粋な戦闘技量であったように見えた。ミーアが言うのは確かに説得力がある。

　ハウグレー相手に攻略法が見えなかった際に、俺は自分の戦闘技量の低さを突き付けられた。

　俺だってこれまで死に物狂いで戦ってきた経験はあるつもりだ。だが、俺が外に出て戦わなきゃならねぇ神の声の『スピリット・サーヴァント』は、過去の神聖スキル持ちの中での選りすぐりだ。全員ミーアと並ぶか、下手すればそれ以上だろう。

「それにイルシア君は、経験値倍増スキルがあるらしいからね。ヘカトンケイルとの戦いもあるから、すぐに最大まで上がるよ。進化の上限も簡単には外れないだろうし、ここを焦るよりも、私の戦い方を見ておいてほしかったんだ。ヘカトンケイルとの戦いでぶっつけ本番というわけにもいかないし、塔の中にそれ以上の魔物がいたっておかしくはないからね」

　確かにその考えには同意だ。ヘカトンケイル戦に向けて少しでも攻撃力が欲しかったという気持ちはないわけではないが、ミーアの戦闘能力は高い。

　それに、アロとトレントも前回に比べてかなりレベルを上げている。レベルを気にしすぎるより、しっかりと効率的にダメージを与えられる動きができるかどうかを重要視した方がいい。

　そして俺のレベルは、ヘカトンケイルを倒せばすぐにレベル最大近くまで持っていけるはずだ。ミーア、アロ、トレントと経験値を分けることになるので直接レベル最大とはいかないかもしれないが、ミーアの言う通り、レベル最大自体にそこまで固執する意味も薄い。できるならやっておいた方がいいことは間違いないが、俺達がしっかりミーアの戦い方を分かっておくことの方が大事だった。

　それに、ミーアの戦い方を見て、俺に足りないものを再認識させられた。無論、意識したからといって、一朝一夕で戦闘技量や経験が身につくものではない。しかし、だからといって諦めるわけにはいかない。一回一回の戦いから、先に繋がるものを得ようと努力するしかない。

リリクシーラも戦いの読みや技術に長けていた。序盤は圧倒されていたが、俺も彼女と極限の命のやり取りをする中で、最後には喰らいつけるようになっていた。そうでなければ、負けていたのは俺だっただろう。

あのときのように、格上との戦いの中で、相手の考えや技術を吸収していくしかない。ミーアと相柳の戦いは、その現実を俺へと突き付けてくれた。

アロはまだ納得いかない様子でミーアを見ていた。

ミーアの考え方や意識は、俺のそれとは大きく異なっている。アロやトレントにはすぐには受け入れられない部分が多いのかもしれない。

俺もレベルより純粋な戦闘技量を磨くことを優先する考えは、ハウグレーやリリクシーラの戦闘勘の高さに圧倒されていなければ、到底納得できていなかっただろう。

ミーアは遠くにある、天を穿つ巨大な塔へと目を向ける。

「……ヘカトンケイルのところには、もうすぐ着きそうだね。どれ、食事休憩がてらに、親睦を深めるというのはどうだろう？　君達も、腹の分からない相手に命を預けて戦いたくはないだろう」

ミーアはそう言ってニヤリと笑い、顔の向きを変えた。俺も彼女の視線の先を追い、相柳の亡骸を見つめた。

ミーアの最後の一撃をまともに受けたところから内臓が零れ出ており、大木に打ち付けたせいで、大量の目玉が拉《ひしゃ》げてグロテスクなことになっていた。

『……マジ？』

「今更の話だろう？　案外神経が細いんだな、イルシア君」

　ミーアは俺の反応を楽しんでいるようだった。

『ま、まあ、人の頭がついてないから、いけるっちゃいけるが……』

　俺はそう言いながら、相柳の巨大眼球って、蛇というよりは人間の目玉だよなと、そんなことを考えていた。

8

「うむ、うむ、全然食べられるな。魔物の中には、とんでもなく大味なものも多いんだ」

　ミーアは金属串についた肉を頬張り、楽しげにそう漏らした。

　相柳の肉を細かく切ったものである。串はミーアが用意してくれた。『クレイ』を用いて土の串を作り、それを『アルケミー』のスキルで金属へと変えたのだ。

　俺も『人化の術』を用いて、ミーアの前に座っていた。手には、ミーアの渡してくれた相柳の串焼きがあった。

　相柳は元々、体表は緑で、肉は白かった。俺が『灼熱の息』で焼いたから、赤茶色へと変わっている。

　鼻を近づけ、匂いを嗅ぐ。なんだか薬のような……生臭いような……そんな匂いがする。悪いとは言わないが、そう食欲をそそる感じではない。

『主殿、食べないので？　塩が合っていて美味しいですぞ』

　トレントはそう言いながら、相柳肉を平然と食していた。ミーアも嬉しそうにトレントを見ている。トレント、実は俺より適応力高いんじゃなかろうか。

　俺はちらりと、相柳の亡骸へと目を向ける。目玉は衝撃で破裂したようなものばかりだが、その中に紛れ、まだ形の残っているものもある。俺は、それと目が合った。何となく目を閉じ、小さく頭を下げた。

「君は本当に繊細なんだね、イルシア君。しかし、オネイロスの姿を見て、もっとゴツい人間になるものかと勝手に思い込んでいたよ。可愛い顔をしているじゃないか」

　ミーアは口を開け、俺をからかうように笑い、また相柳肉へと口を付けた。

　……どうにもミーアは掴みどころがねぇ。冷酷に見えるときもあるし、何か腹に一物あるように見えるときもある。かと思えば、トレントやアロを脅かして反応を窺ったり、俺をからかったりと、お茶目な側面も持ち合わせている。

　隣に座るアロが、俺の左腕を引いて身体を寄せ、ジロリとミーアを睨む。

「その、竜神さまは、渡しませんから！」

「お、おい、アロ……」

ミーアはその様子をきょとんとした様子で見た後、何かを察したように目を細め、次の串へと手を伸ばす。

「フフ、随分と部下から好かれているんだね」

……本当にミーアは掴みどころがねぇ。言っていることのどこからどこまで本気で、発言の真意がどこにあるのか、見極めるのが難しい。共闘を前に親睦を深めたいだなんて言っていたけれど、別の狙いがあるのではなかろうか。

俺を探るためか？　信用を得ておきたいからか？　いや……それとも、何か別の意図が……！

「余計なことを言い過ぎてしまったかな？　気を悪くしたのなら申し訳ない。私も、少し燥ぎ過ぎているかもしれない。私の場合、このンガイの森に取り込まれてからは単身であったし、その前も部下とは別行動を取っていてね。もう誰かと語らうことも永遠にないのかもしれないと、そんなことを考えていたよ。いや、しかし、誰かと食事を摂るというのは楽しいものだな。久々に賑やかな気持ちになれた気がする」

……案外、これが本音なのだろうか？　俺は自然と自分の口許を緩めていた。

俺は手にしていた串を、自分の口へと運んだ。直前で少し躊躇ったが、目を瞑って一気にかぶりついた。

アダムよりマシだ！　アダムを食べるよりはマシだ！

「あ……意外とうめぇ」

鶏肉と鰻の中間のような味をしていた。肉は硬く、変な弾力があってややゴムっぽいが、しかしそれもそこまでマイナスなわけではない。噛めば噛むほど熱々の脂汁が噴き出てくる。

ミーアがにっと笑った。

「結構イケる味だと、さっき言ったじゃないか。信じていなかったね？」

三十分程経過し、トレントは膨れ上がった腹部を空に向け、仰向けに寝転がっていた。

『うっぷ、少し食べ過ぎましたぞ』

「お前、ちゃんと動けるよな……？　すぐ出発するぞ」

『わかっておりますぞ、わかっております……』

「いや、楽しかったよ。私の我が儘に付き合ってもらったみたいで悪かったね」

「そんなことねぇよ。アロとトレントは消耗してたから、ヘカトンケイル戦に向けて、しっかり食って回復してもらわねぇとな。それに、俺も楽しかったよ。上手く言えねぇけど、俺は何だか、ミーアのことを誤解してた気がする」

ミーアは神の声を止めようとしている。

前代は世界中を巻き込んだ壮絶な戦いだったという。怨恨もあるのだろうか、世界を滅ぼそうとする神の声を止めなければいけないという、使命感もあるのだろう。もしかしたら、犠牲にせざるを得なかった者達への、罪滅ぼしの意味合いもあるのかもしれない。

だからミーアは、真っ直ぐ神の声討伐を見据えている。あまりにストイック過ぎて俺達の考え方からは違ってしまっているが、ミーアの立場や経歴を考えれば、彼女の思想も納得はできるものだ。それに、ミーアにも人間らしい感性は残っている。俺にはそういうふうに思えた。

「それはよかった。あまり信頼されていないようだったから、そこが少し気掛かりだったんだ。イルシア君達と多少なりとも親交を深められたようでよかったよ」

ミーアはそう言ってアロへと笑い掛ける。アロはびくりと肩を震わせ、また俺の片腕に抱き着き、ミーアを睨んだ。

「アロ、そんな睨まなくてもいいだろ」

「ごっ、ごめんなさい。そんなつもりではなかったんですが……」

「ハハハ、難しいね。どうやら、イルシア君から好かれると、アロ君からは嫌われてしまうらしい」

ミーアは茶化したようにそう言い、別の方向へと目を向けた。

俺は彼女の視線の先を追った。ヘカトンケイルの守っている巨大な塔の方向であった。ミーアは今後のことを考えていたのかもしれない。

この距離なら、もう魔物とは接触せずにヘカトンケイルの許へいけるはずだ。もうちょっと近づいたら休息を挟んでアロとトレントを完全に回復させ、ヘカトンケイルとの再戦だ。

ヘカトンケイルを倒せば、きっと現状への打開策が何かしら見えてくる。外に出られたら、アロ、トレント、ミーアと手分けして、ヴォルク達との合流と『スピリット・サーヴァント』の撃破だ。
……それが終われば、また神の声が俺達の前に姿を現すはずだ。

「ねえ、イルシア君」

ミーアが俺の名前を呼ぶ。

振り向けば、じぃっと俺の顔を見つめていた。探るような、そういう目に俺には思えた。つい、俺は身構えた。

「イルシア君、君が、神の声を殺すんだ。頼んだよ」

「あ、ああ、やってやるさ」

俺は頷いた。

頷いてから、ミーアは自分で直接神の声を叩くのは諦めたのだろうかと、ふと考えた。ミーアはここの魔物同様に、一部のスキルを神の声から引き剥がされているようだった。彼女はもう進化できるような機会は自身には回ってこないと、そう知っているのかもしれない。

第2話　再戦、最堅の番人

1

俺はンガイの森の巨木の枝から、天穿つ塔の入口へと目を向けた。既に塔の番人である難敵、ヘカトンケイルが視界に入るところまで来ていた。

全長十メートル近くある、三十近い多腕を有する、首のない巨人の像……。

以前にヘカトンケイルと戦った時とは違う。俺も【Lv：128／150】から【Lv：139／150】へと上がっている。伝説級のレベル十は大きい。

攻撃力が少しでも上がれば、防御面極振りのヘカトンケイルに多少なりとも安定したダメージが与えられやすくなる。

当時、トレントは【Lv：69／130】、アロも【Lv：72／130】だった。しかし今は、二人ともレベル百越えまで到達している。前回は全力で攻撃すれば一応多少はダメージを与えられる程度だったアロも、今なら安定してダメージを与え続けられる。

トレントはＨＰと防御力では俺以上だ。回復や補助魔法なしの素の状態でも、ヘカトンケイルの攻撃を一方的に七回受け止めることができる。

そして何より、強大な助っ人であるミーアが手を貸してくれている。伝説級最大レベルは伊達ではない。下手したら、いや下手しなくとも、俺よりずっとダメージを稼いでくれるだろう。神聖スキル持ちとしては大先輩だ。

『トレント、今回はワールドトレント状態で、攻撃を引き受けてもらっていいか？』

『はっ、お任せくだされ！　ついに私が本領を発揮できる時が来ましたな！』

トレントが翼を腰辺りに当て、ぐっと胸を張る。

……そういやこれまで、敵の攻撃を引き受けるっつう、持久型らしい役割をほとんど任せたことがなかったかもしれない。今まではトレントの受けきれる攻撃なら、俺がそのまま受けた方がよかったしな。

ヘカトンケイルがトレントを攻撃している間はヘカトンケイルに隙が生じるはずだ。人数で大きく勝る俺達は存分にその隙を突くことができる。

『私は攻撃を引きつけつつ、肉薄して〖死神の種〗の効果を存分に発揮し、隙あらば〖ウッドカウンター〗で大ダメージを叩き込んでやればいいわけですな！』

トレントが胸を張って、得意げにそう言った。そう聞けば、トレントが一気に心強くなったような気がする。

元々、ヘカトンケイルとの戦いは極端な長丁場になると踏んでいた。トレントの『死神の種』は、ヘカトンケイルに対する強力なメタスキルになる。

ヘカトンケイルの偏ったステータスに、綺麗にトレントのステータスが嵌っているようにも思えた。今回はトレントが大活躍を見せてくれそうだ。

「物理カウンターは止めておいた方がいいかな。あの巨像の刃は、自身を傷つけることはできない。あの番人は、攻めることより完全に守ることに特化しているからね。君よりは攻撃力は高いだろうが、それをカウンターしてあれにぶつけたって意味はないよ」

ミーアの指摘に、トレントががっくりと肩を落とした。

『そ、そうなのですな……』

「ああ、君は『死神の種』に成功すれば、後はひたすらガードに徹してくれればいい。スキルを聞いた限り、ヘカトンケイル相手では『死神の種』以外に打点を取れるスキルがない」

『はい……』

……ヘカトンケイルのステータスが偏っているが故に、カウンターが一切活きず、トレントは完全な肉盾になってしまった。いや、木なんだが。

トレントは敵の攻撃を引き受けて仲間を守る戦い方に憧れている節があった。あったが……それとは別として、敵に積極的にダメージを与える、アロのような戦い方をしてみたい、という雰囲気も時折感じていた。今回はどっちも熟《こな》せると信じていたようだったので、ちょっと複雑な気持ちのようだった。

『アロは今回、分身はいい。どうせ長引くのはわかり切ってるからな。ヘカトンケイルは絶対に長期戦を押し付けてくる。あんなの相手に、短期決戦に持ち込むのは不可能だ』

「はい！　わかっています」

アロの『暗闇万華鏡』は強力なスキルだ。三人に分身すれば、それだけで手数を三倍に増やすことができる。

ただ、魔力の消耗はその分激しい。ヘカトンケイル相手には、ちょっとでも魔力を無駄にしないことが大切だ。

アロの分身体は魔力の塊だ。分身体の魔力が回収できない状態になれば、一気に大量の魔力を失うことになる。

たとえば、攻撃されて分身体の魔力が分散すれば、その分魔力のマイナスに直結する。今回に限っては、魔法の連射速度を上げるより、三倍時間が掛かっても確実に敵に当てられる攻撃回数を底上げするべきだ。

『ミーアはどうするんだ？』

「私はこっちの姿でやらせてほしい。ヘカトンケイル相手に打点を取りやすいのはあっちだろうが、ちょっと問題があってね」

『問題……？』

「共闘には向いていないんだ。あの姿だと、ちょっと大雑把な攻撃になってしまう。どうしてもヘカトンケイルに対して最後の追い込みが足りないとなれば、一つの手として、君達には逃げてもらって単騎で戦うのがいいかもしれない」

『……な、なるほど、よくわかった』

　俺は巨大化したミーアが、ルインよろしく無差別に大暴れしている光景が頭を過った。あそこまで分別がない状態になるとは思いたくないが、彼女の口振りから察するに、アレに近い戦い方になるのかもしれない。

「それだけではないのだけれど、まあ……今更、ここに来て話すことでもないだろう」

　ミーアが小さく、つい口走ったというふうにそう漏らした。

『それだけではない……？　もしかして、なんか黙ってることがあんのか？　それなら、言っといてもらわねぇと、不安になるんだが……』

「ああ、いや、悪かったよ。ただ、目前の問題が片付いて、区切りがついてからの方がいいと思ったんだ。また話すよ。ヘカトンケイルを倒して、塔の中を確認して、無事に外に出て……それからかな」

『……わかった、じゃあ、また後で頼むぜ』

　きっと、ミーアの進化種族のことなのだろう。タナトスに何かよっぽど問題でもあるのかもしれない。ミーアのステータスを見た時、俺も何となく不吉なものを感じていた。

ミーアは、遠くのヘカトンケイルへと視線を向ける。

「随分と久々に見た気がするよ。いや、実際にそうなのだけれど、私は『冥凍獄』の中にいたわけだからね」

オリジンマターの『冥凍獄』の中では、時間の流れを感じない。ミーアが言いたいのは、そのことだろう。

「不思議な気がするよ、ヘカトンケイル。数百年前に私が挑んだ時からずっと、君は使命なき番人をまだ続けているんだね。変化というのは時として残酷なものだが、停滞というのもやはり歪なものだ」

ミーアは寂しげにそう口にし、背負っていた『黒蠅大刀』を構えた。

「終わらせてやろう。そろそろあの子も、疲れたろう」

『……ああ、そうだな』

2

俺はアロ、トレントを背に乗せ、翼を広げてヘカトンケイルへと飛んだ。ヘカトンケイルは前回の戦いの際と同様に、俺達が一定の距離まで近づいたところで唐突に動き始め、大剣を俺達へと向けて構えた。

〖ヘカトンケイル〗
種族：ヘカトンケイル
状態：狂神
Ｌｖ　：140/140(MAX)
ＨＰ　：10000/10000
ＭＰ　：10000/10000
攻撃力：1500+200
防御力：4000
魔法力：1500
素早さ：1500
ランク：L(伝説級)

装備：
手：〖巨像の大剣:L〗

神聖スキル：
〖人間道｜(レプリカ):Lv--〗
〖修羅道｜(レプリカ):Lv--〗
〖餓鬼道｜(レプリカ):Lv--〗

特性スキル：
〖グリシャ言語:Lv5〗
〖気配感知:LvMAX〗
〖HP自動回復:LvMAX〗
〖MP自動回復:LvMAX〗
〖超再生:LvMAX〗〖過回復:LvMAX〗
〖第六感:LvMAX〗
〖剣士の才:LvMAX〗〖狂神:Lv--〗

耐性スキル：
〖物理耐性:LvMAX〗
〖魔法耐性:LvMAX〗
〖魔力分解:LvMAX〗〖物理半減:Lv--〗
〖状態異常無効:Lv--〗
〖七属性耐性:LvMAX〗

通常スキル：
〖ハイレスト:LvMAX〗
〖自己再生:LvMAX〗〖次元斬:LvMAX〗
〖ハイジャンプ:LvMAX〗
〖破魔の刃:LvMAX〗〖瞑想:LvMAX〗
〖影演舞:LvMAX〗
〖自然のマナ:LvMAX〗

称号スキル：
〖天穿つ塔の番人:Lv--〗
〖不動不倒:Lv--〗〖最終進化者:Lv--〗
〖元英雄:Lv--〗〖元魔王:Lv--〗

　改めて、ヘカトンケイルのステータスを確認する。やっぱし、何度見たって異様なステータスだ。『物理半減』や『魔力分解』なんて恐ろしいスキルを、おまけのように所有してやがる。それも、基本耐性スキルと重複しているのがとんでもない。

　しかし、今回は諦めて逃げたりなんてしねぇ。残り日数だってあまり猶予がない。ミーアだって、これ以上に狂神が進行しかねない。倒すための力は、算段は、充分に蓄えてきた。

『前回のようにはいかないぜ、ヘカトンケイル……！』

俺の言葉に、ヘカトンケイルからの反応はない。

俺はヘカトンケイルの右側へと回り込むように飛びながら、高度を落として一気に接近していく。

ＭＰが尽きるまでに倒さなくてはならない。だから『次元爪』は撃たない。ただ近づいているような状況で『次元爪』を使うのは勿体ない。

単発のダメージ以外に、ミーアの戦闘補佐になるような状況でなければ、無事に当ててもむしろＭＰが勿体ない、なんて状態になりかねない。俺は基本的に、直接攻撃で打点を稼いでいく。

俺の動きに合わせ、ヘカトンケイルは大剣の向きを変える。

「敵はあちらだけではないぞ」

ミーアはそう言いながら、俺とは反対に左側より、ヘカトンケイルへと地上を走って接近していく。ヘカトンケイルはこのまま待っていれば片方に死角を晒すと考えたらしく、俺の方へと走ってきた。

「自身から回り込み返して、一方向から相手取ろうという考えか。しかし、今私にあっさり背を晒したのは愚策ではないか？」

ミーアが大剣を掲げる。黒い魔法陣の輝きと共に、黒い光の球体がヘカトンケイルへと飛来していった。

「〖ダークスフィア〗」

今のミーアは、攻撃力よりも魔法力の方が遥かに高い。伝説級最上位レベル、【魔法力：４４４

4】の一撃は、ヘカトンケイルにとっても決して軽くはない。

ヘカトンケイルは、大剣の刃を盾のように構えた。易々と直撃を受けていい攻撃ではないと判断したようだった。

ミーアは地面を蹴り、速度を上げる。〘神速の一閃〙を用いた移動だ。

そして、構えた刃を振るう。斬撃は刃を離れ、地面を穿ってヘカトンケイルへと接近していく。

距離はあるが、初見で捌けるような速度じゃない。ただの〘衝撃波〙ではない。〘衝撃波〙を〘神速の一閃〙で打ち出したのだ。スキルにはこんな使い方もあったのか。

素早い斬撃は〘ダークスフィア〙を追い抜き、ヘカトンケイルの手許を砕いた。

ヘカトンケイルの大剣が下がる。空いた胸元に、黒い光が飛び込み、炸裂した。巨像の胸部に亀裂が走り、何本かの腕が落ちた。黒い光が晴れたとき、ミーアはヘカトンケイルの目前にいた。

「どうしたヘカトンケイル、まだまだ攻めさせてもらうぞ」

〘神速の一閃〙で再び加速し、ヘカトンケイルの体勢が崩れたところを突きにいった。ヘカトンケイルの身体に、大剣の刃が叩きつけられる。ヘカトンケイルの巨体が大きく揺れた。

わ、わかってたことだが、ミーア、マジで強え……。ステータスもそうだが、本人の攻め方にも無駄と容赦が一切なく、それが高い技術と深い経験によって洗練されている。

だが、俺も、感心してる場合じゃねえ。ミーアでさえも一度、ヘカトンケイルの前に撤退を余儀なくされているのだ。

それに、ＭＰを割いて初撃から一気に畳み掛けてくれたのは、俺達に……もっといえば、トレントに確実に『死神の種』を通させるためだ。

少しＭＰを使い過ぎというか、飛ばし気味であるように思える。持久型のヘカトンケイル相手に、ずっとこの調子で攻め続けるわけにはいかないだろう。

計画を頭から失敗しないため、保険を掛けてくれたのだろう。そして、ミーアは充分以上にやってくれた。俺達がしくじるわけにはいかない。

「**グゥォオオオオッ！**」

俺は叫びながら、体重を乗せた尻尾の一撃を叩き込んだ。ヘカトンケイルの片足が僅かに浮いた。

『今だ、トレント、アロ！』

『はっ、お任せくだされ！』

「はい！　威力最大で準備していました！　『ダークスフィア』！」

アロの『ダークスフィア』がヘカトンケイルの横っ腹で炸裂する。アロの魔法で入った亀裂に、トレントの吐き出した緑に発光する種が複数、入り込んでいった。ＭＰを吸い続けるスキル、『死神の種』である。

『やりましたぞ主殿！　最大個数、叩き込んでやりました！』

『うし！　よくやったトレント！』

考えられる限り、最良の流れであった。長引けば長引くほど効果を発揮し続ける『死神の種』は、開幕と同時にぶつけておきたかった。

俺とミーアで挟み撃ちの形にできた。ヘカトンケイルは今、体勢が崩れている。一気に攻撃し続けて、ＨＰとＭＰを削る……！

俺の爪の一撃は、大きく空振った。ヘカトンケイルの巨体が影へと沈み、素早く移動し、間合いを取ったところで実体を取り戻した。ヘカトンケイルのスキルの〘影演舞〙だ。

『そう上手くは行かねぇか……。多対一の強みを、あのスキルに潰されちまうな』

上手く挟み込めても、ヘカトンケイルが一度〘影演舞〙を使えば、それだけでチャラにされてしまう。

『特に、早々にミーアと俺達の連携を一気に受けたんだ。今後は、かなり細かく使ってくるかもしれねぇな……』

「それでいい。いや、そのために最初から攻めさせてもらったんだ。警戒させてからは堅実に攻めればいいさ。あのスキルだって、便利な分、ただってわけじゃない。頻繁に使えば、それだけバテるのは早くなる」

ミーアが大剣を構え、そう口にした。

なるほど……そういう意図もあったのか。本当にミーアは心強い。

幸先のいいスタートを切れた。これは案外、余裕を残した状態でヘカトンケイルを倒し切れるかもしれねぇ。ミーアの存在も大きいが、時間が経てば経つほどトレントの〘死神の種〙が響いていくはずだ。

　ヘカトンケイルは遅く、攻撃にも決定打を持たない。そのため相手をＭＰ切れまで追い込んで勝ち筋を潰し、撤退を強いる戦法を取っている。戦いが続いているだけで持続してＭＰを削り続けるトレントの『死神の種』は、完全にヘカトンケイル対策になっている。

　以前戦ったときから、トレントの『死神の種』は使えると思っていたのだ。実際減少し続けていくヘカトンケイルのＭＰを確認し、これは予想以上の効果があるらしいとわかった。仮にトレントが今の能力のまま伝説級のステータスを持っていれば、単騎でヘカトンケイルを完封できていてもおかしくない相性差だ。

　また、ヘカトンケイルは速度がないため、相手の攻撃を受けた上で、攻撃の際の隙を突いて殴り返すという戦い方が多い。しかし、ミーアの技量であれば、ヘカトンケイル相手に一方的に攻撃を通せる機会が多いはずだ。

　そもそもヘカトンケイルの性能自体、複数を相手取るには適していない。剣士の完成形ともいえるミーアの動きに対応しようとすれば、俺に対して大きな隙を晒すことになる。だが、俺に意識を割きながら、ミーアの動きに対応することもまた至難のはずだ。

　俺はヘカトンケイルの周囲を飛び回る。アロが狙いを定めて『ダークスフィア』を放つ。

　俺も奴の死角に入れば『アイディアルウェポン』の武器創造能力で出した、夢幻竜の大鎚『オネイロスマレット』の一撃を叩き込む。

【『オネイロスマレット』：価値L（伝説級）】
【『攻撃力：＋130』】
【青紫に仄かに輝く大鎚。】
【夢の世界を司るとされる『夢幻竜』の骨を用いて作られた。】
【神の世界の楽器を打ち鳴らすために天使が使うと、そう言い伝えられている。】
【この武器の一撃は、対象の物理耐性、防御力を瞬間的に減少させる。】

『オネイロスマレット』は、防御の高い相手にもダメージを通しやすい特異な効果を持っている。前回も検証したが、対ヘカトンケイルにはこれが一番だった。『竜の鏡』で前脚を手に変える必要があるので若干MPは嵩むが、それでも『オネイロスマレット』を使う利点の方が大きく上回る。『オネイロスマレット』でぶん殴った直後、ヘカトンケイルが俺へと大剣を伸ばす。だが、上空へ逃げ、刃を寸前で躱すことができた。

武器を使うのはリーチが取れるのでいい。それにヘカトンケイルも、ミーアの牽制を受け、こちらに対応しきれないでいるようだった。

ヘカトンケイルからも、ミーアやハウグレー、ヴォルクのような、剣士を本分とするもの特有の、ステータスを抜きにした強さを感じることがある。しかし、ヘカトンケイルは素早さに欠け、また巨体である。

ミーアはヘカトンケイルに比べればはるかに小さく、素早さでも大きく上回っている。そして、剣士としての力量も、俺の見る限りではミーアの方が大きく勝っている。

それに、前回戦った感触として、記憶をなくし、自我さえ危うい今のヘカトンケイルは、過去の剣士だった際の技術が損なわれているように思う。

前に微かに『念話』に応じた際には、恐ろしくキレのある剣技を放ってきた。しかし、今のヘカトンケイルにそれはない。

『これは案外、余裕を残せる戦いになるかもしれねぇ……』

実際、塔の中から何が出てくるかはわからねぇ。中には次のヘカトンケイルがいました、なんてことがあっても不思議ではない。

理不尽ではあるが、神の声は理不尽の権化みたいな奴だ。俺がとっくに詰んでる状況で、神の声が俺の無駄な足掻きを楽しんでいるなんてことも、全然考えられる。

余裕を残せるなら残しておきたい。塔の中にまだ強敵が潜んでいたり、そもそも塔がこのンガイの森からの脱出に関係なかったりした場合、ミーアを外に連れ出すのは絶望的になる。そのときにまだ余力が残っていれば、休憩を挟まずに次の戦いに向かうことだってできる。

ミーアがヘカトンケイルの間合いの内側に入り込みながら、大剣を振るう。ヘカトンケイルは背後に退きながら、自身の間合いでミーアへ斬り掛かろうとする。

意識が完全にミーアに向いている。俺はヘカトンケイルの死角に回り、『オネイロスマレット』を振りかぶった。

ミーアの大剣が、宙を斬った。ヘカトンケイルの姿が急に消えたのだ。『影演舞』である。

俺は一瞬、反応が遅れた。ヘカトンケイルが間合いを取って大剣を構え直したため、迎撃するつもりらしいと自然と思い込んでしまっていた。『影演舞』のためのブラフだったのだ。

俺の足許から、ヘカトンケイルの巨体が姿を現した。

ミーアと斬り合うと見せかけてこっちを標的に取ってきた！

振っている最中だった『オネイロスマレット』の重量に手が取られ、ヘカトンケイルに身体を向けられない。

このままぶん投げ、反動で逃れるのも手だったが、『アイディアルウェポン』をそうポンポンと使っていれば、ＭＰの消耗が馬鹿にならない。特に今は、長期戦前提のＭＰの削り合いだ。簡単に手放していいものではない。

俺は翼で空中に身体を押し上げ、尾でヘカトンケイルの刃を防いだ。鱗が斬られ、肉が抉られる。激痛が走った。しかし、尾であれば止血程度の『自己再生』でいい。ダメージ自体も低く済む。

俺は大剣を受けた衝撃を利用し、翼を広げて高度を上げ、ヘカトンケイルから距離を取った。

「余裕はない！　私か君が回復にＭＰを使わされれば、その分だけ大きく不利に傾いていく！　ヘカトンケイルの恐ろしさを実感するのは、前半戦じゃない。自分のＭＰの底が見え始めてきて、そこでようやく勝ち筋が潰えているのだと気づかせられる。君も、それで一度撤退を強いられたはずだ。慎重に、常に全てのスキルを警戒しろ！　全て絶対に捌き切るという気持ちでいなければ、ヘカトンケイルには勝てないかもしれない！　ここでしくじれば、私も君も、後はないぞ！」

……甘い考えが出ちまったか。全て絶対に捌く、という意識は確かに薄まっていた。

そう、今この状況も、そこまで俺達に有利だとは言い難い。俺かミーアの片方が戦地に立てなくなった時点で、一気に戦況が厳しくなるのは見えている。

ヘカトンケイルは毒だ。その恐ろしさは、苦しさを感じて初めて実感する。そしてそのときにはもう手遅れなのだ。今回そうなれば、次の回復までミーアが狂神に侵食されないかは神頼みだ。もしも狂神が進行した場合、ミーアは敵になり、ヘカトンケイルはミーア抜きで突破することになる。それはもう、ほとんど詰んでいるといって間違いではない状態だ。

間合いを逃れ、体勢を立て直さないと……！　それから、さっきまでより『影演舞』による奇襲への警戒を強め、反撃を絶対に受けないタイミングを探り、慎重に動く必要がある。

言葉にするほど簡単ではない。刹那の判断ミスが敗北に繋がる。そんな状況が、ヘカトンケイルの強いる持久戦のせいで、延々と続くのだ。

だが、やるしかない。余計なことは考えるな。今、終わった後のことを考慮する余裕なんてねえ！

俺の胸部に、激痛が走った。鱗が砕け、血が溢れる。

「りゅっ、竜神さま！」

アロが悲鳴を上げる。

ヘカトンケイルの『次元斬』だった。

立て続けに攻撃を受けることになるとは思っていなかった。だが、さっきまで上手く戦えていたのは、ヘカトンケイルの意識がミーアに集中していたからに過ぎないのだと痛感させられた。

ヘカトンケイルは、削り合いに持ち込む達人だ。まともに狙われれば、無傷で安全に、かつ安定した対応を、なんて甘えた考えは通用しない。変に引き気味に戦おうとすれば、むしろ『次元斬』の攻撃を一方的に通されかねない。

『影演舞』でミーアから距離を取られたのがマズかった。ヘカトンケイルを挟み撃ちすることに拘るより、俺とミーアが離れすぎないように動く方が正しかったのかもしれねぇ。

俺は高度を上げ、ヘカトンケイルから距離を取ろうと試みた。『次元斬』も警戒して剣の動きに注意を向けつつ、こちらから『次元爪』を放った。

当ててもヘカトンケイルの膨大なＨＰとこちらの消費ＭＰを考えると、ダメージとしては美味しくない技だ。しかし、何もせずに離れるよりは、ちょっとでも小突いた方がいい。ヘカトンケイルも多少追撃に出にくいはずだ。

爪は地面を抉った。ヘカトンケイルが『影演舞』を使ったのだ。

しかし、あのスキルはそれなりに消費ＭＰが高い。なぜ、単発の『次元爪』を避けるためだけに使った……？

ヘカトンケイルの影が、塔の壁を昇って俺達へと接近してきた。

『そんなこともできたのかよ！』

俺は更に高度を上げる。

しかし、これは不味い。ミーアの到着を待って二対一に戻すつもりが、空にまで追って来られたらまた一対一に持ち込まれる。強引に追ってきたのは、俺をまずリタイアに追い込むのがこの戦いでは必須だと考えたかららしい。

空中で揉み合いになれば、引き剝がすのは難しい。下手したら地面に叩き落とされ、そのまま殴り合いだ。そうなったらヘカトンケイルの最も得意とする舞台だ。

実体化したヘカトンケイルは、塔の壁を蹴って俺へと飛び掛かってきた。

この動きは、奴のスキル『ハイジャンプ』だ！　こいつ、ここまで機動力があったのか！

前回は守り一辺倒だったから気が付かなかった。

『落ちやがれぇっ！』

俺は『次元爪』を放つ。ヘカトンケイルも同時に『次元斬』を放っていた。中間地点で、互いの間合いなき一撃がぶつかり合う。

「大丈夫、準備してました！　これで……！」

アロがヘカトンケイルへ腕を振り下ろす。巨大な竜巻が生じ、ヘカトンケイルへ迫る。『ゲール』で宙の身動きを崩す狙いらしい。

よし、これなら……と思ったのだが、ヘカトンケイルが魔力を纏った刃を振るうと、竜巻は瞬時に霧散した。ヴォルクも使っていた、『破魔の刃』だ！

　こっちが先に一撃を入れて落とすしかねぇ！　幸い、アロの魔法のお陰で、大剣が下がったところを『オネイロスマレット』で叩ける。

　だが、間合いに入るまでの時間で立て直されちまいそうだ。いや……リーチなら、稼げる！

「**ガァアアアッ！**」

　俺は一瞬速く『オネイロスマレット』を振りかぶり、そのままヘカトンケイルへ近距離よりぶん投げた。『アイディアルウェポン』を手放すのはＭＰ損失が激しいが、空高くで殴り合いに持ち込まれるよりは遥かにマシだ。ヘカトンケイルの意表も突けたはずだ。

　だが、ヘカトンケイルは大剣の柄で、俺の投擲した『オネイロスマレット』を弾いた。弾き損ねて腰の部分にハンマーが当たっていたが、ヘカトンケイルを止めるには威力が弱すぎる。

　肉弾戦で対応するしかねぇ……！　幸い、ちっとはこれで体勢が崩れたはずだ。リーチの差はあるが、どうにか凌ぐしかない。

『主殿ぉっ！　お任せくだされ！　もはや、私の飛び出すタイミングはここしかないでしょう！』

　トレントが、俺とヘカトンケイルの間へと飛んだ。

『お、おい、トレント、何やってる！』

　トレントが宙で『木霊化』を解除する。突然俺の三倍近い大木の姿へと戻ったトレントは、そのままヘカトンケイルへと覆い被さっていった。

ヘカトンケイルの大剣が、トレントに突き刺さる。そのままトレントは、ヘカトンケイル諸共地上へ落下していった。

「トレントさん……!?」

アロも困惑しているようだった。しかし、確かにこれ以上なくいいタイミングだったかもしれない。

さすがのヘカトンケイルも、突然巨大な木が降って来るとは思わなかったか。いや、わかっていても対応策などなかっただろう。

元々、トレントを盾に、俺とミーアがヘカトンケイルへ一方的に攻撃してダメージを稼ぐ策はあった。問題はどのタイミングでやるかだったが、今であれば、トレントの重量を利用してヘカトンケイルへの大きなダメージを見込める。

『〖スタチュー〗！　〖ファイアスフィア〗！　そして〖グラビティ〗！』

トレントの巨体全体が一気に金属へ変化し、全身に炎が走る。そして〖グラビティ〗の黒い光が包み込み、落下速度が増していく。

『出たっ！　〖メテオスタンプ〗！』

ヘカトンケイルは、巨体に圧倒されて為す術なく落下していく。そのままヘカトンケイル共々地面に直撃した。周囲に罅が入り、土飛沫が舞う。

や、やりやがった、トレント……！

トレントの攻撃方面のステータスは低いが、『メテオスタンプ』の威力は絶大である。かなりのダメージが入ったはずだ。ここで一撃入れられたリードは大きい。

さっきヘカトンケイルの弾いた、俺の『オネイロスマレット』が地面に落ち、ただの魔力に戻って消滅した。

『主殿、やってやりましたぞ……！』

その後、トレントは顔を顰める。

『うむ？　手応えがない？』

近くの影からヘカトンケイルの巨体が伸びた。……正直、そんな気はしていた。

そのとき、豪速で駆けてきたミーアの刃が、ヘカトンケイルの肩を砕いた。ヘカトンケイルが振り向くより早くミーアが二撃目の刃を振るう。ヘカトンケイルの多腕が砕かれていく。

「トレント君、いい攻撃だった。失敗ではなかったよ。この戦い、私とイルシア君のＭＰを残しながら有利状況を保つのが最優先だ。相手の手痛い攻撃からイルシア君を守り、かつ最終手段である〖影演舞〗を使わせたんだ」

ミーアがトレントへ笑い掛ける。

『……そ、そうでございますか、ミーア殿？』

そう、ヘカトンケイルの〖影演舞〗は決して気軽に使える消費ＭＰではない。軽い一撃くらいならば、喜んで受ける方を選ぶはずだ。

　ヘカトンケイルは〖影演舞〗を用いて強引に出た攻撃をトレントに挫かれ、続けて防御のために〖影演舞〗を使わせられたのだ。この功績は大きい。……ちょっとまあ、本人の言動と合わさって締まらなかったのだが。

『よくやったトレント！　このまま一気に押し切るぞ！』

『は、はい！　主殿！　お任せくだされ！　ここからは、ヘカトンケイルの攻撃はこの私が受け止めてみせますぞ！　……できる限りは』

　ほ、本当にちょっと締まらねぇな……。実際、トレントが攻撃を受け切れる間にヘカトンケイルを倒すのは難しいだろうが。

　幸いヘカトンケイルの攻撃力はそんなに高くはないため、回復が追い付かなくなることはないだろう。俺もいつでも〖ハイレスト〗を飛ばせる。トレントのＭＰがなくなりそうになったら、また〖木霊化〗で戻って退いてもらえばいい。

　できる限り受けるというトレントの宣言は正しい。……正しいが、士気を上げるためにも、そこまで厳密に言わなくてもよかったとは思うが。

「アロ君はともかく、トレント君の方は少し不安だったのだが、ちゃんとやるときはやるんだな」

　ミーアが感心したように言う。や、やっぱりそういう目で見ていたのか。

　俺、ミーア、そして大木トレントで、ヘカトンケイルを挟み込むことに成功した。このままトレントは前面に立ち続けてヘカトンケイルの攻撃を受け止める。そして、俺、ミーア、アロで一気に攻撃を仕掛ける！

『さあ、私が相手をして差し上げますぞ！』

トレントが腕のような枝を前に押し出し、宙を殴った。ヘカトンケイルはトレントを大回りし、俺の方へ来ようとする。

『なっ、何故！』

……まぁ、そうなるか。

ヘカトンケイルだって馬鹿じゃねぇ。トレントを相手にしてたら、他の攻撃に対して無防備になることはわかりきっている。

『無視はいただけませんぞ！』

トレントは幹を傾けながら大きな枝を派手に振り下ろし、ヘカトンケイルへとしつこく打ち付けようとする。

ヘカトンケイルは避けもしなかった。直撃するが、全くダメージを与えられていねぇ。身体から伸びる無数の腕で枝を押し退け、減速せずに突破する。トレントが悔しげに口を歪めた。

だが、ヘカトンケイルが動きづらくなったのはありがてぇ。ヘカトンケイルの背後が丁度トレントの枝で防がれたところへ、俺とミーアが同時に攻撃に出た。トレントを強引に避けようとするあまり、隙だらけになっている。

俺がヘカトンケイルの背へ尾の一撃をぶち当て、同時にミーアが大剣で腹部を斬りつけた。遅れてアロの『ダークスフィア』が直撃する。

ヘカトンケイルの姿が影に沈む。また〖影演舞〗だ。

いける……！

〖影演舞〗の使用間隔がどんどん短くなっていく。トレントが出てきてヘカトンケイルの動き回れる余地が一気に狭くなり、奴にとって不利にしか働かない場面が増えている証拠だ。やっぱり今のトレント、相性が嵌ったら滅茶苦茶強い。

ミーアは推奨していたようだったが、相柳戦では味方の火力と敵の体力の力関係で、トレント盾作戦で挑むのは危険過ぎたと思う。ただ、今回はアロに加えて、俺にミーアがいる。いくらヘカトンケイルといえども、トレントに攻撃を割いている余裕がないのだ。

今回はこの作戦で行けるとは思っていた。しかし、ここまでトレントの盾に効果があるとは予想していなかった。明らかに俺達が優勢だ。

ヘカトンケイルが姿を現したとき、その頭上にミーアが跳んでいた。

「ここまで行動を制限できれば、〖影演舞〗の移動先を追うのは難しくない」

ヘカトンケイルが素早く大剣で身を守る。ヘカトンケイルとミーアの刃が打ち合う。だが、三手目でミーアが懐に飛び込み、またヘカトンケイルへ一撃を入れた。

『〖アイディアルウェポン〗！』

俺もスキルで武器を造り出し、〖竜の鏡〗で前脚を腕に変える。今度取り出したのは〖オネイロスマレット』ではなく、大剣であった。

【『オネイロスライゼム』：価値L（伝説級）】
【『攻撃力：+240』】
【青紫に仄かに輝く大剣。】
【夢の世界を司るとされる『夢幻竜』の牙を用いて作られた。】
【この刃に斬られた者は、現実と虚構が曖昧になり、やがては夢の世界に導かれるという。】
【斬りつけた相手の『幻影耐性』を一時的に減少させる。】

少しでも高いダメージを通せるのは『オネイロスマレット』だが、ちょっと考えがあり、敢えて『オネイロスライゼム』を生み出したのだ。

俺は即座にヘカトンケイルへと刺突を放つ。ヘカトンケイルの刃が、俺の刃を妨げる。刃がかち合っている間に、トレントの大きな枝がヘカトンケイルを押さえた。

『『樹籠の鎧』……！』

トレントの枝に細かい枝が走り、ヘカトンケイルの身体を縛り上げていく。

『捕らえましたぞぉっ！』

ヘカトンケイルの身体が影へと沈む。また『影演舞』だった。しかし、これでまたMPを削れるので無駄ではない。

「『ダークスフィア』！」

アロの放った黒い光球が、ヘカトンケイルの逃げた影を穿つ。爆発で地面が抉れ、ヘカトンケイルが姿を現した。肩の部分に新しい罅が入っていた。

「竜神さま！　影に入って無効化できるのは物理攻撃だけかもしれません！　魔法は、少なくとも『ダークスフィア』は当たります！」

俺も少し考えていたことだった。『影演舞』中の影に入り込んだヘカトンケイルに対して、何か有効打を取る方法があるのではないか、と。

『影演舞』の使用中は一切のダメージを受け付けないとなると、さすがに強力すぎる。何かしらの弱点があるはずだと思ったのだ。戦いの中でゆっくりと検証していく余裕がなかったのだが、アロが先に確かめて答えを出してくれた。

影に入ると高速で移動するので魔法を直撃させるのは難しいかもしれないが、アロはタイミングを見計らい、移動する一瞬前を叩いたようだ。

出てきたところをミーアが即座に『衝撃波』で叩き、剣での追撃に出た。俺も上空より『オネイロスライゼム』の一撃を放つ。

迫り来るトレントの大きな枝を、ヘカトンケイルは横に飛んで回避し、その際に派手に斬りつけた。トレントの腕枝が落ちる。

『トレント、大丈夫か！』

『これくらい余裕ですぞ！　思ったより全然攻撃されないので不安なくらいですな。じゃんじゃん仕掛けていきますぞ！』

『ああ、その調子で捕らえて、奴に『影演舞』を使わせろ！』

トレントが滅茶苦茶心強く見える。トレントは『不死再生』でガードしてMPがなくなれば退場となるかと考えていたが、『不死再生』さえ必要ない空気だった。

完全にヘカトンケイルは手数が足りていない。ヘカトンケイルは自身を妨害するトレントに対し、攻撃に出る余裕がないのだ。

「イルシア君、あまり今の立ち位置を崩さない方がいい。ヘカトンケイルは、どうにも塔の扉から大きく離れたくないらしい。つまり、トレント君で妨害してヘカトンケイルの動きを制限すれば、奴は私とイルシア君で挟み撃ちにしているこの状況を打開する術がない」

『わかった、ミーア！』

俺とミーアの振るう刃が、交互にヘカトンケイルの身体を崩す。ヘカトンケイルは体勢を立て直そうとしたのか、また影の中へと沈んでいく。

それを、アロの『ダークスフィア』が撃ち抜いた。影が崩れ、すぐにヘカトンケイルが実体を現す。

「ずっと、影に逃げるのを待ってました！」

アロが得意げに口にする。

『でかした、アロ！』

俺は『オネイロスライゼム』を大振りしていた。刃から青白い、神々しさを感じさせる光が放たれていた。

【通常スキル『闇払う一閃』】
【剣に聖なる光を込め、敵を斬る。】
【この一閃の前では、あらゆるまやかしは意味をなさない。】
【耐性スキル・特性スキル・通常スキル・特殊状態によるダメージ軽減・無効を無視した大ダメージを与える。】

『闇払う一閃』は、ヘカトンケイルの最大の強みである『物理耐性』や『物理半減』の耐性スキルを無視した大ダメージを叩き込める。

このスキルを当てるために、ヘカトンケイルが出てくる前から準備していた。アロならきっと、またヘカトンケイルの『影演舞』を潰してくれると思っていたのだ。

『くらいやがれ、ヘカトンケイル！』

無防備な奴の身体に、『闇払う一閃』の刃が走った。

ヘカトンケイルの太い腕が砕け、地面に落ちる。彫像の身体に入った剣傷は、これまでの戦いで与えたどの攻撃よりも深い。

入った……！　ヘカトンケイルに、『闇払う一閃』の一撃！

一対一ではとても当てられる気がしなかった。だが、アロが『影演舞』を潰してくれたお陰だった。

〘ヘカトンケイル〙
種族：ヘカトンケイル
状態：狂神、〘死神の種〙
Ｌｖ　：140/140(MAX)
ＨＰ　：6754/10000
ＭＰ　：7672/10000

やった、これまでにない大ダメージが入っている！

やはり『闇払う一閃』の耐性無視攻撃は、ヘカトンケイルに対しての大きなメタになっている。

『オネイロスライゼム』から『闇払う一閃』の光は消えていたが、俺は追撃の刃を振るった。アロは、ヘカトンケイルの砕けた部位を狙って『ダークスフィア』を放っている。ミーアもヘカトンケイルの全身を華麗に飛び回りながら、剣の攻撃を当てている。

前回、俺が単騎で挑んだ際、ヘカトンケイルのＭＰは二割程度しか削れなかった。だが、今は二割五分削って、俺のＭＰはほぼ万全の状態を保てている。かなり順調だ。

ヘカトンケイルには隠しているとっておきのスキルもなさそうだ。このままやれば勝てる！

『ソ、ノ、スキル……オレ、ノ……』

微かに、ヘカトンケイルから思念のようなものを感じた。俺の『念話』のスキルで拾えたようだ。前回にも、似たようなことがあった。

ヘカトンケイルには、微かに自我の片鱗が残ってんのか……？　だが、自分のスキル、とはどういうことだ？

少し考えて、もしかしたら『闇払う一閃』のことかもしれないと気が付いた。

ヘカトンケイルは元勇者である。過去には『闇払う一閃』を所有していたはずだ。

『何故……何故、オマエ、ガ……』

それを最後に、ヘカトンケイルの思念が途切れた。大剣を振るい、自身から離れようとするミーアを突き飛ばし、俺の刃を防いだ。

……ヘカトンケイルの中では、まだ自分が神聖スキル持ちのつもりなのかもしれねぇ。自我も、思考能力も、残っているのは本当に小さな断片だけなのだ。

ヘカトンケイルはその後、トレントへの攻撃へと動き方を切り替えた。俺やミーアには牽制程度に大剣を振るって安易に攻撃を仕掛けられなくしつつ、『ハイジャンプ』で飛び上がって変則的に暴れ、隙を見てはトレントへ斬り掛かる。

どうやらヘカトンケイルは、トレントを無視していては自身が不利になると考え、優先して排除することにしたらしい。

俺とミーアは、ヘカトンケイルの動きを予測しつつ、どうにか挟み込んで有利な状況を継続し、攻撃を通していった。

『トレント、耐えられるか？　マズいと思ったら『木霊化』で逃げるんだぞ！』

『大丈夫ですぞ！　ヘカトンケイルもあまり私に連撃を繰り出す余裕はありません。それに、いざとなれば『不死再生』があります！』

『ならいいが、危機を覚えたら『木霊化』で逃げるのを忘れるなよ！　小さくなったら、俺がすぐに口で回収するからな！』

『……それは撤退するな、という脅しですかな主殿』

い、一番それが安全だと思ったんだが……。トレント的にはなしだったらしい。

しかし、ヘカトンケイルがわかりやすくトレントを攻め始めてくれたのはありがたい。確かにこの状況、ヘカトンケイルとしては、トレントに一方向から潰され続け、俺とミーアに囲まれるのは美味しくないはずだ。

だが、ヘカトンケイルがトレントを狙ってくれるのならば、その隙をこっちは殴り放題になる。

俺達としてはどっちでもよかったが、トレントを素直に殴ってくれる方が、動き方がわかりやすくてやりやすい。

俺とミーアの刃、そしてアロの『ダークスフィア』がヘカトンケイルの身体を破壊していく。すぐに壊れた傍から再生していくが、ＭＰはどんどん消耗していく。

トレントも攻撃はダメージを稼げないと踏んで、ひたすら『樹籠の鎧』を応用した拘束を試みている。成功すれば、『影演舞』を撃たせて消耗させることができる。そして『影演舞』は発動タイミングを予期できれば、アロの『ダークスフィア』で発動を潰せる。

どれだけ攻撃されても、ヘカトンケイルの動きに疲労はない。だが、ＭＰは確実に減少していっていた。

またアロの『ダークスフィア』が、ヘカトンケイルが沈んだ直後の影へと炸裂した。地面が爆ぜ、ヘカトンケイルが再び姿を現す。

「竜神さまっ！　やりました！」

『よくやったアロォ！』

そこを、俺の『闇払う一閃』が斬った。

〖ヘカトンケイル〗
種族：ヘカトンケイル
状態：狂神、〖死神の種〗
Ｌｖ　：140/140(MAX)
ＨＰ　：3584/10000
ＭＰ　：1023/10000

とんでもなくタフな奴だったが、さすがに終わりが近づいていた。

ヘカトンケイルが、お返しとばかりに俺へ刃を振るう。俺は身体を反らして避け、地面を蹴って宙へと逃れる。

『ミーア！　ついに、奴の残りＭＰが一割を切るぞ！』

俺もミーアもまだ余力を残せていた。

トレントもまだ切り札である〖不死再生〗発動に追い込まれていない。アロは長時間、最大威力の魔法攻撃を撃ち続けていたのでさすがに疲労が来ているようだったが、ここまででダメージを負ったわけではない。

序盤は不安が多かったが、蓋を開けてみれば快勝となりそうだ。トレントの妨害効果が予測していた数倍の効力を発揮したのが大きい。

「一気に終わらせようか！」

ミーアが〖神速の一閃〗で塔を蹴り、トレントを蹴る。ヘカトンケイルの背後を取り、大剣を掲げた。

が、ヘカトンケイルは素早く振り返り、同時に大剣を振るっていた。ミーアの、あの変則的で素早い動きをわかっていたようだった。〖次元斬〗がミーアの頭に放たれた。

ミーアは首を横に倒して回避していたが、体勢が崩れていた。そこに、ヘカトンケイルが踏み込みながら二発目の大剣を振るう。ミーアは大剣の刃を盾のように構え、どうにか防ぐ。

「……あれだけ偉そうに語っていた私が油断しただなんて、言い訳もできないね」

ミーアの身体を、ヘカトンケイルの巨大な足が蹴飛ばした。ミーアは地面に叩きつけられ、そのまま地表を抉りながら転がっていった。

ヘカトンケイルの攻撃力は伝説級としては最低クラスだが、それでも伝説級相手と殴り合いができるくらいにはある。そして、ミーアは人化状態であるため、極端に身体が脆い。今の直撃は軽くはなかったはずだ。

ステータスは変わっていないはずだ。だが、ヘカトンケイルの動きが、今までと全然違う！

〖神速の一閃〗は速度を引き上げる代わりに単調になりやすいので、動きを読める余地は確かにある。しかし、だからこそミーアは塔とトレントを蹴って、背後へ回ったのだ。それをヘカトンケイルは完全に読んでいた。来るかもしれない、ではない。絶対にミーアがそうするとわかっていたようだった。

ミーアは油断と言ったが、それは違う。さっきまでのヘカトンケイルであれば、絶対に今の動きはまともに反応できなかったはずだ。急にスイッチが入ったようだった。

『オ、オレニハ、使命ガ、アル……。マダ、倒レルワケニハ……！』

これまでよりも明白な、強い思念を感じた。

ヘカトンケイルは手にした大剣を構え、俺へと向かってきた。ミーアへの追撃でも、トレントの排除でもなく、俺を真っ先に倒すつもりらしい。

3

ようやく倒せそうだったのに、ここに来てヘカトンケイルの様子が変わりやがった！

自我の片鱗を取り戻すと同時に、過去の経験や技術を取り戻しているようだった。だが、ヘカトンケイルのＭＰは既に残り一割だ。

『アロ、トレント！　どうにか奴の隙を作ってくれ！』

今のヘカトンケイルと正面から斬り合うのは危険だ。おまけにミーアが蹴飛ばされ、俺達側の手数が減っている。どうにかアロとトレントに奴の隙を作ってもらい、そこを叩くしかない。

「わかりましたっ！」

『任せてくだされ、主殿！』

トレントは、俺とヘカトンケイルの間に割り込むように入って来る。

そして巨大な枝を掲げ、『樹籠の鎧』を広げて展開し、ヘカトンケイルを捕らえようとする。

ヘカトンケイルは地面を滑るように移動しつつ、『影演舞』で己の影の中へと潜った。

アロの『ダークスフィア』がヘカトンケイルの影へ飛んでいく。また影に潜んだところを魔法攻撃で叩くつもりだったらしい。だが、ヘカトンケイルの影は、横にさっと素早く動いて『ダークスフィア』を避ける。

元々『影演舞』の出始めを叩くのはタイミングがかなり厳しい。いつ『影演舞』をするのか、事前に予測を立てておく必要がある。

今回のヘカトンケイルは、アロに狙われていることを読んだのか早めに使っていた。それに、使う前に高速で動くことで、使用した瞬間を狙われないようにしていた。

動きやスキルの使い方一つとっても、やはり明確に違う。さっきまでのヘカトンケイルとは最早別物だ。

だが、出てくる場所を読めれば、〖影演舞〗の移動の超速度にも追い付ける。ヘカトンケイルが狙ってくるのは俺だ。だとすれば、俺に〖ハイジャンプ〗一手で飛びつける位置に奴は現れるはずだ。

真下……は、安易過ぎるか？　広く範囲を取って、〖次元爪〗の乱れ撃ちを放ち、〖影演舞〗から飛び出したところを狙って叩くべきか。当たればダメージの他に、跳びかかってくる勢いを殺せる。

だが、俺の足許にヘカトンケイルの影は移動して来なかった。

しまった、予想を外した！

『あっ、主殿、私の身体に！』

俺はトレントへと目を向けた。見れば、大きな影がトレントの身体を昇っている。トレントの仕掛けた〖樹籠の鎧〗の壁をすり抜け、その上で実体化した。それと同時に、トレントを蹴って俺へと〖ハイジャンプ〗で飛び掛かってくる。

『ソノ剣技、オレノ……！　オマエガ新代ノ勇者！』

強い執念を感じる。

『言葉が通じるなら退けヘカトンケイル！　お前はもう終わったんだ！』

俺は叫びながら『オネイロスライゼム』を構える。だが、ヘカトンケイルから返答はなく、また下がる気配も見せない。

アロはヘカトンケイルをやや引き付けてから、『ダークスフィア』を放った。黒い光がヘカトンケイルへ向かう。

いいタイミングだった。ヘカトンケイルが『破魔の刃』で対応すれば、大剣を振り切ったところを突くことができる。俺はその隙を突こうと刃を向けていたのだが、ヘカトンケイルは『ダークスフィア』を身体で受け止めた。ヘカトンケイルの彫像の身体の表面に罅が入るが、そのまま無視して突っ込んでくる。

『お構いなしかよ！』

俺は大剣を振るう。ヘカトンケイルは俺の大剣を刃で防ぎ、そのまま下へと刃の流れを誘導するように降ろす。ヘカトンケイルの大剣が、俺の大剣の上へと滑り込むように上下が入れ替わり、そのまま押さえ込んで下へ落とした。大剣に引かれ、俺の姿勢まで前に傾いた。

け、剣で挑んだのは失敗だったか！　ヘカトンケイルは剣の達人だ。まだ大鎚や素手のがマシかもしれねぇ。

『新代ノ勇者、通シハセン！』

俺の肩と腹部に、ヘカトンケイルの刺突が飛んできた。鱗を貫き、肉を抉る。ヘカトンケイルはそのまま体当たりするように俺へと距離を詰める。奴の多腕が、俺の顎と胸部を強打した。

強い……！　ただ速度に頼っただけの攻撃じゃ、ヘカトンケイルには届かねぇ！

『だが、さすがにこれは避けられねぇよなぁ！』

ほぼゼロ距離から裏拳をお見舞いしてやった。地面へ叩き落としてやったつもりだったが、ヘカトンケイルの姿が消えた。だが、この空中で『影演舞』は使えないはずだ。

俺の視界に影が差した。それで俺は気が付いた。こいつ、さっきトレントにやったように、『影演舞』で俺の身体を伝って上を取りやがったんだ！

俺は身を翻しながら、『オネイロスライゼム』で上を狙った。同時に振り下ろしていたヘカトンケイルの大剣とぶつかる。

ＭＰが惜しくないのか!?

アロの攻撃無視といい、今の強引な『影演舞』による俺への張り付きといい、もはやヘカトンケイルは俺を倒すことを目的にしているようだった。

俺は押し合いの状況のまま、『オネイロスライゼム』の刃の腹を後ろ脚で蹴り上げた。ヘカトンケイルを上に飛ばすと同時に、自分を地面へと落としたのだ。

地上にはミーアがいる。空中で張り付かれれば、ミーアが手出しできなくなる。

俺が地上に降りると、横にミーアが並んだ。

「いい判断だ、イルシア君」

ヘカトンケイルが俺達の前に着地する。素早く俺へと大剣を構え、こちらへ駆け出して来る。

「追い込まれて、随分と攻撃的になったものだ。そろそろ終わらせようか」

ミーアの言葉に俺は頷く。

ヘカトンケイルの残りのＭＰはもう僅かだ。対して、俺達は前半戦でかなり余裕を作っている。ヘカトンケイルがどう足掻こうとも、俺達のＨＰを削り切れるとは思えない。

ヘカトンケイルが突進してくる。俺とミーアは、右と左に分かれた。ヘカトンケイルは、迷うことなく俺目掛けて大剣を振るってくる。

「それは安易過ぎないかなっ！」

ミーアの鋭い一撃がヘカトンケイルの背に走る。だが、ヘカトンケイルはミーアを完全に無視し、そのまま俺へ向けていた大剣を振り切った。こちらも刃で対応して防いだつもりだったが、ヘカトンケイルは素早く大剣を引き、刺突へ切り替えてくる。

どこまでも、俺狙いかよ……！

ヘカトンケイルは他の奴の攻撃を無視して、とにかく俺に猛攻を仕掛けてきやがる。番人の役割として、神聖スキル持ちを優先して狙っているのかもしれないが、それにしても妙だ。俺を新代の勇者と認識しているようだが、それについて何か恨みがあるようにさえ思える。

だが、この状況はむしろありがたい。他の奴がヘカトンケイルに対して攻撃を通しやすいためだ。

『マダ、負ケラレナイ、マダ……！　オレニハ使命ガアル！』

俺とヘカトンケイルは、互いの刃を打ち合う。速度では俺が勝っているはずなのに、むしろ俺が後手に回っている。下手に攻めればこっちが一方的に斬られかねない。

剣筋と動きが読まれている。いや、それだけではない。相手の剣の動きの方が、対応できる範囲が広いのだ。そういう地力の差が積み重なって、俺の剣が一歩遅れている。

ヘカトンケイルがまた影に沈んだ。巨体が消え、大剣を空振るミーアの姿が見えた。

ヘカトンケイルはミーアから離れた、俺を回り込んだところで再び姿を現す。

「徹底して私を避けるつもりか！」

ミーアがすぐにヘカトンケイルへ駆ける。何を意地になっているのか知らねぇが、ヘカトンケイルの動きは明らかに勝ち筋を捨てている。

別に苦しい状況でもなかったのに、ミーアから距離を取るためだけに『影演舞』を使った。

残りのＭＰが少ないはずなのに節約する様子がない。

この調子であれば、俺が守りに入って、ミーアがカバーに入って来るのを待ち続ければ、ヘカトンケイルに勝てるはずだ。

俺はジリジリと退きながら、『オネイロスライゼム』を盾のように構える。いっそ本物の盾である『オネイロスフリューゲル』を持ち出してもいいかもしれねぇ。後はトレントに張り付いておけば、まともに俺に手出しできなくなる。

『マダ、倒レルワケニハ……！　最後ノ使命ヲ、果タスマデハ！』

ヘカトンケイルが飛び掛かってくる。俺は考えた通り、トレントの傍に向かおうとして、途中で足を止めた。

俺は振り返り、ヘカトンケイルの刃を刃で受け、押し合った。

『……ミーア、止まってくれ！』

ヘカトンケイルの側面に回っていたミーアが、俺の言葉に足を止めた。

「どうしたのかな？」

『ミーア、トレント、悪い、ちょっと離れててくれ。アロもだ。……馬鹿なこと言ってるのはわかってる。だが、ヘカトンケイルは、どうせすぐ倒れる。すまねぇが、コイツのトドメを任せてくれ』

「……ふむ、随分と余裕を見せるね。考えあってのことだと信じているよ」

ミーアがその場から引き、大剣を背負った。

ヘカトンケイルの口にする、最後の使命……。その本当の意味がわかった気がしたのだ。

『アロ……』

「わかりました、竜神さま。ですが、無理はしないでください」

アロが俺の肩を蹴り、黒い翼を広げて飛び立って離脱した。

俺は大剣を力任せに押し出し、ヘカトンケイルを突き飛ばした。間合いを取ったところでヘカトンケイルが着地する。それから少しの間、互いに大剣を向けて固まった。

『来やがれ、ヘカトンケイル！　お前のお望み通り、一対一だ！』

『マダ、オマエヲ通スワケニハイカナイ……！』

俺とヘカトンケイルの刃が衝突する。ヘカトンケイルは素早く引きつつ横に飛び、大剣を突き出してくる。俺はその大剣を叩き落とそうとしたが、奴は横に揺れるように躱し、俺の横っ腹を刃で斬った。鱗が割れて血が舞った。

考えて動け、俺！

俺だってこれまで、無数の戦いを生き抜いてきた。ハウグレーの剣は破れなかったが、俺はあのとき、力押しじゃどうにもならねぇことがあることも知った。

リリクシーラも、戦い方じゃ俺の上を行っていた。だが、戦いの中で、リリクシーラ相手じゃ細かい一挙一動に意味を持たせて動かねぇとまともに攻撃を当てられないと知り、試行錯誤し、ついにはアイツにだって勝った。あのとき学んだことを、これまでに学んだことを、全て出し切れ！

俺は目を見開き、ヘカトンケイルを睨む。

とにかく、敵を見ねぇと駄目だ。これまで意識しきれていなかったところに意識を向けろ。どう動くのか、そしてどこが隙になり得るのか、それを見極めろ。

俺は後ろに退きつつ『次元爪』を放った。ヘカトンケイルは俺を追うように動いて間合いを保ちつつ、大剣を縦に構えて爪撃を弾いた。

その瞬間、俺はヘカトンケイルの次の動きが、読めるような気がした。

『ここだ……！』

俺は〖次元爪〗の攻撃に被せるように、素早く片手で大剣を振るう。

ヘカトンケイルの大剣が素早く動き、俺の刃の腹を弾く。振り始めたところの、速度が乗っていないところを叩かれた。〖次元爪〗を放つため片手だったこともあり、押さえ切れない。俺は〖オネイロスライゼム〗を手放した。

『ヤハリ、オマエハマダ、通セナイ……！』

ヘカトンケイルが距離を詰めてくる。俺は宙に飛び、尾で〖オネイロスライゼム〗を弾き、頭上に掲げる自身の手許へと戻した。これを狙って、最初から尾を伸ばしておいたのだ。

腕は既に振り上げている。後は降ろすだけだ。

俺は剣に魔力を込め、刃にそれを伝わせる。〖闇払う一閃〗だ。

『これで終わりだヘカトンケイル！』

奴の首の断面に、大剣の一撃を叩き込んだ。ヘカトンケイルの巨体が地面に倒れる。

ヘカトンケイルの手許から、奴の大剣が落ちた。いや、違う。奴の大剣を握り締めていた手が、砕けて地に落ちたのだ。手自体は、しっかりと大剣を握り締めていた。

『通レ……オマエハ、強イ。アノ邪ナル者モ、キット討チ滅ボセルダロウ』

ヘカトンケイルが、そう思念を放った。弱々しいものだったが、確かに受け取った。

ヘカトンケイルの最後の使命……。それはきっと、ンガイの森に来た神聖スキル持ちが、しっかりと力を付けてから塔へ入るのを見届けることだったのだ。

塔にヘカトンケイルを配置したのは、神の声の意志だろう。俺達の目的と、神の声の目的は、途中までは一致している。神の声の目的は、自身より強い魔物を創り、フォーレンを復活させる権限を得ること。俺達の目的は、奴より強くなり、出し抜いて神の声を倒すことだ。

ヘカトンケイルもまた、自我のほとんどない醜い彫像に成り果て、それでもただずっとここで、神の声を倒せそうな魔物が来るのを待っていたのだ。

だからこそ、ヘカトンケイルは敵を倒さない。力の足りていないものを追い返すだけなのだ。

俺を集中的に狙い始めたのも、相手が集団であるため肝心な個人の力量を試せないと考えての行動だったのかもしれねぇ。

『意図に反して、団体様で押しかけちまって悪かったな。だが、こっちも余裕がねぇんだ。……でも、ありがとよ、ヘカトンケイル。お陰で何か、摑めた気がする。俺はきっと、アイツを倒すよ』

ヘカトンケイルの全身に罅が入り、崩れ落ちた。

砕け散る彫像の向こう側に、優しげな大男の姿が薄っすらと見えた。ヘカトンケイルの像に似た鎧を纏っており、大きな剣を担いでいる。

『ありがとう……これでようやく、眠りにつくことができる。後は、お前に託すよ』

俺に笑いかけたかと思えば、崩れる彫像に遮られ、すぐに視界から消え去った。

【経験値を55300得ました。】
【称号スキル『歩く卵：Lv--』の効果により、更に経験値を55300得ました。】
【『オネイロス』のLvが139から145へと上がりました。】

結構今回は経験値が割れたと思うんだが……それでも、充分過ぎるくらいの経験値量が入ってきた。

俺はヘカトンケイルから視線を逸らし、天穿つ塔へと目を向けた。後は、あの中に挑むだけだ。いや、挑む、というより身構えることはないかもしれねぇ。ヘカトンケイルは恐らく、ンガイの森に入った奴がレベル上げを怠って外に出ないよう、神の声が設置した番人だ。

そう仮定すれば、この森での俺達の目的は既に終えているはずだ。この塔は、元の世界に戻るための場所なんじゃねぇだろうか？

4

ヘカトンケイルの討伐により、アロは【Lv：102/130】から【Lv：106/130】へ、トレントは【Lv：102/130】から【Lv：107/130】へと上がっていた。

トレントの方が高いのか。直接バシバシやってたのはアロだが、やはり『死神の種』が結構効いていたのか、それとも徹底して張り付いて邪魔していたのがこの世界に評価されたのか。

『すいませぬな！　いや、またアロ殿を追い抜いてしまうとは……！』

トレントがぐぐっと幹を張る。アロが何とも言えない表情を浮かべていた。

『悪いな、ミーア。我が儘言って、余計な消耗しちまった』

俺はミーアへと頭を下げた。

「いや、大した消耗ではなかった。それくらいなら許容範囲だろう。それに、私としても、新しい相棒の成長は嬉しい。最後の、剣を敢えてヘカトンケイルに弾かせて不意を突いた動き、よかったよ」

ミーアが笑みを浮かべ、俺にグッドサインを向ける。

『あ、ああ、俺も何か、得たものがあったような気がする』

ちょ、ちょっと照れてしまった。格上と見ている相手から褒められるのは素直に心地いい。

俺はンガイの森を振り返る。

『……ヘカトンケイルだけじゃねぇ。ここの奴らは皆、神の声を倒してくれって、俺にそう願っているような気がするんだ。ヘカトンケイルや、他の魔物の想いを継いで、俺は地上に行かなきゃならねぇ』

あいつらの生きた証を、俺は経験値と、戦闘経験という形で引き継いだ。無駄にはできねぇ。神の声に利用されて、弄ばれて死んじまったら、この森の奴らに申し訳が立たねぇ。

ミーアは沈黙し、ヘカトンケイルの残骸を睨む。その顔に表情はなかった。ミーアは時折、酷く無表情になる。

『ミーア……?』

「ああ、そうだね。私もそう思うよ」

ミーアはそう言って頷き、塔の入口へ目を向ける。

「行こうか。憐れな彫像の番人はもういない。でも、中で何が待っているかは、まだわかったものじゃないんだ」

『そうだな……』

今回の戦いでは、驚くほど消耗は少なかった。もっとギリギリになるかと思っていたが、ヘカトンケイルは多対一を極端に苦手としていた。トレントが思わぬ活躍を見せたこと、アロが『影演舞』の弱点を暴いたこと、そしてヘカトンケイルが効率の悪い戦法を取ったことが合わさり、幸いＭＰを八割方残せている。

たとえ塔の中からヘカトンケイル二号が出てきたとしても負ける気がしない。つーか、ミーアが頼りになり過ぎて、多少危険な魔物が出てきたところで脅威になるとは思えない。

ミーアは伝説級最大レベルだが、加えて剣技も超一流だ。同格を圧倒し、格上相手でも立ち回れる可能性を秘めている。さすが、三度神殺しを企てたというのは伊達ではない。

『一番頑丈な俺が真っ先に行く』

俺はそう言い、塔の扉に前脚を掛けた。

『主殿、それでしたら私でも……！』

『トレントは、何かあったときの対応力がな……。飛んで逃げるにも遅れるし』

『はい……』

　トレントがしゅんと肩を落とす。自分の強みを活かせる出番だと思ったのだろう。ただ、そもそも扉はせいぜい十メートル程度なので、トレントは頑丈な今の姿だと入れないのだ。

『それじゃあ、開けるぜ！　皆、身構えといてくれ！』

　俺は塔の扉を押す。動かない。強く押す。動かなかった。

　背後からの視線が痛い。

　ひ、引き戸かな……？　爪を立てて引っ張ってみたが、やはり動かなかった。

「どうしたイルシア君？　あまり勿体振らないでほしい」

　ミーアの言葉に、俺はびくりと肩を震わせる。普通の言葉でも、なんだかミーアに言われると怒られているような気がしてしまう。

「**グゥオオオッ！**」

　俺は吠えながら、前脚で扉をぶん殴った。びくともしなかった。

『……悪い、これ、開かない感じの奴かもしれねぇ』

　それを聞いたトレントとアロが、目に見えて脱力した。落ち込むというか、中から何が出てくるかと気張っていたので、気が抜けてしまったのかもしれない。

ミーアだけが、無表情で微動だにせず俺を見ていた。

め、目が冷たい……！　ミーアははっと気が付いたように愛想笑いを浮かべる。

「ハハハ……今更条件を満たしてないから開かないって言われても、正直困るんだよね。私の狂神化は、多分もう猶予がないはずだ。そう簡単に開かないように、硬いだけなのかもしれない。全員で一斉に攻撃してみよう」

『そ、そうだな。戦いの余波で開いたりしねぇように、ちっと頑丈目なだけかもしれねぇ』

　俺達は一列に並び、塔の前に立った。

　俺は口内に魔力を溜め込み、『グラビドン』の準備をする。俺は攻撃力より魔法力の方が高い。【ヘルゲート】を除けば、これが最大火力だ。

『皆、準備できたか！　一斉に行くぞ！』

「はい、竜神さま！」

　アロは『暗闇万華鏡』で三人になって並び、各々が手に『ダークスフィア』の光を溜めている。

「私も問題ない」

　ミーアも剣先に黒い光を溜めている。『ダークスフィア』だ。戦闘なら剣の方が得意そうだが、瞬間的に出せる威力を優先するとそっちになるのか。

『ま、待ってくだされ、主殿！』

　トレントの言葉虚しく、一人のアロがフライングで『ダークスフィア』を放った。

「あっ」

アロ三姉妹が、同時に言葉を漏らす。その後、もう一人が釣られて『ダークスフィア』を放ち、最後の一人も慌ててそれに続いた。

な、なんかいつも一人、ちょっと抜けてるアロの分身がいないか!?　どうなってるんだ『暗闇万華鏡』！

ここまで来たら、もう撃ってしまった方がいい。俺も『グラビドン』を扉へと放った。

「う、撃つのかい？　撃っていいんだね？」

ミーアも迷いながら『ダークスフィア』を放つ。

塔の扉に、各々の魔法攻撃が炸裂していく。黒い光が爆ぜ、煙が舞い上がった。俺は前脚で顔を覆い、反動を堪える。

『やったか……？』

光が晴れると……扉も塔の壁も、綺麗なまま残っていた。傷一つ付いていない。

『嘘だろ……。だとしたら、何かの特別な力で守られてるのか？　今から、鍵となるものを見つけねぇと……』

そのとき、トレントが遅れて放った赤い極太の光線が、扉に突き刺さった。『熱光線』である。

大きな扉が爆ぜて一気に崩れる。

しばらく、俺達の間に無言が続いた。

『私の〖熱光線〗に、こんな威力が……？』

トレントが驚いたようにそう零す。

……いや、さっきまでのダメージが蓄積してただけだと思うぞ。何にせよ、ミーアをここに置いていかなきゃならねぇような事態は避けられそうだ。

第3話　天穿つ塔の戦い

1

俺達は、ついに塔の中に入った。トレントは通常サイズでは入れないので、木霊サイズになってもらっている。

『魔物はいねぇみたいだな。それが、とにかく一安心だ』

塔の内部は外観通り、かなり巨大だ。フルサイズトレントが余裕で動き回れるくらいの広さがある。

そして塔の内周には、巨大な螺旋階段があった。見上げれば、まるで無限に続いているかのようだった。

『これが、繋がってる先って……』

「きっと元の世界だよ。今更、神の声が他に私達を連れて行きたいところがあるとは思えない。予想は間違っていなかったわけだ」

ミーアが安堵したように口にする。

ついにンガイの森を脱出したのだ。それも、ミーアという強大な仲間を得て。

元の世界には、神の声の放った『スピリット・サーヴァント』が複数存在するはずだ。俺だけじゃ手が足りない。

それに、神の声への対策も一切進んでいない。ミーアが仲間に加わってくれたのは本当にありがたい。

『なあ、ミーア、言えなかったことがあるんだが……お前の仲間……ウムカヒメは、まだ生きてるんだ。あいつ、お前のことすっげー慕ってて、でも、お前がとうに死んだものだと考えてるみてぇだった。元の世界に戻ったらさ、ウムカヒメに絶対会ってやってくれ。まず、その前に、色々優先しねぇといけないことがありそうだけどよ……』

元の世界に繋がっているのはきっと間違いではないはずだ。しかし、元の世界のどこに繋がっているのかは、皆目見当もつかない。

あの神の声の『スピリット・サーヴァント』達がどうなったか、残された皆がどうなったかもわからない。

まずは情報収集からになるだろう。しかし、いつかはミーアにウムカヒメと再会して欲しい。

それに、ヴォルクもきっと喜ぶだろう。同じ剣士として、思うところがあるようだった。ちゃっかりミーアの愛剣である『刻命のレーヴァテイン』を継いでいたりもするんだ。

ヴォルクが彼女に関心がないわけがない。どんな反応をするのか、少し楽しみだった。

しかし、結構思い切ったことを口にしたつもりだったのだが、ミーアから返事はなかった。

『ミーア？』

俺は彼女を見た。ミーアは目を細め、螺旋階段の先、遥か高くを見つめていた。

「なるほど……何もいなさそうだ。ヘカトンケイルだけだったわけだね。それじゃあ、もう、いいか。元の世界に戻れるのなら、狂神化に怯えて、行動を焦る必要ももうない。後回しにしていたことを、終わらせるとしよう」

ミーアはそう言うと、背負っている〖黒蝿大刀〗を手にした。

『ミーア？　どうしたんだ』

ミーアは大剣を振りかぶり、俺の斜め上に飛んでいた。戦闘の意識になっていなかったため、ミーアの動きが全く見切れなかった。瞬間移動したかのようにさえ思えたが、これはミーアの得意スキルの〖神速の一閃〗だ。

俺に、刃を向けている。

『な、何やってんだ！』

俺は前脚を上げてガードする。

「〖残影剣〗」

ミーアの大剣がブレ、二本になった。片方は俺の前脚を、もう片方は守りを擦り抜けて俺の胸部を斬りつけた。

俺の爪の反撃を、ミーアは大剣で防いだ。宙にいるミーアを、アロの『ゲール』が狙う。

「竜神さまから離れて！」

ミーアは背後へ跳んで床に降り立ち、『ゲール』の照準から逃れる。アロは今撃っても当たらないと判断したらしく、腕を下げた。

「ふむ、不意打ちならもう少しダメージを与えておきたかったけれど、数の差があるから仕方がないか。警戒心が強いんだね、アロ君は」

『ど、どうしちまったんだ！　まさか、狂神化が、こんなところで……！』

「どうしてしまったか、ね……。面白いことを言うね。もしかして敢えて気付いていない振りをしているのかなと思っていたけれど、本気だったんだね。純粋というか、考えなしというか、単に暗愚と評するべきか。話を聞いている限り、今代は前代より温かったみたいだし、仕方がないのかな？　イルシア君が生き残るくらいなのだから」

ミーアが、神の声側の勢力だった……？

いや、そんなわけがない。一番神の声を恨んでいるはずだ。

ふと、頭の中で繋がったことがあった。

俺の力だけじゃ、どう足掻いても突破できそうになかったヘカトンケイル。そして、都合よくこのンガイの森に残された、五人目の神聖スキルの持ち主。

元々、考えてはいたことだった。このンガイの森には、俺の『最終進化者』の枷を外す手段があるのではなかろうか、と。

塔の番人にオリジンマター、そしてミーアの登場と、目前のことで頭がいっぱいで、そのことが意識から半ば抜けていた。

だが、『最終進化者』の枷を外す手段を、俺はとっくに見つけていたのだ。ミーアの持つ、『地獄道』……。神聖スキルが進化上限に関わっているらしいことはわかっていた。恐らく『地獄道』さえあれば、俺は『最終進化者』の称号スキルを消すことができる。

どうしてそのことを考えなかったのか。いや、無意識に考えないようにしていたのかもしれねぇ。だって俺は、ミーアと戦うだなんて、そんなことは考えたくもなかった。

『じょ、冗談だろ……？　ここまで協力してやって来たじゃないか』

「ああ、狂神化のせいで、急いでここを出る必要が生じてしまったからね。下手に戦力を減らすような真似はできなかった。進化してレベルを上げているような余裕は私にはなかった。一か八かで、オリジンマターに飛び込んで正解だった。こうして、神聖スキルを四つ持った魔物が私の前に現れて、邪魔だったヘカトンケイルまで倒してくれたんだから。それさえあれば、私はもう一度、アイツに戦いを挑むことができる」

ミーアの言葉を、頭が受け入れられなかった。色んな考えや感情が入り交じって、何も考えられない。

「ちょっと非効率なことをして情を引けば、すぐに信じる。フフ、聖女ルミラに散々思い知らされたことだったけど、なるほど確かに効果的だ」

俺の頭には、ミーアとアロやトレントの戦い方について話し合ったり、相柳の肉を一緒に食べて笑ったりしていた光景が浮かんでいた。全部……嘘っぱちだったのか……。

ミーアの顔を見る。冷たい、無表情な目だ。ああ、そうだった。ミーアはよく、こんな目をしていた。

「竜神さま！　やるしかありません！」

アロが俺の前に立ち、ミーアを睨み付ける。

「アロ君、トレント君は引っ込んでおいてもらえないかな？　どうせ戦いの役には立たないよ。私だって、イルシア君には感謝している。それに別に、何も私だって殺戮が好みというわけじゃないんだ。ただちょっと、残酷なことをするのにも慣れたというだけさ」

ミーアはそう言い、アロへと手を伸ばす。

「それに、私も神の声の『スピリット・サーヴァント』四体を単独で相手取るのは面倒だ。別に、私と君達の目的は反していない。私はただ、神の声から世界を解放したいだけだ。どうかな？　君達が手を出さないのなら、見逃してあげるよ。イルシア君が欠けたとしても、君達は世界に散った仲間の安否を確かめる目的がある、そのはずだけど」

……ミーアとの戦いで、アロとトレントを守り切れる自信が俺にはなかった。

俺がここで死ねば、きっとヴォルクやアトラナート達は全滅する。だが、Ａ＋級になったアロとトレントがいれば、あいつらを捜して、助けてくれるはずだ。

『私は嫌ですぞ！』

トレントが叫んだ。

『主殿とアロ殿と共に、元の世界に戻ります！　そして全員助けます！　それ以外、私は絶対に認めませんぞ！』

アロもぎゅっと口許を引き締め、ミーアを睨む。

「竜神さまっ！　こんな提案、聞き入れる必要ありません！」

『アロ、トレント……』

本当に俺は、いい仲間を持った。彼女達がここまで言ってくれたのだ。俺にそれを無下にする理由はない。

「そうか、私はこれで君達のことは気に入っていたんだけど、本当に残念だよ。まさか皆殺しにしないといけないなんてね」

ミーアが【黒蠅大刀】を床へ振るう。床が割れ、塔が揺れた。

正直、俺は、自分の中でまだ割り切れてはいなかった。

どうしてもこの戦いに積極的になれる気がしない。

ミーアと過ごした数日のことだけじゃない。ミーアにはミーアの目的があり、そのための信念と覚悟がある。果たしてそれは俺が崩していいものなのか。

だが、それでは駄目だ。迷いながらで勝てる相手じゃない。

それに、この戦いは俺だけのものじゃない。アロとトレント、そして元の世界に残した奴らの安否にも関わってくる。

『……ミーア、お前の過去が壮絶だったってのは知ってる。神の声を倒したいっていうのも、俺なんかに任せられねぇっていうのも、その気持ちは理解できるんだ。だが……元の世界に帰るのは俺達だ！』

「知ったような口を利かれることほど腹立たしいことはないね、イルシア君」

2

ミーアが『黒蠅大刀』を構え、俺達を見る。目は全くの無感情で、口許はやや余裕ありげに綻んでいた。

余裕ありげな面持ちのミーアに対して、アロとトレントは、顔が強張っていた。きっと、俺も同じような表情を浮かべていることだろう。

ミーアは強い。そのことに疑いの余地はない。ステータスが高いこともそうだが、それ以上にスキルの練度と使い方が、俺なんかとは桁違いだ。

〖ミーア・ミトレニア〗
種族：タナトス
状態：狂神(小)、呪い、人化LvMAX
Ｌｖ　：150/150(MAX)
ＨＰ　：3333/6666
ＭＰ　：4172/4444
攻撃力：2222(4444)＋444
防御力：1106(2212)
魔法力：4444
素早さ：3220
ランク：Ｌ(伝説級)

装備：
手：〖黒蠅大刀:L＋〗

神聖スキル：
〖地獄道:Lv--〗

特性スキル：
〖グリシャ言語:Lv8〗〖アンデッド:Lv--〗〖不滅の肉鎧:LvMAX〗
〖肉体変形:LvMAX〗〖死者の特権:Lv--〗〖冥府の鏡:Lv--〗
〖HP自動回復:LvMAX〗〖MP自動回復:LvMAX〗〖触手:LvMAX〗
〖飛行:LvMAX〗〖死神のオーラ:Lv--〗〖闇属性:Lv--〗〖邪竜:Lv--〗
〖気配感知:LvMAX〗〖魔術師の才:LvMAX〗〖剣士の才:LvMAX〗
〖隠密:LvMAX〗〖即死の魔眼:LvMAX〗〖恐怖の魔眼:LvMAX〗
〖支配者の魔眼:LvMAX〗〖魅惑の魔眼:LvMAX〗〖悪しき魔眼:LvMAX〗
〖狂神:Lv--〗

耐性スキル：
〖物理耐性:LvMAX〗〖魔法耐性:LvMAX〗〖状態異常無効:Lv--〗
〖闇属性無効:Lv--〗〖光属性耐性:LvMAX〗

通常スキル：
〖衝撃波:LvMAX〗〖残影剣:LvMAX〗〖神速の一閃:LvMAX〗
〖流し身:LvMAX〗〖掬虚月:LvMAX〗〖破魔の刃:LvMAX〗
〖ハイレスト:LvMAX〗〖ホーリースフィア:LvMAX〗
〖ディメンション:LvMAX〗〖クレイ:LvMAX〗〖アルケミー:LvMAX〗
〖毒牙:LvMAX〗〖灼熱の息:LvMAX〗〖病魔の息:LvMAX〗
〖人化の術:LvMAX〗〖自己再生:LvMAX〗〖デス:LvMAX〗
〖念話:LvMAX〗〖ダークスフィア:LvMAX〗〖フェイクライフ:LvMAX〗
〖ダークレスト:LvMAX〗〖腐敗の息:LvMAX〗〖穢れの舌:LvMAX〗
〖ライフドレイン:LvMAX〗〖分離獣:LvMAX〗〖ハイスロウ:LvMAX〗
〖エクリプス:LvMAX〗

称号スキル：
〖最終進化者:Lv--〗〖元英雄:Lv--〗〖元魔王:Lv--〗〖ド根性:LvMAX〗
〖執念:LvMAX〗〖大物喰らい《ジャイアントキリング》:LvMAX〗
〖武の神:LvMAX〗〖ラプラス干渉権限:Lv2〗〖死神:Lv--〗

改めて、ミーアのステータスを確認する。どうやらミーアは、俺との戦いでもこのまま人化状態でいるつもりらしい。

相柳戦のときからこちらの方が慣れているから……とは言っていたが、一部のステータスが半減してくれているのは、精神衛生上ありがたい。

今まで通りの戦法で戦ってくれるのならば、注意しておかなければならないスキルは大体わかっている。

ただでさえ速いミーアの動きを更に速くする『神速の一閃』。実体のある残像を生み出し、ミーアのただでさえ鋭い剣技をより複雑で強力なものにする『残影剣』。受けた衝撃を移動のエネルギーに変えてダメージを打ち消す『掬虚月《きくうつろづき》』。

……この三つは、常に頭に入れて戦う必要がある。少しでも隙を見せれば、俺の体力でも一気に『残影剣』による連撃や『掬虚月《きくうつろづき》』を用いたカウンターを叩き込まれ、あっという間に尽きかねない。

逆に言えば、最優先で警戒するのはこの三つでいい。魔法スキルによる遠距離攻撃は、俺が張り付いていれば撃つ余裕はないはずだ。撃たれたとしても、ミーアの剣技に比べれば対応は楽だ。

『アロ、トレントは後方支援を頼む！　アロの『暗闇万華鏡』は魔力を使い過ぎる、最大人数は避けて、魔力を温存しながら動いてくれ！　ミーアには『闇属性無効』があるから気を付けろ！』

「はいっ！」

『トレントはひとまず木霊のままでいてくれ！　ミーア相手に、フルサイズは危険過ぎる！』

『わかりましたぞ、主殿！』

トレントの持久力は、スキル込みで考えれば伝説級である俺さえも凌いでいる。だが、ミーアの連続攻撃をトレントに捌けというのは、あまりに酷だ。トレントの持久力の高さは、回避を捨てて相手の攻撃を受けて耐えるところに特化しているため、という節がある。選択肢として無しではないが、無暗に取れる選択ではない。

「〖闇払う一閃〗は、君が持っているのだったね。私の得意スキルだったから、相対すると何だか不思議な感じがするよ」

ミーアの声音は淡々としており、過去を懐かしんでいる、というふうには聞こえなかった。ミーアは〖黒蝿大刀〗を左手で持ち、右手で自身の首へと触れた。

「〖道連れ〗も持っているのだったか？　一番厄介かもしれないな。対策を考えておかないと」

『ミーア、お前……！』

次の瞬間、ミーアの手許がブレた。黒い二つの斬撃が俺へと迫ってくる。

〖衝撃波〗と〖残影剣〗の合わせ技だ。こんな使い方もあったのか……！　言葉で俺の気を引いて、一気に仕掛けてきやがった。

爪で相殺するか？　いや、駄目だ。ミーアが単発攻撃なんか仕掛けてくるわけがねえ。

俺だって、この手の仕掛け方は散々学習してきた。狙いはわかっている。この〖衝撃波〗の目的は、体勢を崩して追撃を狙うことだ。

俺は頭に、相柳戦とヘカトンケイル戦でのミーアの動きを浮かべる。

わかってる……ミーアの仕掛け方！　俺だってこれまで、何度も死線を越えて来たんだ！

俺は尾で地面を弾いて跳び上がって二つの『衝撃波』を避け、爪を振るった。

ここだ！　わかる……ミーアは、ここに来る！

「グゥォオオオオオオッ！」

俺は振るった前脚の先端で、『神速の一閃』の超速度で移動するミーアを捉えた。『神速の一閃』は速いが、動きがどうしても単調になるのだ。

ミーアは俺の爪を刃で受けてはいたが、地面へと叩き落とすことに成功した。

反応できた。やった……やってやった！　俺だって、ミーアの剣技に対応できた！

運も味方しただろう。だが、実際にミーアの最高速度を叩き落とせた、という意味は大きい。

俺は続けて、ミーアへ『次元爪』を放った。

手は緩めねぇ！　少しでも優勢を取ったら、そこに喰らいつき続けろ！

「『流し身』」

ミーアは回転しながら床に着地したかと思えば、凄まじい速度で俺目掛けて跳ね上がってきた。

『次元爪』の斬撃は、ミーアの刃に綺麗に受け流されていた。慌てて振るった俺の前脚を擦り抜け、ミーアの身体が加速する。

俺の身体に、斬撃が走った。

胸部を斬られた！

俺は激痛に耐えながら、我武者羅に前脚を振るった。ミーアは、俺の爪の先に着地していた。

俺が前脚を振り上げると、ミーアは爪先を蹴って背後へと飛んだ。迷いない動きで壁を蹴り、再び加速して俺の頭を狙ってくる。この位置だと、ガードが間に合わねぇ……！

俺は必死に頭を下げ、前脚を伸ばす。

左目のすぐ上を斬られた。体表が鱗ごと抉られ、頭蓋骨にダメージが響く。左目の視界が、溢れた血に覆われる。

「**グゥウゥ……！**」

ミーアを追って爪を振るうが、全く当たらない。

俺は、たった一撃防げただけで、何を喜んでいたんだ！

偶然じゃ駄目だ。打ち合うくらい、当たり前のようにやってみせねぇと……！

次の瞬間、ミーアの姿が完全に俺の視界から消えた。俺は血に覆われた左目を細め、大剣が風を切る音を頼りにミーアを探しながら腕を振るう。

「悪いけど、これで終わりだよ」

見つけたミーアは、手許がブレていた。

『残影剣』が来る。俺の首を狙っていた。

俺は振るった腕の軌道を変え、強引にミーアを狙う。だが、間に合わない。

「〘ゲール〙！」

三重のアロの叫び声が響く。三つの竜巻が宙に並び、防壁のように現れた。

ミーアの刃に、光が灯った。〘破魔の刃〙だ。アロの作った風の防壁が一撃で四散する。

だが、その隙は大きかった。真っ直ぐ伸ばしていた俺の爪の一撃が、刃を振るったばかりのミーアへと到達した。ミーアは俺の爪を蹴り飛ばし、床へと着地した。

また、当て損ねた……！

だが、防げただけでも御の字だ。今の一撃は、アロの援護がなければ対応できなかった。まともに〘残影剣〙を首に受ければ、そのまま殺し切られていたかもしれない。

〘暗闇万華鏡〙で三人になったアロが、黒翼を羽搏かせながら俺の肩の上辺りを飛ぶ。

『アロ……！　助けられたが、魔力消耗が激しすぎるから、最大人数は駄目だ！』

俺はそう言ったが、アロは首を振った。

「私の身を案じて言ってくれているのは、わかっています。でも、私にだってわかります。ミーアさんは、温存して戦える相手じゃありません」

『……それは、そうだが』

〘暗闇万華鏡〙で三人に分身し続けた場合、後でアロがまともにスキルを使えなくなってしまう可能性がある。ミーアを相手取るに当たって、戦力の維持は必須だ。誰かが戦闘不能になれば、その時点でミーアはアロやトレントの横槍を警戒する必要がなくなるため、一気に攻勢に出てくる。

　そうなったら、きっと俺は対応しきれなくなる。だから、アロとトレントには控え目に行動してもらうべきだと……俺は、そう考えていた。考えていたつもりだった。だが、アロが口にしたように、温存しながら戦える相手じゃないことも確かだ。

　ワルプルギスとなったアロは、魔力の塊のような存在だ。ＭＰを使うのはＨＰを消耗することに等しい。だから俺は、もっともらしい理由を付けて、アロにスキルの使用を制限するように言ってしまっていたのかもしれない。

「私にも……もっと、命を張らせてください、竜神さま。竜神さまが命懸けで戦っているのに、ＨＰを気遣いながら後方で魔法を撃つだけなんて、とてもできません」

『アロ……』

「ワルプルギスになって、レベルだっていっぱい上がって、ステータスも一気に上昇したんです！　今の私の魔法なら、当たりさえすれば、人化状態のミーアさんであれば、重傷を与えられるはずです！　もう、守られるばかりではいたくありません！」

『わかった！　温存は考えず、全力でミーアを叩くぞ！　ミーアにぶつけるのは難しいだろうが、範囲攻撃で確実にミーアの進路を潰してくれ！　それでかなり、動きを読むのが楽になる！』

「はいっ！」

　俺の肩に、トレントが降り立った。

『アロ殿にばかり格好を付けさせるわけにはいきませんな！　主殿、私も全身全霊を以てお供しますぞ！』

『トレント……！』

「参ったな……遠くからの小粒の魔法攻撃程度の援護なら、まだ対応しやすかったのだけれど。こうなったら、本格的に皆殺しにするしかないらしい。悪くは思わないでくれ、世界のためだ」

ミーアが『黒蠅大刀』を構え、俺達を睨み付ける。トレントは俺の肩で身震いしていたが、アロ三人組がミーアの視線に負けじと睨み返しているのを見て、ぐぐっと胸を張った。

『主殿っ！　お守りいたしますぞ！』

トレントの姿が大きくなり、木の根が広がって俺の身体に纏わりついていく。これは『樹籠の鎧』モードだ。俺の左半身を、トレントの木の根が覆い尽くす。

ミーアの連撃は痛すぎる。一手のミスで体力を全て持っていかれかねない。

トレントの『樹籠の鎧』があれば、ミーアに隙を晒さないように立ち回りやすい。だが、当然それは、トレントのＨＰとＭＰが持つ間に限る。アロとトレントが保てる間の、短期決戦に懸ける。

『ありがとよ、トレント！』

俺は『アイディアルウェポン』を用いて武器を造ると同時に、『竜の鏡』で前脚を腕へと変化させた。ミーア相手に剣で挑むのも危険な気はするが、素手ではあまりにリーチが足りない。

俺の両手に青紫に輝く大きな剣が現れる。

【〘オネイロスライゼム〙：価値Ｌ（伝説級）】
【〘攻撃力：＋２４０〙】
【青紫に仄かに輝く大剣。】
【夢の世界を司るとされる〘夢幻竜〙の牙を用いて作られた。】
【この刃に斬られた者は、現実と虚構が曖昧になり、やがては夢の世界に導かれるという。】
【斬りつけた相手の〘幻影耐性〙を一時的に減少させる。】

万全の準備が整った。アロも〘暗闇万華鏡〙で三人に分身したまま、俺の上に控えている。

『行くぞ、アロ、トレント！』

「集団の強さなんて、神の声を倒すためには何の役にも立たないものなのだけれどね」

ミーアが俺達を小馬鹿にしたように口にし、床を蹴って跳びかかってきた。宙に飛んだミーアが、舞うように大剣を振るう。

刃から無数の黒い〘衝撃波〙が放たれる。〘残影剣〙と組み合わせているのもあるが、ただの〘衝撃波〙がほぼ全範囲攻撃だ。

『なんつう出鱈目な攻撃だ！』

甘く考えていたつもりはないが、ミーアの遠距離攻撃の手段は限られる、というのはとんでもない誤りだった。ミーアの神速の剣技によって自在に放たれる〘衝撃波〙は、無限の型がある。

俺は腕で攻撃を防ぎながら右へと回避しつつ、爪で宙を切って〘次元爪〙を放つ。ミーアは俺の手許を見ながら、身を捩って容易く回避してみせる。

俺も当たるとは思っていなかったが、一方的に『衝撃波』を撃たせ続けていれば、こっちが避け切れないのだ。

「きゃあぁっ！」

アロの一人を『衝撃波』が襲った。身体が四散して色を失い、黒い光へと変わる。

『アロッ！』

「大丈夫です！　前にいたのは、分身だから！」

黒い光が宙を舞い、アロへと吸い込まれていく。

『俺から離れるのは危険過ぎる！　飛ぶのは最低限にして、極力身体に乗っておいてくれ！』

俺の言葉に、視界端のアロが頷いて高度を落とす。二人のアロは肩に着地すると同時に、床へと手を向けていた。

「『クレイ』！」

ミーアの進路に、魔法の光が灯る。

「間に合わないよ」

ミーアが大剣の構えを変えた瞬間、速度が急上昇する。『神速の一閃』を発動したのだ。ミーアが通過した直後のところに、大きな土の針が出現した。

ミーアの動きには一切の迷いがなかった。完全に発動タイミングを掴まれている。

ミーアの戦闘経験は、俺とは比にならないはずだ。魔法スキルの発動も、それこそ何万回と見てきたものなのだろう。

だが、発動タイミングさえ確定させられれば、『神速の一閃』は対応不可能な技じゃねえ！

俺は身体を背後へ退きながら、ミーアが次にくるであろう位置をこれまでの経験から推測し、大剣を振るった。

リリクシーラとの一戦から、ヴォルク達の見ている剣士の世界に、俺も少しだけ触れることができたように思う。自我を取り戻したヘカトンケイルとの戦いで、それが俺の中でより具体的なものになりつつあった。そしてミーアの『神速の一閃』に対応できたとき、それをようやく摑むことができた。

目で追い切れなくてもわかる。ミーアがどういう軌道を描き、俺へと距離を詰めてくるのか。

「**グゥオオオオオッ！**」

俺が放った斬撃。そのすぐ奥に、ミーアはいた。

直感的に、俺の読みが間違っていたわけではない、とわかった。ミーアは意図的にズラしたのだ。

「まさかとは思ったけれど、そこまで見えていたとはね。だけど、私はその先にいる」

ミーアは、空振って無防備を晒した俺へと大剣を振るう。

俺は実力でも、執念でも、ミーアには敵わない。世界のためには、神の声を討つためには、俺なんかよりミーアが地上に戻るべきなのかもしれねえ。

だが、俺のために命懸けで戦ってくれる、アロとトレントがいる。二人のためにも、ミーアに神聖スキルを譲るつもりはねえ。

そして二人がいるからこそ、ミーアに喰らい付ける。

俺は身体を傾け、トレントの木の根で受け止めた。

『〖重力圧縮〗ぅうう！』

トレントの木の根が圧縮され、より強固になっていく。一瞬刃を受け止めることには成功したが、ミーアの刃は木の根を断ち切り、俺の身体を斬りつけた。だが、浅く済んだ。

「なるほど、思ったより厄介……」

『〖ウッドカウンター〗ですぞおおっ！』

周囲の木の根が角度を変え、豪速でミーアへと迫る。凄まじい速度だった。ミーアから受けた力の一部を木の根に乗せているのだ。

「本当に厄介……」

『ミーア殿にそう評してもらえて、光栄ですぞ！』

「〖流し身〗」

ミーアは身体を捩って木の根を綺麗に回避しながら、敢えて身体の一部に木の根を当て、その勢いを利用して俺から離脱していく。

「〖ゲール〗！」

二つの竜巻が、ミーアの背後に壁のように生じる。

ミーアの動きが神域のものであったとしても、範囲攻撃の乱打は避けられないはずだ。逃げ場を全て潰せば、如何な彼女とて逃げられる道理はない。俺はミーアの逃げ場を潰すように、大剣の一閃を放った。

ミーアは、刃で俺の一撃を受け止めた。

「『掬虚月《きくうつろづき》』」

ミーアの姿が消えたかと思えば、彼女は間合いを置いた先に立っていた。

逃げられた……！

『掬虚月《きくうつろづき》』は、衝撃を移動のエネルギーに転じて、自身へのダメージを抑えるスキルだ。相柳のときは身体で受け止めて使用していたが、今回は打撃ではなく斬撃なので、発動のために剣で受け止める必要があったのだろう。

「……ふむ」

ミーアが自身の左肩へと目をやる。左肩の衣服が剥がれ、身体に傷が走っていた。魔物であるためか血は流れていなかったが、肉が抉れている。

「浅いけど……当たったんだ！」

アロが声を上げる。ミーアは『掬虚月《きくうつろづき》』を用いて逃げる際に、アロの二連『ゲール』の壁を避け損なったのだ。

すぐに左肩の肉が再生し、元に戻っていく。だが、攻撃を当てられていた、ということの意味は大きい。

いける……！　俺とアロとトレントなら、ミーアにも届き得る。

俺はミーアへと距離を詰める。

間合いを詰めつつ、左手で〖次元爪〗を放ち、右手に握った大剣を構える。〖次元爪〗は、ミーアを自由に動かさないためのものである。ミーアに好き勝手に動き回りながら〖残影剣〗で〖衝撃波〗の乱れ撃ちを放たれれば、対応しきるのが難しい。

ミーア攻略の糸口が見えてきた。〖次元爪〗の対応で行動を制限させて、ミーアを絶対に自由に動かさないこと。

そこからアロの三重魔法の範囲攻撃で動ける範囲を絞る。そしてトレントの〖樹籠の鎧〗と〖ウッドカウンター〗があるため、ミーアの俺への攻撃の仕方もかなり限定される。その状況なら、俺でもミーアに読み勝って一撃を入れることができるはずだ。

「〖ゲール〗！」

三体に分身し直したアロが、三つの竜巻をミーアの周囲に発生させる。ミーアは瞬時にその間を掻い潜り、俺への距離を詰めつつ二重の〖衝撃波〗を放ってくる。

『すまねぇトレント！　耐えてくれ！』

『わっ、わかりましたぞ！』

黒い『衝撃波』がトレントの『樹籠の鎧』を砕く。木の根がへし折れ、貫通して俺の肉を抉る。

俺は牙を食い縛って耐え、大剣を振るう。

ミーアは、俺の刃を避けた。俺はガードとして構えていた『樹籠の鎧』を纏った左腕を突き出し、ミーアを殴り飛ばそうとした。

ミーアは剣で防がず、身体で受け止めた。殴った瞬間、感覚でわかった。

『掬虚月《きくうつろづき》』が来る！

凄まじい速度の刃が、俺の肩へと飛んできた。『樹籠の鎧』を容易く砕き、俺の鱗、肉を抉り、骨がへし折られるのを感じた。

打撃は駄目だ！　ミーアの『掬虚月《きくうつろづき》』で強化された剣は、俺じゃ捌けねえし、トレントの『樹籠の鎧』さえ貫通されちまう！

斬撃に対して『掬虚月《きくうつろづき》』を使われても、まず刃で防ぐ必要があるため、即座に威力を大剣に乗せて反撃に出ることはできないはずだ。

「咄嗟に力を落としたか。思ったより威力が乗らなかった」

ミーアが呟く。

だが、今回は、『掬虚月《きくうつろづき》』を使わせたのがプラスに働いた。ミーアの予想よりも『掬虚月《きくうつろづき》』に力が乗らなかったためか、トレントの『樹籠の鎧』の頑強さを見誤ったのか、ミーアの『黒蝿大刀』は、俺の肩に突き刺さって刃が止まった。

　俺は筋肉を固め、同時に『自己再生』を一気に肩へと集中する。ミーアの『黒蠅大刀』を引き抜かせないためだ。

『逃がしませんぞっ！』

　トレントは『ウッドカウンター』によって木の根を豪速でミーアの身体へと伸ばす。身体を反らして躱されていたが、一本が横っ腹を貫通し、別の一本が足首に絡み付いた。

　俺は大剣から手を放し、即座に右手で『次元爪』をミーアへと放つ。ミーアは引き抜いた大剣で『次元爪』を防ぐ。だが、受け損ねて腰と左肘に爪撃を受けていた。肉が大きく抉れたが、切断には至っていない。

　直後、ミーアの身体が素早く後方へと飛ぶ。『次元爪』を防いだ衝撃を用いて『掬虚月《きくうつろづき》』を発動したのだ。背後へ逃れていく。

「『ゲール』！」

　アロの二つの竜巻が逃げるミーアを追う。だが、ミーアは空中だというのに身体を傾け、『黒蠅大刀』の重量を利用し、動きを自在に調整して避けきってみせる。

　手数の差があって圧倒的に有利な状況のはずなのに、完璧としか言いようのない対応を見せ、被害を最小限に抑えて立ち回ってくる。

　ミーアは壁まで逃れるつもりらしい。俺は右手で手放した大剣を拾い上げながら、左手でミーアが着地しようとしている壁へと『次元爪』を放った。

だが、壁までミーアはやってこなかった。ミーアが足を着けたのは、そのもっと手前だった。アロが『クレイ』でミーアを狙うのに使った、大きな土の針だった。

『しまっ……！』

あの軌道で、間合い内にミーアが残るとは思わなかった。即座に針を蹴って、俺への攻撃に出てくるはずだ。

今の状態では、十全に迎え討てない。とにかく後ろに退いて、頭と胸部を守るしかない。

そこまで考えた瞬間……脳裏に、先程のアロの攻撃魔法の様子が過った。分身体は三人だったはずなのに、『ゲール』は二発だった。残りのアロは、何をしていた……？

俺は守りを捨て、素早く大剣を構え、ミーアへと接近した。

ミーアは、土の針を蹴れなかった。土の針から、土の腕が伸び、ミーアの足を掴もうとしたのだ。

ミーアは土の腕を上手く躱して着地したが、即座に奇襲に転じることはできなかった。

アロのスキル……『未練の縄』である。土のあるところであれば、自在に土の腕を伸ばすことができる。この塔の中に土はなかったが、自身の『クレイ』で生じさせた土を利用したのだ。

アロは『ゲール』でミーアの向かう方向を多少は誘導できた。恐らくアロは、あの瞬間に咄嗟に、『クレイ』の針の近くへと誘導すれば、ミーアが足場に利用して俺の意表を突こうとすると、そこまで考えたのだ。

『よくやったアロ！』

俺はミーアへ接近しながら、口の中に魔力を溜めていた。

ただの剣の攻撃は、ミーアに往なされた上に、『掬虚月《きくうつろづき》』の発動を許してしまう。だが、重力魔法の攻撃であれば、さすがに『掬虚月《きくうつろづき》』では対応できないはずだ。

『グラビドン』は、避けるか『破魔の刃』でしか対応できない。範囲の広い『グラビドン』に対し、体勢を崩した状態では安定して避け切れない。ミーアは『破魔の刃』を狙ってくるはずだ。

だからここで『掬虚月《きくうつろづき》』は使って来ない。

ミーアの『掬虚月《きくうつろづき》』に何度も剣や拳を叩き込んで、わかったことがある。ハウグレーも似た技術を使っていたので、アレも参考になった。比較すれば見えてくるものがあった。

『掬虚月《きくうつろづき》』の発動には、固有の構えのような前準備が存在しない。どんな体勢からでも自在に使うことができる。だが、その代わりに発動する瞬間は思考を無にし、完全に脱力した状態になる必要があるのだ。

『掬虚月《きくうつろづき》』は強力なスキルだが、武の神の域に達しているミーアの唯一の隙でもある。使用する瞬間、あらゆる打撃に対して無敵になる代わりに、魔力の塊を撃ち出すような魔法攻撃に対しては無防備になる。

だから『グラビドン』を囮に『破魔の刃』を意識させ、体勢の整っていないミーアへ大剣で攻撃する。ミーアは『掬虚月《きくうつろづき》』で逃げて形勢のリセットができない上に、アロの援護射撃も期待できる。

……と、『グラビドン』を確認した時点で、ミーアはそこまで読んでくるはずだ。だから俺は、その裏を掻く。

ミーアは俺なんかよりも圧倒的に強い。伝説の勇者だ。ステータスで追い付いたとはいっても、経験も、勘も、読みも、技術も、全てにおいて俺を上回っている。

だからこそ、そこまで読み切って『掬虚月《きくうつろづき》』を使ってくるはずだと、俺は確信を持てた。ミーアが格上だという意識がなければ、刹那を競うこの場面で、迷いなくこの選択を取ることはできなかっただろう。

『『グラビドン』!』

俺は至近距離から、ミーア目掛けて『グラビドン』を放った。

ミーアは俺の『グラビドン』に対して、一瞬反応が遅れていた。『グラビドン』を警戒させて大剣で攻撃すると見せかけた、二重の囮が成功したのだ。

ミーアは俺の大剣に対応しようと、『掬虚月《きくうつろづき》』の準備をしていたのだ。ミーア程の剣士であれば、ほんの些細な予備動作でさえも判断材料にして動いてくれると、俺は確信していた。だからこそ、こんな咄嗟の思い付きでしかない大味な作戦を、全力で実行することができたのだ。

『掬虚月《きくうつろづき》』はあらゆる物理攻撃を防ぎ、反撃の起点にすることができる。強力なスキルだが、それはミーア自身の技量ではなく、スキルの強さである。だからこそ、そこには付け入る隙があった。

「なるほど……これは避け切れないな」

『グラビドン』の黒い光越しに、ミーアが無表情でそう零した。ただの事実の確認なのか、諦めの言葉だったのかはわからない。素のミーアは、ほとんど感情が表に出ない。

轟音が響く。至近距離で炸裂した重力の塊の反動で、俺は背後へ跳んだ。『グラビドン』の衝撃で引き千切れた、ミーアの腕が俺の横に落ちた。本体は潰れてミンチになったはずだ。

手応えはあった……。オネイロスは元々、肉弾戦より魔法攻撃タイプである。ピーキーで使い辛い『ヘルゲート』や『ワームホール』、『闇払う一閃』を除けば、『グラビドン』は俺の最大火力の攻撃だ。

対して、ミーアは人化状態であった。ＨＰと防御力が半減しており、特性スキルの一部も機能していないはずだ。回復を挟む余地なく、一撃でＨＰが全て吹っ飛んだはずだ。

そのはずだった。だが、経験値の取得が出てこない。

『主殿……や、やりましたな！　ギリギリではありましたが、私とアロ殿の限界が来る前に決着をつけることが……』

トレントが言い切る前に、俺は土煙の中のミーアの気配に目掛けて、『次元爪』の追撃をお見舞いした。明らかにミーアではない、『何か』に当たった感覚があった。強い悪寒を覚えた。

「参ったね。アロ君とトレント君をおまけにしか考えていなかったのが間違いだった。三体纏めて相手するには、さすがに手数が足りなかったみたいだ」

土煙が晴れる。その姿を見たとき、俺に強烈な忌避感が走った。そいつは、悪夢をそのまま具現化したような、そんな化け物だった。

俺はずっとミーアに、得体の知れない恐怖を感じていた。それは覚悟の差だとか、力量の差の表れだとか、俺はそんなふうに捉えていた。

だが、違った。今のミーアの姿を見て、その理由がよくわかった。

「だから私も、手数を増やすことにしたよ。元の姿は、理性も制御もあまり利かなくてね。人間の姿の方が確実な勝利を収められると思っていたのだけれど、どうにも規模と打点に欠けるらしい」

そいつは大まかにはドラゴンのようだった。ただ、脚らしきものが五組十本ついていて地面を這っており、ムカデを思わせるような外見をしていた。間隔を開けて、身体に三組の翼がついている。

体表は青白いが、部分的に赤黒くなっていたり、緑の斑点ができていたりしている。強烈な悪臭がする。腐肉の塊らしい。長い不気味な尾が、天井へと伸びてゆらゆらと揺れていた。

頭部は六つの眼に二つの巨大な口を有する、不気味なドラゴンになっていた。その頭部から、ミーアの上半身が伸びていた。本体のドラゴン同様に、肉の腐った姿になっている。手には『黒蠅大刀』があった。


【『タナトス』：L（伝説）ランクモンスター】

【死神、或いは死そのものと畏れられるドラゴン。】

【不浄の肉体を引き摺り、這い回り、その狂気によって無差別に、あらゆる者へと死を与える。】

【『タナトス』が現れたとき、世界は絶対的な死によって永劫の停滞を迎えるとされている。】

こいつがタナトス……人化状態を解除したミーアの、本当の姿。『グラビドン』の直撃に耐えられないと判断したミーアは、咄嗟にタナトスへと戻ることであの一撃を耐えきったらしい。

『あ、主殿……た、短期決戦を狙っていたため、あまり余力がありませぬ。あの姿、もしや、かなり頑丈なのでは……?』

トレントが弱音を口にする。

トレントの言葉は事実だ。トレント鎧に、アロの『暗闇万華鏡』最大人数による魔法攻撃の連打。これは持久戦でできる戦法じゃねぇ。ミーアの耐久力が半分以下に落ちている、人間の姿の間に仕留めるべきだった。

だが、俺はそれ以上に、ミーアの今の姿がショックだった。

「フフ……ここからが、本当の戦いだ。神聖スキルは、全て私のものだ！　神の声に、この世界の全てのツケを払わせる！　その報復のためだけに、私は数百年に及ぶ苦痛に耐えてきたのだ！　君に、地上に戻る権利はない！　それは私のものだ！」

ミーア……お前は、そんな姿になってまで、神の声を倒したかったのか。

ずっと表情に違和感があったわけがわかった。ミーアには恐らく、とっくに怨恨以外の感情が残ってはいなかったのだ。

こんな悍《おぞ》ましい姿に成り果てたのが何よりの証拠だ。タナトスは、その狂気によって暴れ、世界に絶対的な死を齎《もたら》し、永劫の停滞へと導くドラゴンなのだから。

『悪いが、ミーア……やっぱりお前は、地上に戻せねぇ。お前の方が、俺なんかより、よっぽど上手く神の声相手に立ち回れるのかもしれねぇ。……だが、お前はきっと、神の声を倒すために、あの世界を壊しちまう』

「やはり甘い考えだな。犠牲はつきものだ。神の声は、それだけ強大な相手なのだ。あらゆる手段を用いて、この世界の全てを犠牲にしてでも、私の手で必ず取り除かねばならない！」

『逆だ、ミーア。確かに俺は甘いのかもしれねぇが、これだけは言える。世界の全部を犠牲にしちまったら、神の声を倒す理由なんてもうねぇんだ。俺は、俺のこれまで見てきた世界の全部を守るために、神の声と決着をつけてぇ。お前はもう、何かを守るつもりさえねぇんだ』

　ミーアの返答が途切れた。顔には、相変わらず感情の色はなかった。少し間を置いて、虚ろな目をそのままに、口の端がほんの少し上がった。

「気づいていたさ、とっくにね。私が奴を殺したい、理由なんてそれで充分だ」

3

　俺は地面を蹴り、宙へと飛ぶ。三人に分身しているアロが、俺の背にしがみついた。

『主殿、どう攻めるおつもりなのですか……？』

　トレントが尋ねてくる。

『ミーアは、人化状態で受けたダメージがまだ残ってる。再生しきる前に、全力で叩くしかねぇ』

ミーアの巨体は、目に見えて肉が変異し、分厚くなっていっている。〖自己再生〗を用いているのだ。完全にダメージが癒える前なら、大きな攻撃を当てることができれば倒し切ることだってできるはずだ。

俺は空中より、〖次元爪〗の連打をお見舞いする。ミーアは十の脚を蠢かして巨体を操り、壁を攀じ登って俺の攻撃を避けていく。

大きいが速度がある。長い身体をくねらせ、自在に避けていく。

『やっぱりムカデじゃねぇか……』

ノータイムで間合い無視の爪撃を繰り出す〖次元爪〗をあの巨体で躱すとは、さすがミーアとしかいいようがない。空間把握能力が俺の理解を何周も超えている。外見は得体の知れない化け物だが、確かにこいつはミーアだと痛感させられた。

しかし、ＨＰが回復しきるまで逃げて時間を稼ぐつもりか？　ミーアらしくないが、さすがに俺相手にＨＰが消耗した状態で白兵戦を行うのは避けたいらしい。

タナトスは頑丈だが、巨体故に攻撃を避けにくい。接近を嫌うのは、当然理に適っている。

だが、相手が逃げに徹しようとするのならば、その分こちらは攻勢に出られる。これはこれで有利な形勢だ。

だからこそ、嫌な予感がした。ミーアがこんな、ただ消極的な戦法を取ってくるだろうか。

ミーアは壁を垂直に攀じ登っていく。俺は高度を上げて『次元爪』で頭部を狙ったが、その瞬間、ミーアは壁を蹴って宙へと離脱した。三組の翼が広がり、一気に高度を上げ、俺の遥か上を取った。

「教えてあげよう。これまでの君の戦いの全てが、如何にぬるいものであったのか」

六つ眼の異形のドラゴンの頭部が大きく口を開く。口内に黒い光が溜まっていく。

『グラビドン』に似ているが、ミーアはそのスキルを保有していない。ミーアの保有スキルで、俺が目にしたことがなくて、それらしいものといえば限られる。


【通常スキル『エクリプス』】

【光の世界を蝕む、闇の魔法。】

【極限まで高められた魔力は、世界の法則さえ揺るがせる。】

【『エクリプス』の黒光を浴びた地は、永遠に死の呪いに侵される。】


タナトスになっていきなり、とんでもねぇ大技ぶちかましてきやがった。

「光喰らい尽くせ、『エクリプス』！」

異形のドラゴンの口許を中心に黒い光が広がる。宙に浮かぶミーアの姿が、黒い靄《もや》に覆い隠された。

俺は首を伸ばして三人のアロを口内に捉え、首を曲げて身体を丸くした。

『何が来るのかわからねぇ、一旦逃げるぞ！』

俺は壁を蹴って軌道を変える。

次の瞬間、黒い靄の塊から、極太の黒い光が放たれてきた。恐ろしいのはその速度である。魔弾か何かが飛んでくるとは覚悟していたので辛うじて避けられたが、思っていた倍以上の速度があった。安定して避けられるもんじゃねぇ。

だが、避けたはずの黒い光が、俺を追って高速で動き出した。俺は身を翻したが、掠めただけで背から横っ腹の肉を吹き飛ばされた。

「**グゥオオオオオオ！**」

俺は思わず悲鳴を上げる。

肉がすっ飛ばされて血が溢れ出て、露になった骨に冷たい痛みが走る。

最悪だ。〖エクリプス〗は、まさかの〖熱光線〗仕様だった。光を照射しながら追尾してきやがる。

ミーアへと目を向けて、より最悪なことに気が付いた。〖エクリプス〗の靄が集まって黒い球体と化したミーアより、全方位目掛けて無数の黒い光が伸びているのだ。

俺に向かってきた奴だけじゃなかった。あの光全てが、奴の攻撃だ。

『そのクソ技を止めやがれ！』

俺は移動しながら、〖次元爪〗で黒い球体を攻撃した。だが、まるでびくともしない。

爪先に嫌な感覚があった。恐らくあの球体も、照射している黒い光同様に、死の呪いを帯びた魔力の塊だ。素手で殴れば、手が吹っ飛ばされる。

襲い来る黒い光を避けながら、俺は必死に考える。一切反撃を許さない防壁に引き籠って、過去最大火力の魔法攻撃を連射してくるなんて、タチが悪いにも程がある。

光を避け損ねて、俺は大剣で防いだ。刃がへし折れ、大剣は光の集まりに戻り、四散していった。〖アイディアルウェポン〗の効力を失ったのだ。

俺は大剣が壊された衝撃を利用して、少しでも遠くへ逃げる。何か打開策はないかと頭を働かせるが、状況が状況だけに思考が纏まらない。気を抜けば〖エクリプス〗に身体を貫かれる。

『こんな反則スキルがあったなら、最初から人間体じゃなくて、こっちで俺達を焼き払っていれば終わってたじゃねぇか！』

俺は思わず、泣き言を漏らした。

「竜神さま、落ち着いて！」

「そうしなかったってことは、きっと相応の弱点があるはずです！」

「〖ワームホール〗です！　〖ワームホール〗越しに魔法攻撃を叩き込んでやりましょう！　球体を貫通できるはずです！」

三人のアロが、口内より俺に助言をくれた。三人いるということは、普段の三倍色んなことを考えられるということだ。アロは元々頭がいい子だ。まさか〖暗闇万華鏡〗にこんな利点があるとは思わなかった。

確かに〖エクリプス〗に弱点がないわけがない。本当に完全無欠の攻撃であれば、ミーアはヘカトンケイルを単騎で突破できていたはずだ。それができなかったのは恐らく、魔力の消耗が激しいためだ。

この〖エクリプス〗とて、塔の壁は貫通できていない。ヘカトンケイルに塔を遮蔽物として使われれば、それだけで攻撃が通せず、一方的にＭＰを捨てることになる。

建物の内部であり遮蔽物がないためその戦法はできないが、魔力の消耗が激しいという仮説は覚えておくべきだろう。

そして〖ワームホール〗は、惜しいが使えない。相手が宙に固定されているので頑張ればチャンスがありそうだが、〖ワームホール〗は発動しきるまでに時間が掛かり過ぎるのだ。その間、〖エクリプス〗の滅茶苦茶な攻撃を〖ワームホール〗を維持しながら躱している余裕なんてない。残念ながら〖ワームホール〗は本当に使えない子なのだ。

しかし、アロが冷静に考察してくれたおかげで、俺も思考が纏まってきた。

俺は宙で翻り、〖エクリプス〗の黒い光線を躱す。だが、腕から肩に掛けて体表が削られ、血が流れ出ていた。

〖エクリプス〗自体が速すぎる。とてもじゃないが、安定して避けられるものじゃねえ。

ミーアは黒い光に包まれたまま全く出てこねえ。〖次元爪〗でビクともしなかった以上、アレを壊せるのは〖闇払う一閃〗くらいかもしれない。だが、光線の発生源であるミーアへと接近して、動作の大きいあのスキルを使うのは現実的ではない。

『い、一度、塔の外に撤退しては……？』

「それ、どうなんだろう……。あのスキルを使われるたびに、射程外まで逃げて仕切り直すの？　確かに有効かもしれないけど」

『駄目ですかな……？』

「駄目とは言わないけど、あんまり聞いたことないなって……」

　俺が考えこみながら回避に徹している間にも、トレントとアロが打開策を話し合っていた。

　確かに戦闘中、スキルを使われるたびに一回一回遠くまで逃げて仕切り直すなんて、聞いたことがねえ。あまり格好いいとも言えない。

　だが、確かに有効だ。あのスキルの維持にはさすがにかなりＭＰを使っているはずだ。逃げて仕切り直されると分かれば何度も使えるものではないし、そうしてくれるのならミーアのＭＰがなくなるまで逃げ切ればいいだけだ。

『トレント、いい考えだ！　それで行こう！』

『本当ですか！』

　トレントが嬉しそうに答える。

『だが……塔の外は無理だ』

　俺は塔の扉をちらりと見る。

　扉はそこまで大きくはない。あんなところからノコノコ出ていこうものなら、間違いなく『エクリプス〙の直撃で貫かれる。一撃もらう覚悟があれば不可能ではないかもしれないが、使われる度に一撃もらって対処していれば、間違いなくこっちが先にバテることになる。

『では、どちらへ……？』

『上に行く！　充分に距離が取れれば、〘エクリプス〙を避けるのは難しくねえはずだ！』

　俺は高度を一気に上昇させた。

　元々ミーアは〘エクリプス〙の使用前に高度を引き上げていた。それを俺は〘グラビドン〙のダメージを回復するために、俺から距離を取りたがっているのだと思っていた。

だが、そうではなかった。ミーアは俺が簡単に上へと逃げられないように、俺の上を取ったのだ。スキル使用間のミーアを止める術がなくて、対策が距離を取るしかないのであれば、当然といえば当然のことだ。ミーアは、俺の逃げ場を潰すために上を取ったのだ。

　ミーアの高度に近づいたとき、一気に黒い光線が苛烈になった。直撃を受けそうになり、俺は〘グラビティ〙で高度を大幅に落としながら身体を側転させ、ギリギリのところで回避に成功した。

　ミーアと同じ高度が一番本体に近づくため〘エクリプス〙の動きを読むのが一気に難しくなる。ミーアもここを越えられたら追い切るのが難しくなるのがわかっているためか、魔力を割いて確実な阻止を狙ってくる。俺の巨体と飛行能力じゃ、こんなもんどう頑張ったって避けられそうにない。

『トレント、根を引っ込めておいてくれ！』

『え？』

俺の【念話】に対して、トレントが俺の身体中に這わせた根を引っ込めていく。

俺は壁を蹴って身体を丸め、素早く【転がる】へと移行した。塔の壁を垂直に駆け登り、そのまま内周の螺旋階段へと着地し、【転がる】を続行して昇っていく。

無数の【エクリプス】が追ってくるが、【転がる】の最高速度を見せたのは初めてなので意表を突けたらしい。光線が間に合っていない。

『このまま一気に昇るぞ！』

『痛い痛い痛い！　痛いですぞぉっ！』

トレントの負担は大きいが、悪いが引っ込めて準備をしている余裕はなかった。んなことをしてたら、絶対ミーアに見抜かれちまう。そもそもその隙を突かれちまっていただろう。

極太の光線が先の階段を打ち抜き、そのまま照準をずらして俺へと迫ってくる。確実に進路を潰しに来やがった。

だが、当然、こうなることは予測していた。俺は尾で壁をぶっ叩き、空中へと脱出した。

「そこまで逃げられちゃ、これ以上は意味がない、か」

ミーアの放っていた、無数の黒い光線が消えていった。彼女を覆う、黒い光の球体も薄れて消えていく。やはり、上を取られれば維持している意味がないと、ミーア自身もそう考えているようだった。

『攻略法が見えましたな、さすが主殿！　これならなるべく上を取って立ち回れば使われる心配はありませんし、仮に使われても、さっさと上に移動してしまえば……』

『……いや、それだけの問題じゃねえ』

ミーアの切り札を、決定打を受けずに凌ぐことができたのは大きい。だが、問題はそれだけではない。

〖エクリプス〗の光線は速いが、不意打ちで咄嗟に撃てるものではないため、完全に避けきるのも不可能ではないはずだ。

発動中、ミーア本体は動けないようでもあった。強力なスキルではあるが、応用の余地がないため、避けられる相手にはそこまでとなる。ここだけ切り取れば、こちらが使われれば逃げることを徹底している限りは、機動力のある相手にはあまり意味のないスキルであるともいえる。

だが、このスキルの真価は、攻撃手段だけではない。

『〖自己再生〗と〖ダークレスト〗で回復してやがる……』

そう、〖グラビドン〗で削ったＨＰが既に完全に回復されていた。

ミーア相手に削り合いで勝利するのは現実的ではない。俺単体ではミーアに及ばない。そしてトレントもアロも、確実に俺より遥かに先にＭＰに限界が来る。そうなったとき、ミーア相手にまともに太刀打ちできなくなってしまう。

だから俺達は短期決戦で臨む必要があった。大ダメージを与えた後は、多少無理をしてでも強引に攻め切り、回復の隙を許さずに倒し切る必要があった。

だが、『エクリプス』をぶつけられ、むしろこっちが逃げる必要に迫られちまった。次に俺達が大ダメージを与えることに成功したとしても、また『エクリプス』で回復の時間を稼がれちまうはずだ。

「そ、それじゃあ、倒しようがない……」

「私、温存目に戦った方がいいですか？」

「やっぱり『ワームホール』でどうにか崩すしかないんじゃ……」

アロ達が俺の口の中で議論する。

『……温存して戦える相手じゃねえ。一気に行くぞ。やれるかわかんねぇけど……『エクリプス』は、発動時の隙を突いてどうにか止めてみせる。初見じゃ様子見のために離れるしかなかったが、あのスキルについてはよくわかった』

互いのＭＰ限界まで戦うやり方は、実力差が明確に出る。俺もミーアも基本的に近接タイプな上に、互いに大技を数発ぶつければ、回復を許さずに倒し切れるステータスだ。持久戦ならアロとトレントのＭＰ切れリタイアも避けられない。

俺に勝機があるのは、短期決戦だけだ。そのためには何としてでも『エクリプス』を用いた回復時間稼ぎを崩す必要がある。

4

ミーアがドラゴンの身体の多脚を用いて、俺の高さへと一気に上がってくる。〖エクリプス〗が一応は突破された後だというのに、一切動揺が見られない。やはりダメージを与えられればラッキー程度の、回復して態勢を整える時間を稼ぐための一手でしかなかったらしい。

「〖エクリプス〗は躱し切ったみたいだけど、こっちはどうかな？」

頭部に生えた人間体のミーアが、俺目掛けて大剣を素早く振り回した。

刃がブレて、何重にも見える。その刃より無数の黒い光が放たれた。〖衝撃波〗と〖残影剣〗の合わせ技だ。

〖衝撃波〗は剣士の基本スキルだ。だが、そんなスキルでも、剣の極致に達したミーアが使えば、ほぼ全範囲攻撃の絶技に等しい。俺は横に跳びながら、どうにか斬撃の威力の低い、端の部分を腕で受ける。

体表が砕かれ、衝撃で骨が折れるのを感じた。威力が、馬鹿みたいに跳ね上がってやがる……！

当然だ。今のミーアは人化状態じゃねぇ。攻撃力が倍増してやがる。

俺は痛みに耐えながら、〖次元爪〗で反撃する。ムカデ竜の巨体に掠らせることしかできなかったが、これでいい。こっちの攻撃に対応させれば、〖衝撃波〗の乱れ撃ちを一方的に撃たれずに済む。

牽制程度に『次元爪』を挟み、HPを温存しながら間合いを詰める。俺は隙を見て『アイディアルウェポン』で『オネイロスライゼム』を戻し、ミーアの『衝撃波』を防ぐのに用いた。今のタナトスミーアの『衝撃波』を腕で防ぐわけにはいかねぇ。

だが、一つの『衝撃波』を大剣で受け流した直後に、別の『衝撃波』が畳み掛けるようにぶつかってきた。耐えられず、俺は体勢を崩してしまった。続く『衝撃波』が俺の腹部に叩き込まれる。

「**グボォォッ！**」

激痛が身体を貫く。『衝撃波』の先端は、マジで身体を貫通してるんじゃなかろうか。

威力が桁外れだ。距離を置いて逃げればよかっただけの『エクリプス』より遥かに対処が難しい。

視界が明滅する。肉体が熱い。思考が纏まらない。考えた傍から、ばらばらに崩れ落ちていく。

『自己再生』……！　とにかく『自己再生』だ！　どうにか身体を、再生しねぇと！　痛みのあまり、思考がまともに機能してねぇ！

視界に、『衝撃波』が近づいてくるのが見えた。

どうにか避けねぇと……！　だが、身体がまるで言うことを聞かない。

アロの一人が、俺の口から飛び出していた。腹を撃ち抜かれた際に、痛みで口を開いちまっていたらしい。

「『クレイ』！」

アロの前方に、巨大な土の壁が展開される。

だが、土の壁は一瞬にして、ミーアの『衝撃波』の一撃によって崩された。ほとんど威力も減衰していない。

しかし、そのお陰で若干『衝撃波』の向きが傾いていた。元々防ぎきれないと踏んで、角度を付けて壁を展開し、向きを逸らすことに専念していたらしい。

お陰で俺は、どうにか追撃の『衝撃波』を回避することができた。だが、巻き込まれたアロは輪郭を失って黒い魔力の塊になり、俺の口内へと戻ってきた。

『助かった、アロ。だが、今の一撃、かなりやばかったんじゃないのか？』

「分身ですから大丈夫です。ただ、分身体に分け与えていた魔力が今の一撃でほぼ全損したので、がっつり魔力は持っていかれちゃいましたけど……背に腹は代えられません」

ただでさえこっちのＭＰには余裕がねぇっつうのに、俺のミスでアロのＭＰを浪費させちまった。

「竜神さま……ミーアさんにあの技の連打を続けられているだけで、かなり厳しいんじゃ……」

アロが言い辛そうに口にする。

中距離でこの有様だ。正面から一気に攻めて手数の差で押し切るより、方針を見直して何か策を練った方がいいかもしれないと、アロはそう言っているのだろう。

だが、そんな便利な策は存在しない。ミーアはクソチート耐性の『状態異常無効』持ちで、おまけに戦闘の要である攻撃力と素早さが俺を上回っている。極端に沈んでいるパラメーターがあるわけでもない。

スキルと本人の剣士としての技量も相まって、近・中・遠距離全てに隙がない。本体も馬鹿じゃねえし、仲間だったこともあるからこっちの手の内を概ね知り尽くしている。ミーアの対応の失敗に賭けた中・遠距離の大技なんて、絶対当てられるわけがない。

向こうの狙いも中距離で牽制程度に使いやすいスキルをぶつけつつ、優位な状態で近接戦に持ち込もうとするスタンダードなものだ。故に、こちらも奇策を挟む余地が存在しない。

だが、今の方針のままで問題ねぇ。余裕がないからその場任せの力押ししかできねぇのは心許ねぇが、アロとトレントの補佐があれば、充分タナトス状態のミーアとも戦える。俺はそう思っている。

「なんだ、そんな有様なら、わざわざ近づいてあげる意味もないな」

ミーアは動きを止め、『衝撃波』の連打をお見舞いしてくる。最初は『衝撃波』で牽制して俺の隙を作って一気に近づいて仕留めるつもりだったのだろうが、『衝撃波』だけで倒し切れると判断されちまったらしい。

しかし、さっきはタナトス状態の膂力を見誤ったために押し切られたのだ。

俺は息を吸い、大剣を構える。大きく大胆に移動して黒の斬撃の連打を回避し、的確に刃で受け流してみせた。逆の手で『次元爪』を放ってミーアに回避させつつ、隙を突いて距離を詰める。

『だらしねぇところ見せちまったな、アロ。ギリギリだが、対応できてる。ここは俺を信じて、突っ走らせてくれ』

「動きが、急によくなった？」

ミーアが目を細める。

『お前が一番わかってんだろ？　今のお前の剣は、膂力が倍加した代わりに、人化状態のときにあった技量を欠いている』

人化状態のミーアの『衝撃波』乱舞なら、俺に今のような大きな回避を許してはくれなかっただろう。攻撃の威力と規模が跳ね上がった代わりに、ミーアの最大の強みであった剣技の精緻を失っている。

最初からタナトス状態でなかったわけだ。一対一なら、間違いなく攻守共に一切の隙が無い人化状態の方が遥かに強い。

やはりミーアは、トレント鎧とアロの分身魔法援護に対応できなかったから、仕方なくタナトス状態を選んだのだ。人化状態のミーアの剣技を見ているからこそ、今のタナトス状態のミーアの剣技には対応できる。

ミーアへ一気に距離を詰める。ミーアがタナトス状態になっている今でも、手数じゃこっちの方が勝っているはずだ。

トレントとアロの補佐がある内は押し勝てる余地がある。肝心なのは、ダメージを与えた後に相手を逃がさないことだ。

『エクリプス』で安全を確保してからの『ダークレスト』の回復を許していれば、確実にトレントとアロがバテちまう。そうなったら俺達の勝ち目は完全に潰える。

「私の今の剣が精緻を欠いている、ね。言ってくれるじゃないか。自覚していた弱点ではあるけれど、だったら、これは対応できるかい？」

ミーアが人間の上体を捻り、舞うように大剣を振るう。『衝撃波』の速度が増し、威力が跳ね上がった。敢えて細かい技術を捨て、今のタナトスの膂力を最大限に発揮している。

防ぐのは無理だ。腕でガードしてもダメージが痛すぎるし、大剣で守っても弾かれちまう。

ただ、先程までのように俺の動きを読んで確実に逃げ場を潰してくるわけではないので、完全回避も不可能ではないはずだ。

俺は上下左右に飛び、回避に徹する。必死にミーアの動きを見て、『衝撃波』の軌道を予測する。

リリクシーラの『アパラージタ』のチャクラムを避けていたときと似ている。あのときより桁外れに速いが、リリクシーラと戦っていたからこそ、ミーアの攻撃にもギリギリのところで対応できている。

絶対に当たるんじゃねえぞ……俺！

さっきはアロにどうにかフォローしてもらったが、次はない。ワンミスで死に直結する。避けられる余地のある攻撃は全部完璧に捌かねぇと、俺なんかじゃミーアの次元には全く付いていけねぇ。

『力押しには、もう掛かってやんねえよ！』

言いながら俺は『次元爪』を放つ。ミーアは防ぎも避けもせず、ムカデ竜の身体で俺の爪撃を受けた。甲殻が砕け、体液が溢れ出る。

　避けなかった……!?

　攻撃に対応してくれると思って『次元爪』を放ったが、ミーアは敢えて直撃を受けて耐え、俺の攻撃の隙を突きに来たのだ。

　ミーアは俺と違って壁に張り付いている。攻撃を受けてもさほど体勢を崩さずに済む。俺の今の『次元爪』も避けられることを前提としていたため、威力もやや甘かった。

　完全に俺が読み負けたのだ。肉を切らせて骨を断ちにきた。

「ここまでみたいだね」

　ドラゴンの頭の口の中に魔力が溜まり、黒い光球を象っていた。『ダークスフィア』だ。

　人間体の部分も、大剣を構えている。俺の隙を強引に作り、確実に叩きにきた。

「死ねっ！」

　鋭い『衝撃波』の連打が飛んでくる。上から回り込んでくるかのような軌道を描いていた。避けるには、高度を一気に落とすしかない。

　そしてそれを先回りして潰すかのように、ドラゴンの口から『ダークスフィア』が放たれた。

　これは避けられねぇ……！

　中距離のミーアの火力が高すぎる。剣技が多少劣化しているとはいえ、ミーアの『衝撃波』と『残影剣』の合わせ技が、タナトスのステータスで繰り出されるのがあまりにキツイ。

俺なんかじゃ、距離を詰め切ることさえできねぇっつうのかよ！

『主殿ォ！　私を使ってくだされ！』

トレントの身体が苔に覆われていき、青い光を帯びる。これは『不死再生』だ。

【通常スキル『不死再生』】

【自身の生命力を爆発的に上昇させる。】

【使用すれば全身に青く輝く苔が生まれ、ＭＰが全体の１％以下になるまで強制的にＨＰを回復させ続ける。】

【使用中は防御力が大きく上がるが、他のステータスは半減する。】

他のステータスを犠牲に、トレントの耐久力を引き上げるスキルだ。だが、ＭＰを急激に消耗する上に、ＭＰがほとんど空になるまで強制続行される。『不死再生』をここで切っちまったら、本当にもう後がない。

もしも『エクリプス』の発動を許しちまったら、その時点で詰みだ。ここで完全にミーアを仕留めきるしかない。

通常状態のトレントじゃ、タナトスの高火力に耐え切れなかっただろうことも事実だ。トレントの判断は正しい。元より、この間合いでもたついてちゃ、ミーアには絶対に敵わない。

トレントが枝を伸ばし、俺の左半身をがっちりと守っていく。

『ありがとよ、トレント……！』

俺は回避を捨て、左半身を突き出して直進する。ミーアの『衝撃波』を、トレント鎧で受け止めた。

『うっ、うぬぉおおおおおお！　その程度っ！　効きませんぞぉおお！』

二重に重なっていた『衝撃波』を、トレントは完全に耐えきってみせた。

「ふむ……そこまで頑丈だったのか」

『【グラビドン】！』

俺は口から、黒い光の塊を吐き出す。

ミーアはムカデ竜の巨軀を引き摺って壁を這い、【グラビドン】の回避に出た。【グラビドン】が壁にぶち当たり、塔が僅かに震える。

戦闘技術はミーアが格上だ。俺がいくら【次元爪】を放っても、ミーアは前脚の動きと目線で軌道を読んで、最小限の動きで避けてくる。

だが、【グラビドン】のような範囲攻撃をタナトスの巨体で避けきるには、大きな動作にならざるを得ない。高火力の【グラビドン】は、如何なタナトスとて敢えて受ける、という選択にも出ようがない。

だからこの隙に、俺はミーアへ一気に距離を詰めることができた。

俺は大剣を振り上げる。

『ミーア！　悪いが、お前は外の世界に出しちゃいけねぇんだ！　お前の願いは果たしてやりたかった。だが、その妄執は、怨念は引き継げねぇ！』

「勝った気にならないでくれ。言っただろう？　君達に合わせて、私も手数を増やすことにしたんだと」

　タナトスの巨体の下から、四体の肉片のようなものが飛び上がった。そいつらは、タナトスの腐肉と同じく、青白い体表を持っている。姿はバラバラで、蜘蛛に蛇、蜂に蠅だった。

　こいつは『分離獣』だ！　ミーアのスキルにあった！

【通常スキル『分離獣』】
【自身の血肉を用いて魔物を造り出す。】
【『分離獣』を討伐した際に、経験値の取得は発生しない。】

種族：タナトス・ビートル
状態：眷属
Ｌｖ　：100/130(Lock)
ＨＰ　：1753/1753
ＭＰ　：64/826

A級上位高レベルの魔物を、片手間に四体同時に造れるのか!?

「『ゲール』!」

アロの声が、俺の口内より三重に響く。三つの巨大な竜巻が現れ、『分離獣』を散らした。タナトス・ビートルは身体が捻じれ、頭部が千切れて落下していった。

「突っ込んでください、竜神さま!」

「こいつら、そこまで頑丈じゃありません!」

ミーアが唇を噛んで、アロを睨んだ。

ミーアの『分離獣』と、アロの魔法攻撃が綺麗に噛み合っている。ミーアの『分離獣』はステータスを見たところ、攻撃力特化の全体的にステータスが低めのA+級相当、といったところだった。耐性スキルもないため、アロの『ゲール』でギリギリ倒し切ることができる。ミーアが『分離獣』の数で攻めてくるのなら、『暗闇万華鏡』で三体になったアロの魔法攻撃に分がある。特に『ゲール』は範囲攻撃に長けている。

ミーアの上体がゆらりと大剣を構える。

「近接に持ち込んだところで、私の得意分野だとわかっていたはずだが。それに……まだ、この状態の『神速の一閃』は見せていない」

俺は息を呑む。

『神速の一閃』は、瞬間速度を引き上げて剣技に活かすスキルだ。あのスキルを使った剣技は、どうしても単調な動きになる。ただ、それを差し引いても凶悪なスキルであることには違いない。

『神速の一閃』を匂わせて普通に攻撃してくる、ということもあり得るか……？

いや、ない。ミーアの性格上、言葉でのブラフは考えにくい。『神速の一閃』で、正面から俺を迎え討つつもりだ。

俺はミーアの剣先に意識を向け、大剣を握り締める。ミーアの腕が、動いた。それを察知した瞬間、俺は本能的に身体を反らし、背後へ飛んだ。

次の刹那には全てが終わっていた。いつの間にかミーアは剣を振り終えている。

俺の胸部に走る痛みは、完全にミーアの剣に遅れていた。体表が砕け、血が溢れ出る。意識が眩みそうになる。

『やりましたぞ……主殿！』

「まさか私が、斬り合いで後れを取ったとは」

ミーアが零す。

俺の身体に纏うトレント鎧から伸びた青い枝が、タナトスの巨体に突き刺さっていた。トレントの『ウッドカウンター』が炸裂したのだ。

ミーアが大剣を振るった瞬間、俺は身体を反らし、角度を変えた。あのお陰でミーアにトレントを斬らせることに成功したのだ。背後へ飛んだことと、トレント鎧があったことで、俺は軽傷で済んでいた。

トレント鎧のお陰で、俺が圧倒的に有利な状態ではあった。運も味方した。至近距離のミーアの剣なんて見切れねぇから、とにかく本能のままに反応した。口にしたのだから『神速の一閃』を使うということにブラフはないだろうという、ミーアの性格読みもあった。

あと十回同じ状況があれば、全部俺が斬られて終わってるかもしれねぇ。それでも、今この場を制したのは俺達だった。

大剣を振るう。『ウッドカウンター』の直撃を受けて無防備なミーアの、人間体とドラゴンの頭部を、大振りで思いっきり斬りつけた。

腐肉が飛び散る。タナトスのドラゴンの頭の六つの多眼の内、二つが抉れて零れ落ちる。

俺は続けて横に、思い切り刃を振り抜いた。ミーアは大剣で防ぐが、体勢が悪い。横っ腹を深く抉ってやることができた。

「アァァア、アアアアアアアアアアアァァアアアアア！」

タナトスのドラゴンの頭が大きく口を開け、咆哮を上げる。口から黒い煙を吐き出す。

『病魔の息』だ。毒や呪いに掛かる恐れがあるが、元々同格相手には大した効果のないスキルだ。アロには状態異常に対する強い耐性がある。トレントは怪しいが、ここを乗り切ってから治癒した方がいい。ミーアもただの目眩ましと割り切って使っているはずだ。

ミーアは『病魔の息』に乗じてそのまま塔の壁を後ろ向きで這い上がり、俺から距離を取る。ミーアに『ウッドカウンター』で突き刺していたトレントの枝が、へし折られて下へと落下していく。

　ここで逃がしたら、もうアロとトレントはＭＰが限界になる。是が非でも、回復を挟まれる前にここで倒し切らねぇと……！

　俺は螺旋階段を蹴飛ばし、上に逃れようとするミーアを追う。

『待ちやがれミーア！』

〖次元爪〗でミーアを狙う。ミーアはタナトスの巨軀を自在に操り、壁を昇りながら綺麗に躱していく。

　斬りつけたミーアの腐肉が千切れて、それらが蛇や蜂を象って俺へと向かってくる。また〖分離獣〗のスキルを使ってきたのだ。さっきアロの〖ゲール〗で攻略されたためか、魔物の数が多い。合計八体いる。

　一体一体は今となってはさほど強くないとはいえ、Ａ＋級相当の魔物を好きに造り出せるのだ。ＨＰやＭＰをかなり費やしているはずだ。

　ミーアもこの場を凌ぐために全力を出してきている。ここさえ乗り切れば、ＭＰ不足でアロとトレントが離脱するとわかっての行動だろう。

「竜神さまは、ミーアさんを狙ってください！」

「あの魔物は私達でどうにかします！」

「多少はダメージを覚悟して、強引に攻めないと逃げ切られます！」

　アロの〖ゲール〗が〖分離獣〗を吹き飛ばしていく。

最悪『分離獣』を倒し切れなくても、吹き飛ばして下へと落とすことさえできれば、その間にミーアへの距離を詰められる。

ミーアが動きを止め、こちらを振り返った。

『次元爪』の連打でタナトスの巨軀を攻撃する。甲殻が割れて腐肉が裂け、体液が噴き出す。

行けるはずだ。さっきの衝突から、ほぼ理想的な状態で進んでいる。

さっきの大剣のダメージに加えて、『分離獣』でＨＰをすり減らしているはずだ。このまま『エクリプス』発動前にミーアを倒し切ってみせる……！

ミーアは左手を突き出し、俺へと指を向けた。いや……俺ではなく、トレントに向けている……？

「『デス』！」

ミーアの人間体を中心に、三重の魔法陣が展開された。

こ、ここに来て、即死魔法の『デス』を使ってきた……？

あれは格下相手にしか作用しないはずだ。ビビらず突っ込むべきかと考えた直後、その真意に気が付いた。ミーアの狙いはトレント鎧だ。

ワールドトレントはＨＰと防御力がずば抜けていて、スキルもピーキーだが秀でた物が多い。だが、その分、他のステータスがかなり低めになっている。魔法力でいえば、アロの半分以下レベルだ。まともに当たったら、一撃で即死させられかねない。

『うぐっ！』

俺は身体を捻りつつ、壁を蹴って大きく移動した。俺の後を追いかけるように、三つの黒い光が宙に生じた。一瞬の判断の遅れが致命傷になりかけたが、どうにか避けきることができた。

「だが、迷ってから回避したせいで、余計な時間を作ることになった。思ったよりは粘ったね、驚かされたよ。だけど、ここまでだ」

タナトスのドラゴンの口内に、黒い光が溜まっていく。

二度目の〘エクリプス〙だ……！

〘デス〙に急いで対応したため、かなり距離を稼がれることになっちまった。発動までに、間に合うか……？

俺は螺旋階段へと飛び、〘転がる〙でその上を駆けた。勢いをつけたところで、螺旋階段を蹴飛ばしてミーア目掛けて飛び上がる。

『アロ、足場を作ってくれ！』

「はい！〘クレイ〙！」

空中に、二つの土の塊ができる。俺はそれを蹴り飛ばし、先へ進む速度を引き上げつつ自身の軌道を誤魔化した。

ミーアへ目掛けて〘次元爪〙を叩き込む。だが、ミーアはそれを大剣の刃で確実に防いでいく。

俺がミーアに充分に接近できたとき、既に〘エクリプス〙の黒い光の靄が、彼女の周囲で濃くなっていた。

なんとしてでも、ここで倒し切る……！

俺は大剣をミーアへ振るった。

「私にだって、受けて立ってあげたいという気持ちがないわけじゃないんだけどね。悪いけど、これは殺し合いなんだ」

ミーアは防御に徹して、俺の刃を防ぐ。

ただでさえ剣技じゃ実力の差が大きい。防御に専念されちゃあ、どう足掻いたって崩す隙が見つからねぇ。

「竜神さま！　私が魔法攻撃でどうにか隙を……！」

アロが魔法スキルの攻撃に出ようとしたとき、ミーアの下腹部を食い破って、巨大な青白い蛇が飛び出してきた。

『分離獣』の『タナトス・サーペント』だ！

接近してきた俺の意表を突くために、体内で用意して咄嗟に出せるようにしていたらしい。一直線に俺の胸元を目掛けて喰らい付いてくる。

『チッ……！』

避けられねぇ、くらうしかない。元より、避けて仕切り直そうとなんてしたら、『エクリプス』の守りに入られちまう。

「隙ができたね。はい、〖デス〗」

『うっ……』

攻めるべきか、引くべきか。そんなことを考える前に、咄嗟に俺は身体を引いていた。俺のすぐ前に、〖デス〗の黒い光が展開される。

その隙にタナトスの周囲に浮かぶ黒い光の靄は、タナトスの身体を完全に覆っていく。〖エクリプス〗の絶対防御だ。

「〖デス〗への対策ができる前に突っ込んでくるなんてね。まあ、そうするしかなかったのだろうけど」

……ミーアの〖デス〗は、トレントの弱点を綺麗に突いている。トレントはＨＰと防御力、回復能力に長けており、それを活かして相手の攻撃を受けきってこそその真価が発揮される。

だが、ミーアの〖デス〗は、ＨＰも防御力も回復能力も無視して対象を即死させる魔法だ。格下にしかまともに作用しないが、トレントは魔法力がさほど高くないため、一撃当たったらその時点で命を奪われかねない。

〖デス〗で牽制された時点で、俺は引くしかなかった。わかってはいたが、ミーアの言う通り、対処法なんて都合よく思いつかなかったのだ。場当たりで突撃するしかなかった。

『主殿……すいませぬ……私のせいで……』

トレントが口惜しげに漏らす。

『いや、まだ間に合う！』

俺は大剣に力を込め、魔力の光を灯す。『闇払う一閃』なら、『エクリプス』の魔力の防壁も突破できるかもしれない。大剣が重量を増すため大振りしかできなくなるが、光線が乱射される前であれば、防壁を斬りつけることも難しくはないはずだ。

無論、それも、間に合えば、の話であるが。

放たれた極太の黒の光線が迫りくる。俺は後退しながら高度を大きく落とした。

避け損ねて、右の翼が半分引き千切れた。回避の判断が遅れれば、身体を黒い魔力で焼き尽くされていただろう。

俺は必死に翼を『自己再生』で戻しながら、『エクリプス』に捉えられないように、今の飛行能力を駆使して動き回る。

間に合わなかった……。トレントの『不死再生』は、ＭＰが残り１％になるまで強制的に持続する。ミーアがこのまま『エクリプス』に引き籠って時間稼ぎをするだけで限界を迎えちまう。

ミーアは他のスキルでＨＰを全回復し、トレントのＭＰが尽きたところで出てくるはずだ。アロもアロで『暗闇万華鏡』のＭＰ消耗が激しすぎる。これ以上ミーアの無尽蔵の『分離獣』に付き合っている余裕なんてない。

そして俺も俺で、一か八かで攻めようとして片翼を『エクリプス』で潰されちまった。『自己再生』でどうにか形は整えたが万全とは言い難い。このまま『エクリプス』から距離を取れるのかどうか怪しい。

『エクリプス』を発動されちまったときのケアまで考えている余裕がなかった。

だが、『エクリプス』は強力な盾であると同時に、矛でもある。この至近距離で発動を許しちまった上に一撃もらったのは最悪だとしか言いようがない。

ステータスを含めたミーアの地力が高すぎる……。戦っていて、ここまで実力差を痛感させられたのは初めてのことかもしれねぇ。トレントとアロのお陰でどうにか戦いになっていたが、それでもまだ遠く及びそうにない。ミーアに勝つなんて、最初から無理だったのかもしれねぇ。

……ここは、逃げるべきだ。

速度はミーアの方が上だが、『転がる』で階段を駆け上がれば追い付いてこれないかもしれねぇ。賭けになるし、万が一逃げ切ってもミーアに狙われ続けることになる。

下手に逃げれば状況が悪化するだけだと思っていた。だが、もう勝ち筋が途絶えちまった。

『うぐっ……』

俺の目前を『エクリプス』の光線が走った。やっぱり、今の翼じゃ安定して捌ききれない。俺は動きを強引に止め、身を翻して軌道を変える。

だが、その隙を突いて、別の光線が反対側から迫ってくる。避けられねぇ。『英雄の意地』のスキルで一撃は耐えられるだろうが、恐らくその後が続かねぇ。焼き尽くされた身体を再生する前に追撃を受けちまう。

そのとき、トレントが木の根で俺の身体を蹴り、前へと飛んだ。どんどんと身体が膨張していき、ワールドトレントのフルサイズへと戻る。俺の視界が、トレントの背に覆い隠された。

『この一撃は、私が引き受けてみせますぞ……！　主殿、どうか、今の間に形勢を立て直してくだされ……！』

黒い光線が容赦なくトレントを襲う。トレントの背に大穴が開き、その全身が黒い光に覆われた。

『トレントォッ！』

トレントの身体が地面へと落下していく。辛うじて生きてはいるようだが、今ので完全に〖不死再生〗の回復能力にも限界が来たようだった。身体から青い光が完全に失われている。

『駄目元ですが……お返ししますぞ！　〖妖精の呪言〗！』

落下していくトレントが、力強く目を見開く。トレントから黒い光線が放たれ、〖エクリプス〗の黒い球体へと吸い込まれるように飛来していった。

〖妖精の呪言〗は、魔法攻撃に対するカウンタースキルだ。

【特性スキル〖妖精の呪言〗】
【魔法攻撃の直撃を受けた際、木の中に住まう妖精達が同じ魔法を放って反撃する。】
【スキルの所有者の魔法力に拘わらず、受けた魔法攻撃と同じ威力で魔法は発動する。】
【このスキルによって発動された魔法は高い指向性を持ち、攻撃してきたもののみを対象とする。】

ミーア本体は闇属性攻撃に対する完全耐性がある。

だが、『エクリプス』の防壁はそうじゃねぇ。それにあの『エクリプス』の防壁は、光線とほぼ同種のもののはずだ。『次元爪』は通る気配がなかったが、同じ威力を保てる『妖精の呪言』ならば、あの防壁も突破できるかもしれねぇ。

トレントから放たれた黒い光線が、『エクリプス』の防壁に一秒近く照準を当て続けた。

その直後、『エクリプス』の防壁に罅が走り、弾け飛んだ。タナトスの巨軀が『エクリプス』の相殺の衝撃で弾かれ、塔の壁に叩き付けられた。

5

『エクリプス』の絶対防御が、トレントの『妖精の呪言』によって崩れた。今なら回復も間に合っていない。

ミーアは俺から受けたダメージに加えて、『エクリプス』の発動までの時間さえ稼げば勝てるはずだと『分離獣』を連発していた。かなりＨＰを削っていたはずだ。

トレントが身を挺して作ってくれた、最後にして最大のチャンスだ。

「竜神さま、ごめんなさい。私も、もう、魔力が……」

『アロも、トレントも、ここまで本当によくやってくれた。後は、俺が絶対に倒し切ってみせる』

トレントに続いて、アロもＭＰ切れだ。

ここでミーアを仕留めきれるかどうかだ。この衝突が、俺とミーアの勝敗を分かつ。

「……まさか、『エクリプス』がこういう形で敗れるなんて」

タナトスの巨軀が震える。壁に叩き付けられた衝撃か、『エクリプス』を強引に中断させられたためか、一時的に身体が麻痺しているようだった。

『畳み掛けさせてもらうぞ、ミーアァ！』

俺はミーアの許へ向かいながら『次元爪』の連打をお見舞いする。

ここでＭＰを使い切るつもりでやる。ここを逃せば、今度こそもうチャンスはないのだから。

ミーアの大剣の防御は間に合わなかった。甲殻の守りのない、脆い人間体の部分に二連続で直撃した。さすがに三打目は防がれたが、これまでミーアは『次元爪』に完璧な対処を見せていた。彼女とてダメージが響いているのだ。

「今一度正面からの斬り合い……か。いいだろう、剣には自信がある」

タナトスが動き出し、壁を這う。勢いをつけてから螺旋階段を蹴り、俺へと飛んできた。

ミーアは深く息を吸い、大剣を構える。

俺はミーアを睨む。ミーアもまた、俺を睨んでいた。

他の一切合切を思考から切り離し、俺はミーアにだけ意識を向けていた。

手負いの身とはいえ、相手は俺が知る中で最も強い剣士だ。きっとこの世界にこれまで存在した強い剣士達を並べても、ミーアはその一位二位を争うような存在だろう。

ミーアの許までなかなか辿り着かない。俺はすぐに、これが極限まで集中した意識がそうさせているのだと気が付いた。世界の流れがスローに感じる。

これまでも戦いの要所要所でこういうときはあった。だが、ここまで明確に感じ取ったのは初めてだ。ミーアのような超一流の剣士は、ずっとこんな感覚で戦っているのかもしれない。

互いの大剣が衝突した。ミーアの刃が、確かに見えた。

対応できた。そのことに感動を覚えるより先に二振り目が来た。俺は大剣を傾け、それを受ける。

三度、四度と続いて打ち合った。その内に気が付いた。俺は半ば本能で振るって返しているが、ミーアはこの状態でも理性的に剣を振るい、確実に俺を追い込みつつある。

俺の剣には理合いがない。ただ、これまでの経験と本能で振るっているだけだ。そのため、ミーアと剣を打ち合うたびに少しずつ振り遅れ、形勢が不利になっている。

今のミーアは剣の機微を欠くタナトスの状態で、それも俺の猛攻を受けて手負いの状態だ。それでも尚、彼女と俺の差は埋まっていない。

今だからこそ理解できる。確かにミーアは、人化状態の方が遥かに強い。アロとトレントのお陰で、手数と火力で押し切って技量で競わずに済んだだけだ。

そしてその技量においては大きく劣化しているはずの今のミーア相手に、俺は明確に劣っている。普通にこのまま打ち合っていれば押し負ける。分が悪くとも、ここは勝負に出るしかない。

俺は大剣を打ち合った直後、引くと見せかけて強引に力で押し切り、一気に刺突を放った。

これは賭けだ。点の攻撃の刺突は、刃で防ぎにくい。避けられれば大きな隙を晒して、ミーアの刃を叩き込まれることになる。

だが、ミーアが対応し損ねれば、こちらが圧倒的に有利な状態になる。

ハイリスク、故にハイリターン。技量の戦いではあまりに分が悪いため、こういった方法で攻めるしかなかった。

ミーアの体液が舞った。

彼女の額に、薄い切り傷が走っていた。

回避されたのだ。刃を掠めることはできたが、それだけだった。ミーアへは、ほんの僅かに届かなかった。

俺は大剣を突き出した姿勢のまま、やや右へ移動したミーアへ目を向ける。ミーアは大剣を構え直し、俺の身体を斬りつけようとしていた。

勝負の出方が、安易すぎたのか。だが、あれ以上長引いていれば後がなかった。今の一撃しかなかったのだ。

俺は負けたのだ。ミーア相手に近距離で、決定的な隙を晒してしまった。

ここまで散々アロとトレントの力を借りて、純粋にミーアに実力で及ばなかった。そうとしか言いようがない。

「グゥオオオオオオオッ！」

俺は咆哮を上げながら、大剣を振るった。間に合うわけがないと頭ではわかっていた。ミーアはこの隙を見逃してくれるほど甘くはない。

だが、それでも、全力で大剣を振るった。どうにもならないとはわかっている。しかし、ここまで死力を尽くしてくれたアロとトレントのためにも、何もせずに敗北を受け入れるわけにはいかなかった。

すまねぇ……アロ、トレント。結局俺じゃ、ミーアを完全に倒し切るには力が足りなかった。

ミーアは小さく息を吐くと、大剣を下ろして構えを解いた。だが、それに俺が気が付いたのは、大剣を振り切った後のことだった。

彼女の人間の上体が、刃によって胴体の辺りで切れた。ミーアの体液が噴き出す。彼女の手から、『黒蠅大刀』が離れた。

「**オオォオオオオオオオオォオオオオオオオォオオオ！**」

六つ眼のドラゴンが狂ったように雄叫びを上げる。苦しげに多脚をもがかせながら落下して行き、塔の最下層の床へと頭部を打ち付けて動かなくなった。

【神聖スキル『地獄道：Lv--』を得ました。】

頭にメッセージが響く。

6

「竜神さまが勝った……！」

アロの言葉に、俺は首を横に振った。

『……いや、ミーアの奴、俺に勝ちを譲りやがったんだ』

最後の最後で、追い詰められた俺は分の悪い賭けに出て、あっさりとミーアに回避された。あの隙に、どう考えてもミーアは俺に重い一撃を入れられたはずだった。

それで勝負は終わっていたはずだ。だが、ミーアは敢えてそれを見逃して、隙を晒したのだ。

俺は床でぐったりとしていた瀕死のトレントを回収して『ハイレスト』で回復させてから、斬り捨てたミーアの上半身の許へと向かった。

タナトスの六つ眼のドラゴンは苦しげにもがいているが、流血が激しい。段々と動きも鈍くなっており、すぐにでも息絶えそうな様子だった。その横で、自身の血に塗れたミーアが、俺を見上げていた。

「崩神が始まっているらしい。最大ＨＰが高いから、力尽きて死ぬ方が先だろうけれどね」

ミーアはそう言って、弱々しく腕を上げて見せた。指の先から、微かに砂のように崩れてきている。

崩神は、最大ＨＰとＭＰが減少していく状態異常だ。スライムの奴は、最終的にそれで半ば自滅するように死を迎えることになった。

『神聖スキルを失っても、崩神がつくわけじゃねえんじゃ……』

「崩神は、世界を壊せるような強過ぎる存在が何体も現れないようにするためにラプラスが用意したシステムだ。神聖スキルを失えばステータスは減少するが、それでも一定水準以下にならなかった場合は、こうして崩神が発生することになる。知らなかったみたいだね。もっとも、そのシステムを無理やり突破して、何体もストックしてる奴がいるんだけどね」

　神の声のことだろう。奴は神聖スキルの紛い物を大量にばら撒いて、このンガイの森で伝説級の魔物を何体も集めている。

　神の声とラプラスとやらの関係性は未だに見えてこないが、ラプラスの用意した枷や法則を、どうにか神の声の奴が書き換えようとしているらしいということは何となく見えてきた。

『ミーア……お前……外に出て、神の声に報復するんじゃなかったのか？』

「私の狂神は、実はもう取り返しのつかないところまで進行しているらしい。自分のことだからわかる。これは一回掛かったら、もうそれっきりだ。簡単に消えてくれるような生温い状態異常ではない」

　俺は目を見開いた。だったらミーアは、未来に希望を託してオリジンマターへと飛び込んだ時点で、既にここンガイの森で自分が朽ち果てることを受け入れていたことになる。

「実は君達が思っているより、狂神の精神汚染の悪影響は大きくてね。それ以前に、まぁ……タナトスに進化したこと自体が、あまりよくなかったんだけど。私はもうずっと、何を見聞きしても心が動かされることがないような、そんな状態が続いているんだ。そこに加えて、狂神とタナトスの破壊衝動がずっと私を蝕んでいた。残った理性でかつての使命感を必死に手繰り寄せてここまで来たが、それももう、狂神に押し潰されそうになっている」

　そんな状態だったのか……。

　作ったような表情や、どこかちぐはぐな言動に違和感は抱いていた。てっきり神の声への憎悪のせいかと思っていたが、それどころではなかったらしい。ここにいるのは、ミーアというより、散々心を引き千切られた後の、ミーアの残り香のようなものなのかもしれない。

　ミーアはそんな精神状態の中で、それでも尚、俺達を導いて、希望を託そうとしていたのだ。

　今となっては戦闘を仕掛けてきた理由は明白だ。ミーア自身が自分がとっくに限界であることを知っており、命と引き換えに神の声に対抗するための五つ目の神聖スキルを俺に渡そうとしていたのだ。

「私の我が儘に付き合わせてすまなかったね。神聖スキルを渡す前に……どうしても、君の強さと覚悟を今一度確かめておきたくなったんだ」

　当然だ。ミーアは自分を犠牲に、自分の人生の全てを俺に託そうとしていたのだ。俺が神の声に敗れれば、または挑みもせずに投げ出せば、その全てが無駄になってしまう。結局は俺に任せるしかない状況であったとしても、俺のことを試しておかずにはいられなかったはずだ。

だが、俺はミーアの期待に応えられたとはとても思えない。

『悪かった……ミーア。三体掛かりで挑んだ上に、お前に散々手加減させちまった』

最初の不意打ちは、ミーアを警戒していれば対応できたはずだった。

実際に戦った後だからわかる。あのときミーアはその気になれば、タイミングをもっと計って、スキルの連撃を叩き込んでそのまま俺に致命傷を与えられたはずだ。何なら倒し切ることだってできていたかもしれない。

最後の最後でも、ミーアは結局自分から剣を下ろした。

「いや……いいんだ。確かに私を倒すことを期待していなかったと言えば嘘になる。だが、私も思い違いをしていた」

『思い違い……？』

「私は理性的なふうを装ってはいるけれど、頭の中はずっとあんな状態でね」

ミーアが目線で背後を示す。

「**オォオオオオオ……オォオオオオオオオオオ！**」

六つ眼のドラゴンが身体をもがかせ、悍ましい声を上げている。口から涎を垂らし、何度も床に爪を叩き付けている。

「タナトスに進化して以来、ずっと憎悪の波と破壊衝動に襲われていた。必死に記憶を手繰って、以前の思考を模して繋いでいるような状態だった。だからだろう、ずっととんでもない思い違いをしていたように思う。私の目的は報復ではなく、神の声に支配されているこの世界を救うことのはずだったのにね。だが、死ぬ前に、思い出せてよかったよ。それはイルシア君、君のお陰だ」

『ミーア……』

「イルシア君、私の恨みや妄執を継いでくれ、なんて今となっては言えないさ。以前は君の言うことを否定はしたけれど、君の言う通りだ。神の声を殺すこと、それ自体には何の意味もないんだ。それは手段であって、目的になってはいけないはずだ。未来の世界の破滅を阻止するためなんて大仰な目的のために、勝ち目のない戦いを挑まなくたっていい。君は、君の知っている誰かを守ることを一番の目的にして、それを忘れないで戦っておくれ」

俺は、咄嗟に何も答えられなかった。色んな想いが綯い交ぜになって、言葉にならなかったのだ。だから、ただ、小さく頭を下げた。

「もうずっと破壊衝動に囚われて、それ以外何も感じられないでいたけれど……君達との食事会は、久し振りに楽しかったように思うよ。オリジンマターから解放してくれたのが君達で、本当によかった。最期に、美しい想い出をありがとう」

ミーアが目を閉じる。

「……ウムカヒメは、まだ生きているんだね。フフ、私には過ぎた願いだが、できることなら、あの子にひと目会っておきたかった。彼女のことだ。私の願いを叶えるため、ずっと戦っていてくれたのだろう」

ぽつり、ミーアがそう口にした。

ウムカヒメの安否は、戦闘前に俺が口にしたことだ。てっきりどうでもいいことと、聞き流されてしまっていたものだと思っていた。ミーアがしっかりウムカヒメのことを心に留めていたのが、俺は嬉しかった。

『……ありがとうな、ミーア』

ミーアは目を閉じたまま、いつものぎこちない笑みを浮かべた。それから六つ眼のドラゴン共々、ついに動かなくなった。

【経験値を82950得ました。】

【称号スキル『歩く卵：Lv--』の効果により、更に経験値を82950得ました。】

【『オネイロス』のLvが145から150へと上がりました。】

【『オネイロス』のLvがMAXになりました。】

【特性スキル『胡蝶の夢：Lv--』を得ました。】

【進化条件を満たしました。】

第4話　六度目の進化

1

ミーアとの戦いが終わり、俺達は一度、天穿つ塔の外へと出ていた。タナトスの亡骸を埋め、森にあった石を切り出して彼女の名を刻み、小さな墓を建てた。

『……不格好で粗末な墓で悪いな、ミーア。ここには危ない魔物も多いから、すぐに壊されちまうかもしれねぇ。でも、俺達も、先を急がねぇといけないからよ』

俺はミーアの墓へと頭を下げた。俺に続いて、アロとトレントも頭を下げる。

『私の恨みや妄執なんて継がないでくれって、そう言ってくれたよな。だが、ミーア、お前だって最初は恨みのためなんかじゃなくて、この世界に神の声の奴の干渉のない、平和な世界を作りたくて、ずっと戦ってきてたんだろ？　その願いは、神聖スキルと一緒にしっかりと継がせてもらったからよ。俺の望みは確かに、知ってる奴を守れたらそれでいいっていう、小さいもんかもしれねぇ。でもよ、そのために必要だっていうんなら、神の声ぶっ倒して、ついでに世界も救っておいてやる。

だから、安心して眠ってくれよ』

本当に勝ち目があるのかどうかはわからねぇ。だが、そんな戦い、今までに何度だって経験してきたんだ。自称神様くらい、きっと……いや、絶対に打ち倒してみせる。

神の声の目的は、『ラプラス干渉権限』のレベルが最大の魔物を造って、ラプラスが封印しているフォーレンという化け物を解放することだと口にしていた。神の声が何のためにそんなことをしたいのかはわからねぇ。

ただ、神の声は恐らく、この世界のシステムの内側に存在する。少なくとも俺達同様にスキルを扱えるのは間違いないのだ。

『スピリット・サーヴァント』を使っていたし、『ラプラス干渉権限』も有していると口にしていた。ステータスを所有していることは明らかだ。

それはつまり、神の声は俺達と同じシステムによって生きているということに等しい。ゼロになれば死に至るＨＰが設定されていて、魔物の扱いであればモンスターランクだって有しているのかもしれない。

『ラプラス干渉権限』は、所有者が強くなければそのスキルレベルを上げることはできないのだ。ただ、所有者が強くなる具体的な条件が神聖スキルの同時保有数なのか、本体のランクなのかステータスなのかはわからないが。

そして神の声は、目的である『ラプラス干渉権限：ＬｖＭＡＸ』を手に入れることができないでいる。つまりそれは、『ラプラス干渉権限：ＬｖＭＡＸ』を入手できるのは、神の声よりも強い存在だけ、ということになる。

神の声は、自身の目的を達成するために、自身よりも強い魔物を造る必要がある。そして神の声に従順ではない俺に対しても、なるべくデータを取るためにギリギリまで生かして強化したいと考えているようだった。つまり、充分俺には、神の声の奴を超えられるポテンシャルが備わっているはずなのだ。

奴がその一線を見誤ったとき、俺の牙は奴の喉元へと届き得るはずだ。勿論、可能性なんてどれだけあるのかわかったもんじゃねえ。

だが今までだって、それは同じことだった。敵の規模がちっと跳ね上がったくらいで、今更そんなもんに怯えてはいられねぇ。

ミーアとの戦いを終えて、アロは【Ｌｖ：１０６／１３０】から【Ｌｖ：１０９／１３０】へ、トレントは【Ｌｖ：１０７／１３０】から【Ｌｖ：１１６／１３０】へと上がっていた。

レベル百を超えてなお一気に三つも上がったアロもそうだが、トレントのレベルの上がりようがマジで凄まじい。ここにきて九も上がっている。

トレントのレベルの上がり方が大きいのは、『ウッドカウンター』で上手く大ダメージを稼ぐことができていたのが大きいのかもしれない。

俺はまず、アロのステータスを確認してみた。

名前：アロ
種族：ワルプルギス
状態：呪い
Ｌｖ　：109/130
ＨＰ　：92/92
ＭＰ　：28/3414
攻撃力：1210
防御力：965
魔法力：2292
素早さ：1101
ランク：Ａ＋

特性スキル：
【グリシャ言語:Lv4】
【アンデッド:Lv--】【闇属性:Lv--】
【肉体変形:Lv9】【死者の特権:Lv--】
【土の支配者:Lv--】
【悪しき魔眼:Lv7】
【アンデッドメイカー:Lv--】
【石化の魔眼:Lv7】【飛行:Lv3】
【不滅の闇:Lv--】【不吉な黒羽:Lv--】

耐性スキル：
【状態異常無効:Lv--】
【物理耐性:Lv8】【魔法耐性:Lv6】
【物理半減:Lv--】

通常スキル：
【ゲール:Lv8】【カース:Lv6】
【ライフドレイン:Lv7】
【クレイ:Lv7】【自己再生:Lv8】
【土人形:Lv7】【マナドレイン:Lv8】
【未練の縄:Lv7】【亡者の霧:Lv6】
【魅了:Lv6】【ワイドドレイン:Lv6】
【ダークスフィア:Lv6】【吸血:Lv7】
【デス:Lv7】【ミラージュ:Lv7】
【黒血蝙蝠:Lv7】【暴食の毒牙:Lv3】
【暗闇万華鏡:Lv5】
【魂付加《フェイクライフ》:Lv4】

称号スキル：
【魔王の配下:Lv--】
【虚ろの魔導師:Lv8】
【朽ちぬ身体:Lv--】
【アンデッドの女王:Lv--】
【不滅の魔女:Lv--】
【最終進化者:Lv--】

改めて見ると、魔法力の上昇具合がやっぱりえげつねぇ。二千台の壁を楽々と突破している。スライム野郎の成れの果てであったルインの魔法力でさえ、二千には僅かに届いていなかったはずだ。あいつは固有スキルの『ルイン』の射程や規模、威力がえげつないのが強さの最大の要因でもあったが、威力でいえばアロの『ダークスフィア』でほぼ同一のダメージを叩き出すことができるだろう。その上、ＭＰを度外視すれば『暗闇万華鏡』を用いて乱れ撃ちすることもできる。

周りの奴が強くなりすぎて見落としがちだが、アロもここまで強くなっていたんだな……。短期決戦時の火力が同ランクと比べても桁外れなのではなかろうか。

『暗闇万華鏡』からの魔法連打を放てば、エルディアやベルゼバブ格の魔物相手であっても、ほぼ反撃を許さないままに瞬殺できるだろう。

俺は続いて、トレントのステータスを確認する。

種族：ワールドトレント
状態：呪い、木霊化:Lv6
Ｌｖ　：116/130
ＨＰ　：987/5283
ＭＰ　：158/1420
攻撃力：232(565)
防御力：1208(2416)
魔法力：1074
素早さ：1212(606)
ランク：Ａ＋

特性スキル：
【闇属性:Lv--】【グリシャ言語:Lv3】
【硬化:Lv7】【HP自動回復:Lv7】
【MP自動回復:Lv6】【飛行:Lv4】
【癒しの雫:Lv6】【不屈の守護者:Lv--】
【重力圧縮:Lv5】【忍び歩き:Lv5】
【生命力付与:Lv--】【世界樹の樹皮:Lv5】
【妖精の呪言:Lv--】【鈍重な身体:Lv--】

耐性スキル：
【物理耐性:Lv8】【落下耐性:Lv9】
【魔法耐性:Lv7】

通常スキル：
【根を張る:Lv5】【クレイ:Lv5】
【ハイレスト:Lv6】【ファイアスフィア:Lv7】
【アクアスフィア:Lv4】
【クレイスフィア:Lv7】
【ウィンドスフィア:Lv4】【念話:Lv5】
【グラビティ:Lv6】【ポイズンクラウド:Lv4】
【フィジカルバリア:Lv6】
【アンチパワー:Lv6】【デコイ:Lv6】
【スタチュー:Lv6】【メテオスタンプ:Lv6】
【木霊化:Lv6】【バーサーク:Lv5】
【ウッドストライク:Lv5】
【ウッドカウンター:Lv5】【鎧破り:Lv5】
【ガードロスト:Lv5】【クレイウォール:Lv5】
【地響き:Lv5】【熱光線:Lv6】
【樹籠の鎧:Lv5】【死神の種:Lv5】
【不死再生:Lv5】【人化の術:Lv2】

称号スキル：
【魔王の配下:Lv--】
【知恵の実を喰らう者:Lv--】
【白魔導師:Lv7】【黒魔導師:Lv7】
【竜の落とし物:Lv--】【世界樹:Lv--】

今は木霊化を使っているため、肉体面のステータスが半減しているらしい。横の括弧に括られているステータスが、通常状態でのステータスのようだ。

見る度に思うが、本当にステータスがピーキーすぎる。ここまで得意、不得意が両極端である者は珍しい。

飛び抜けて高いHPと防御力は、伝説級最大レベルである今の俺とほぼ同一の数値である。いや、特性スキルの『世界樹の樹皮』を考慮すれば、下手すれば俺よりも実質的な防御面のステータスは上かもしれない。

……まあ、トレントはデカい上に速度はなく、能動的な攻撃もできないため、これくらい防御面に優れていても、単体だと同格の相手に一方的に殴られてあっさりと沈められちまいそうな気はするが。

トレントには悪いが、敵で出てくると最初は面倒だが、対処法さえわかったら簡単に倒せちまうタイプの魔物だ。足が遅くて向こうからはほとんど仕掛けてこないため、冷静に距離を取って、相手からのカウンター攻撃にさえ対応できる形を作って一方的に攻撃を通せる状況を作ってしまえば、そこまでだろう。

もっとも、トレントは一人ではない。俺やアロがついている。だからこそ、機動力や能動性に欠ける弱みを隠し、強みを発揮し続けることができているのだ。

そしてその際の強さは、オリジンマター戦とミーア戦で確認済みである。

俺は最後に、自身のステータスを確認する。

〖イルシア〗
種族：オネイロス
状態：通常
Ｌｖ　：150/150（MAX）
ＨＰ　：271/5791
ＭＰ　：279/5969
攻撃力：4420
防御力：2658
魔法力：5415
素早さ：2706
ランク：Ｌ（伝説級）

神聖スキル：
〖人間道:Lv--〗〖修羅道:Lv--〗〖餓鬼道:Lv--〗〖畜生道:Lv--〗〖地獄道:Lv--〗

特性スキル：
〖竜の鱗:Lv8〗〖神の声:Lv8〗〖グリシャ言語:Lv3〗〖飛行:Lv8〗〖竜鱗粉:Lv8〗
〖闇属性:Lv--〗〖邪竜:Lv--〗〖HP自動回復:Lv8〗〖気配感知:Lv5〗
〖MP自動回復:Lv8〗〖英雄の意地:Lv--〗〖竜の鏡:Lv--〗〖魔王の恩恵:Lv--〗
〖恐怖の魔眼:Lv1〗〖支配:Lv1〗〖魔力洗脳:Lv1〗〖胡蝶の夢:Lv--〗

耐性スキル：
〖物理耐性:Lv5〗〖落下耐性:Lv6〗〖飢餓耐性:Lv5〗〖毒耐性:Lv6〗
〖孤独耐性:Lv6〗〖魔法耐性:Lv5〗〖闇属性耐性:Lv5〗〖火属性耐性:Lv5〗
〖恐怖耐性:Lv4〗〖酸素欠乏耐性:Lv5〗〖麻痺耐性:Lv6〗〖幻影無効:Lv--〗
〖即死耐性:Lv4〗〖呪い耐性:Lv4〗〖混乱耐性:Lv3〗〖強光耐性:Lv2〗
〖石化耐性:Lv2〗

通常スキル：
〖転がる:Lv7〗〖ステータス閲覧:Lv7〗〖灼熱の息:Lv7〗〖ホイッスル:Lv2〗
〖ドラゴンパンチ:Lv4〗〖病魔の息:Lv7〗〖毒牙:Lv7〗〖痺れ毒爪:Lv6〗
〖ドラゴンテイル:Lv2〗〖咆哮:Lv3〗〖天落とし:Lv4〗〖地返し:Lv2〗
〖人化の術:Lv8〗〖鎌鼬:Lv7〗〖首折舞:Lv4〗〖ハイレスト:Lv7〗
〖自己再生:Lv5〗〖道連れ:Lv--〗〖デス:Lv7〗
〖魂付加《フェイクライフ》:Lv6〗〖ホーリー:Lv5〗〖念話:Lv4〗
〖ワイドレスト:Lv5〗〖リグネ:Lv5〗〖ホーリースフィア:Lv5〗
〖闇払う一閃:Lv1〗〖次元爪:Lv7〗〖ミラージュ:Lv8〗〖グラビティ:Lv8〗
〖ディメンション:Lv8〗〖ヘルゲート:Lv5〗〖グラビドン:Lv8〗
〖ミラーカウンター:Lv8〗〖アイディアルウェポン:Lv9〗
〖ワームホール:Lv1〗

称号スキル：
〖竜王:Lv--〗〖歩く卵:Lv--〗〖ドジ:Lv4〗〖ただの馬鹿:Lv1〗
〖インファイター:Lv4〗〖害虫キラー:Lv8〗〖嘘吐き:Lv3〗〖回避王:Lv2〗
〖チキンランナー:Lv3〗〖コックさん:Lv4〗〖ド根性:Lv4〗
〖大物喰らい《ジャイアントキリング》:Lv5〗〖陶芸職人:Lv4〗
〖群れのボス:Lv1〗〖ラプラス干渉権限:Lv8〗〖永遠を知る者:Lv--〗
〖王蟻:Lv--〗〖勇者:LvMAX〗〖夢幻竜:Lv--〗〖魔王:Lv6〗

俺はミーアとの戦いを経て、レベル最大まで上げることができた。最大レベルが高かったこともあり、気がつけばとんでもないステータスになっていたものだと思う。

新しく手に入ったスキル『胡蝶の夢』も気になる。

【『オネイロス：ランクL（伝説級）』】

【『夢幻竜』とも呼ばれる。夢の世界を司ると言い伝えられるドラゴン。】

【光と重力と空間を操る、強力な魔法を用いて戦う。】

【『オネイロス』の放つ魔法は、その場を異界へと変えてしまうという。】

【姿を変えたり隠したりして相手を翻弄しながら、絶大な威力を誇る魔法スキルを叩き込むことを得意とする。】

オネイロスは『夢幻竜』とも呼ばれる、夢の世界を司るとされているドラゴンだ。『胡蝶の夢』というスキル名や、今までオネイロスで習得できたスキルから考えても、何か夢や幻と関係のあるスキルであることは想像できる。伝説級レベル最大で習得できたスキルなのだから、きっと強力なスキルであるのだろう。

ただ、そこ以外に、いや、そこ以上に気に掛かることがある。俺の『最終進化者』の称号スキルが消えていることである。

つまり俺は……もう一段階進化することができる。そして恐らく、これが最後の進化になる。

2

　俺はひとまず、『胡蝶の夢』について調べてみることにした。スキルの効果によっては、今後の戦い方が大きく変わるかもしれない。

　オネイロスで手に入った特性スキルは他に『竜の鏡』があるが、こちらも強力なものだった。もしかしたら既存スキルと強力なシナジーがあるかもしれねぇし、使い方次第でとんでもねぇ威力を発揮できるような類のものかもしれねぇ。できれば、神の声相手にも有効打が取れそうな変わり種スキルだと嬉しいんだが……。


【特性スキル『胡蝶の夢』】

【夢と現＊＊入れ替え叢Ｎ極の蘇一ヒキル。】

【者のＨＰがゼロになっこのスキルの所有た際に、夢とが曖昧になる。現実の】

【を夢へと追・。ネ復そ＊＊に自身の死活する。】

【このスキ＊＊一綳サ遐する＊＊失する。】


　頭が一気に熱くなった。脳が揺さぶられたような気がして、俺は顎を地に落とす。視界が極彩色になり、ゆらゆらと揺れ、輪郭が溶けて混ざっていく。

　やられた……！　まさかスキルに、何か罠でも仕掛けられていたのか！

　神の声ならそれくらいできてもおかしくはない。不用心だった、というよりは、奴の手札が膨大すぎる。こんなことまでできるとは思っていなかった。

「グゥ、グゥオオオオオオオッ！」

俺は咆哮を上げる。慌てて何かが近づいてきて、視界で妙な光が爆ぜたのが見えた。ぼんやりと周囲の輪郭が鮮明になってきて、アロとトレントの姿が見えてきた。

「だ、大丈夫ですか、竜神さま！」

『主殿……！　〖ハイレスト〗を掛けておきましたが、どうでしょうか……？』

い、今の光は、トレントか……。気持ち悪さや頭痛がだんだんと和らいできた。

なんだ、このスキルは、俺が見ちゃいけないようなもんだったのか？

いや、一概にスキルのせい、とは言い切れないかもしれねぇ。〖地獄道〗を手に入れたことや、〖ラプラス干渉権限〗のスキルレベルを上げた反動なのかもしれねぇ。タイミングは妙だが……。

『悪い、二人共、心配かけちまったな』

ただ、思ったよりさっきの奇妙な感覚は一時的なものだった。一応……試しに、もう一度だけ確認しておこう。読み取れないにしても、認識できる範囲だけでもしっかりと頭に入れ、スキルの詳細や原因についての考察を持っておくべきだ。

【特性スキル〖胡蝶の夢〗】

【夢と現実を入れ替える究極の蘇生スキル。】

【このスキルの所有者のＨＰがゼロになった際に、夢と現実の境界が曖昧になる。】

【その際に自身の死を夢へと追いやり、完全な状態で復活する。】
【このスキルは一度使用すると消失する。】

今度はしっかりと読み取れた。

……さっきのがなんだったのか疑問はあるが、考えても答えは出そうにない。

かなり変わり種のスキルではあるが、別に神聖スキル絡みとも思えない。オネイロスらしいスキルだ。ひとまずさっきのことは置いておいて、スキルについて考えるとしよう。

どうやら、俺が死んだ際に効力を発揮し、ＨＰとＭＰを全回復してくれるらしい。一回こっきりらしいが、完全にぶっ壊れスキルである。

一度の戦いに限り、ＨＰとＭＰが倍増するに等しい。『胡蝶の夢』があれば、このスキルを切るだけでリリクシーラでもミーアでも全く危なげなく倒し切れていただろう。

オネイロス最大レベルでの習得に相応しい強力なスキルだ。このスキルのためだけにオネイロスに進化しても悪くないくらいだ。

ただ、これは神の声との戦いに絶対にとっておかねえといけねぇな。

それに、このスキルは手放しに信用できねえ。俺が死んだときにしか発動しねえスキルなんざ手軽に扱えねぇのもそうだが、何よりも怪しいのがさっきのあの頭痛と得体の知れない感覚だ。

このスキルはもしかしたら、神の声の送り込んできたトロイの木馬なのかもしれねぇ。一番最悪なのは……このスキルに頼って全回復したら最後、神の声に自我を乗っ取られるような事態だ。

あいつの目的は、自分より強い魔物を造って『ラプラス干渉権限：ＬｖＭＡＸ』を習得させ、その力を用いてフォーレンとやらを復活させることだ。

だが、その魔物が神の声の言うことを聞くという保証はない。その対策として洗脳スキルを送り込んできた……と考えると、筋が通っているようにも思える。そうしたら最悪、神の声を倒すどころか、俺の代でこの世界を吹っ飛ばすことになっちまいかねない。

あくまで仮説だ。実態はわからないが、手放しで『胡蝶の夢』の入手を喜ぶより警戒しておくべきだろう。当たり前といえば当たり前の話ではあるが、能動的に作戦に組み込むような真似は、よほど追い込まれでもしない限りは考えない方針で行こう。

そして、もう一つ確認しなければいけないことがある。俺の進化先である。

……恐らくは、俺の最後の進化だ。次の進化種族で、神の声の奴をぶっ倒す必要がある。

神聖スキルは六道になぞらえられている。俺が所持しているのは五つだ。恐らくもう一つ、最後の神聖スキルである『天道』が存在する。もしかしたら、全て集めてから進化を目指した方がいいのかもしれない。

だが、俺は一刻も早く元の世界に戻り、奴の『スピリット・サーヴァント』を倒さなければいけない。

『天道』の存在は、あくまで俺の仮説でしかない。ミーアでさえその所在や有無については全く知らないようだった。実態のわからねぇ、詳細不明のものを求めて先延ばしにしている猶予はない。

【進化先を表示しますか？】

メッセージが浮かぶ。俺は目を瞑り、頷いた。

【未来】
【〖ピュートーン：ランクL＋（伝説級上位）〗】
【〖ヌン：ランクL＋（伝説級上位）〗】
【〖アジ・ダハーカ：ランクL＋（伝説級上位）〗】
【〖アポカリプス：ランクL＋（伝説級上位）〗】
【〖クロノス：ランクL（伝説級）〗】

【現在】
【〖オネイロス：ランクL（伝説級）〗】

【過去】
〖ウロボロス〗：ランクA
〖厄病竜〗：ランクB-
〖厄病子竜〗：ランクD+
〖ベビードラゴン〗：ランクD-
〖ドラゴンエッグ〗：ランクF

ピュートーン……ヌン……アジ・ダハーカ……アポカリプス……クロノス……。ここに来て、五つも進化先が出てきやがった。

何を選ぶのかが重要過ぎる。選択肢は少ない方が、こっちの精神的には楽なんだが……。

最優先は、神の声を殺し切れる奴だ。強ければ強い方がいい。

ただ、神の声に何か弱点らしい弱点があるとはとても思えない。聖女の限定スキルであるはずの『スピリット・サーヴァント』さえ、本来の制約を完全に無視した行使が可能なのだ。二体までの制限を破って四体同時に操っている。

アレを使って世界を滅茶苦茶にすると豪語していた以上、恐らくリリクシーラにはあった、『スピリット・サーヴァント』の移動制限もなくなっているはずだと仮定できる。

どんなスキルを使えたっておかしくはねぇ。そう仮定しておくべきだ。だとすると、相手のスキル次第では無効化されかねないスキル構成は避けるべきだ。

とはいえ、まずは実物を見てみねぇと何ともいえねぇが……。


【『ピュートーン：ランクL+（伝説級上位）』】

【大地の化身と称されるドラゴン。】

【ピュートーンのスキルによってこの世界の地は創られたとされている。】

【怒りによって地割れを引き起こし、国一つを奈落の底に落としたと言い伝えられている。】

【泥から魔物の軍勢を生み出したり、自身の分身体を造り出したりすることができる。】

【凶悪なステータスとスキルを誇るが、速度に欠ける。】


伝説級上位……か。ピュートーンは地面に関するスキルが中心で、機動力に欠ける代わりに範囲攻撃のパワーで敵を押し潰すタイプらしい。

逸話は正直判断材料にする必要がねぇ。これまでの経験から言ってもそれは間違いない。重要なのは、範囲攻撃に分身と、汎用性の高いスキルに恵まれている可能性が高いってことだな。そんで平均的なステータスも悪くはないが、速度には欠ける……と。後は地属性だからクレイ系のスキルがもらえる可能性が高いってところか。

他の利点は大きそうだが、速度は最重要といっても間違いないステータスだ。そこに不安が残る、というマイナス点は大きい。


【『ヌン：ランクL＋（伝説級上位）』】

【生命の始まりの起源とされているドラゴン。】

【ヌンの操る水より、全ての存在が生まれたとされている。】

【人間では決して到達できない規模の白魔法を操る。】

【流れる涙の一滴さえ、若返りの霊薬となる。】

【その肉を食したものは、不老不死になると言い伝えられている。】

【回復能力に長けるが、攻撃方面の能力は弱い。】


ヌン……回復能力特化型、か。

神の声は、力頼みでどうにかなる相手だとは思えねえ。持久戦に持ち込んで、敵の情報を集められるのはありがたい。ただ、如何せん攻撃方面が弱いのがネックだといえる。


【かつて自身の手によって生み出した生命の醜悪さに絶望し、一度世界を洪水で無に帰したという。】


……こ、攻撃方面の能力は弱い？

い、いや、まぁ、元の世界の規模がわからねぇし、弱いといっても伝説級上位での範囲内の話なのだろう。そもそもこの手の逸話はそんなに信用ならねぇ。回復能力特化型だと、そこだけ覚えておけば充分だろう。それ以上の情報は、進化してみねぇとわからない。

【『アジ・ダハーカ：ランクL＋（伝説級上位）』】

【三つ首の邪竜。】

【それぞれの頭部が、痛み、苦しみ、そして死を司っているとされている。】

【三つの頭によって大規模攻撃魔法の連続行使を行える他、凶悪な毒を有している。】

【アジ・ダハーカの血が地に落ちれば、先の千年はあらゆる魔物が近づけない毒沼となるだろう。】

これまた、物騒な奴が出てきたもんだ……。どうやら多頭竜タイプかつ、魔法、そして毒タイプらしい。

搦め手で戦う、という点ではオネイロスに近いものがある。ただ、オネイロスよりもその傾向が強そうだ。しかし、神の声相手に、その手のスキルの搦め手や毒が通用するのかという疑問は残る。

……多頭竜と聞くと、どうしても相方を思い出しちまう。ただ、進化して多頭竜になっても、相方は戻ってこないことは前回確認済みだ。そうなると、正直この進化先は避けたいと思っちまう。

他の人格が二つも生えてくるのは、正直デメリットの方が大きいだろう。俺もあんまし好んでこのドラゴンに進化したいとは思えない。

相方はいい奴だったからよかったが、他の人格が自分の身体に同居するなんて想像もしたくねぇ。必要とあれば受け止めるが、他の進化先と比べて大きな利点があるとは思えない。

【『アポカリプス：ランクＬ＋（伝説級上位）』】

【聖神教の預言書の最後の一行にて、世界の終わりに現れるとされているドラゴン。】

【赤黒い大いなる災禍が、一夜の間に世界を飛び回り、地獄の炎で地上の全てを焼き払うだろう、と。】

【だが、真に恐ろしいのはその牙と爪である。】


今更だが、本当にとんでもねぇ進化先しかねぇな……。

聖神教はリリクシーラのところだったな。こんなもんに進化したら絶対人里に降りられねぇぞ……と思ったが、まぁ、それはどれに進化しても、今更同じことか。世界の終わりは不吉だが、そこはあまり考えなくてもいいのではなかろうか。

ただ、そうなると情報量が少ない。物騒なドラゴンではあるが、変わったスキルはあまり期待できないかもしれない。


【『クロノス：ランクＬ（伝説級）』】

【『時空神』と呼ばれる、時間と空間を操る黄金のドラゴン。】

【文字通り時間を戻すことができる他、空間を歪めることで疑似的に分身したり、防御力を完全に無視した貫通攻撃を放つことができる。】

【ただし、身体能力は決して高くない。】

【かつてクロノスを見た人間は、このドラゴンこそが神であると信じた。】

時間を戻せる……か。どの程度のものかはわからねぇが、本当にとんでもないスキルだ。

ただ、身体能力は高くはないようだ。そこがネックだ。そして何より、他の進化先と比べてランクが一つ低い。どうやら同ランク内での進化になるらしい。

正直、この進化の扱いは今一つわからねぇ。クロノスに進化した後にもう一段階進化できる余地が残るのか、結局ここで打ち止めなのか。そもそももう一度進化できるだけの経験値量を溜められる猶予があるのかどうかも怪しいところだ。

『天道』が手に入るまで進化しない、という方法もある。ただ、その場合、今のステータスのまま地上の奴らとやり合う必要がある。

おまけに『天道』自体が存在の不確かなスキルだ。ここで決めるには情報が少なすぎるが、今決断するしかない。

せめて、頼れる先輩であるミーアにアドバイスくらいはもらいたかったところだ。下手をすれば、ミーアのタナトスみたいに精神状態に悪影響を及ぼす進化先もあるかもしれねぇ。進化先を決める決定打にするかどうかはさておき、判断材料には入れておかなければならない。

3

速度に欠けるが、大規模攻撃に長けたピュートーン。

攻撃方面の能力に欠けるが、回復能力に長けたヌン。

三つ首のドラゴンであり、魔法と毒に長けたアジ・ダハーカ。

詳細不明だが、恐らく近接戦に長けたアポカリプス。

凶悪なスキルを有するが、低ランクでありステータスも劣るであろうクロノス……。

どれも綺麗に一長一短といったところだ。長所だけピックアップするならば、上から順に範囲攻撃、回復能力、搦め手、近接戦、特殊なスキルといったところか。

難しいところだ。できるものなら全部欲しいというのが本音だ。

逆に短所を並べれば、鈍足、火力不足、別人格、新スキル望み薄、低ステータスといったところか。アジ・ダハーカは別人格に加え、搦め手特化型なので他のステータスが若干低いのではないかということが危惧される。あくまで想像の範囲を出ないが。

『ううむ……主殿、そこは悩みどころですな……』

俺はアロ、トレントにも相談することにした。

塔の前で、円状に並んで顔を突き合わせる。知恵は多い方がいいということで、試しにアロにはMPを俺からドレインしてちょっとだけ回復してもらい、【暗闇万華鏡】を使って三人になってもらっていた。

『悩んでいても仕方ありませんぞ。ここは潔く、バシッと決めてしまいましょう。どうせあれこれ考えても、不確定要素の方が遥かに大きいのでしょう？』

トレントの言うことも一理あるが、それでも簡単に決められる気はしない。結果的に的外れであったとしても、ある程度は理詰めで考えた末に決めておきたい。何せ、俺の命運を大きく分けることになる選択肢だ。

『ピュートーンはどうですかな？　土関係ですし、何となく私が親近感を持てますぞ！　足の遅い魔物であれば、恐らく体力や防御力は高いと思うのですがどうですかな？　何か予想外のことがあったときに、不意打ちで殺されないというのは重要な利点だと思うのですが……！』

『……すまねぇ、言ってることはわかるんだが、正直一番無しかなと思ってる』

『そうですか……』

トレントががっくりと項垂れる。

……悪いな、トレント。

範囲攻撃は利点としては優先順位が低いし、足が遅いのはマイナスが大きすぎる。俺がトレントを担いで飛び回ることでトレントの鈍足の欠点は補えているが、俺自身が遅くなってしまうとそれを補ってくれる奴はいない。

『ただ、ある程度頑丈なドラゴンに進化したいってのはあるな』

ピュートーンは頑丈な可能性が高い。確かに俺はそのことを見逃していた。充分考慮の材料になるが、ただ、やっぱり足が遅いのはネックだ。対応力に欠ける。

頑丈だったとしても、それは足が遅くて被弾しやすい代わりみたいなもんだ。そういう盾役的な役割を熟すには、トレントくらい特化していねぇと上手くはいかないだろう。

神の声の攻撃を受け切れるとも思えねぇし、俺がメインの攻撃役にならねぇと、まともに奴のHPを削れるとも思えねぇ。

『だが、トレントの言う通り、神の声がどんな手を使ってくるかわからねぇんだ。初見殺しみたいなスキルを受ける可能性もある。ある程度は防御面に期待できる奴じゃねぇとな……』

恐らく神の声を、ただ攻撃スキルの連打で倒し切れるような事態には絶対にならないだろう。相手を観察して実態を把握した上で、相手の隙を作って叩く必要がある。そのためには、相手を観察している間に殺されないことが重要だ。

そういう意味では、回復能力の高いヌンの優先順位は高い。肝心な攻撃能力に欠けているのがネックだが。

「竜神さま、私達の意見は同じです」

「魔力をいただいておいて申し訳ないのですが」

「ただ、その分、いろいろな方面から考えられていると思います」

アロ達は何やら自信ありげな様子であった。

『ほう、教えてくれ』

俺の言葉にアロ達が頷き、声を揃えて同じ言葉を口にした。

「クロノスのスキルを回収するべきです」

「アポカリプスが無難だと」

「アジ・ダハーカにしましょう！」

……全く揃っていなかった。

声に出した後、三人が同時に互いを睨む。

「全然私の考え方と違うのに、二人共どうしてそんなに自信ありげだったの!?」

「本気で思っていたの!?　クロノスは絶対にあり得ない！」

「気が変わりました！　アジ・ダハーカにしましょう！」

トレントが手代わりの翼で顔を覆い、深く溜め息を吐いた。

全く纏まってねぇ……。逆によくここまで綺麗に意見を分散できたものだ。〖暗闇万華鏡〗、いったいどういう仕組みになってやがるんだ。

『た、確かに、色んな方面から考えられそうですな……』

トレントがせいいっぱいのフォローを入れる。三人のアロがトレントを一斉に睨みつけ、トレントが身を縮めて一歩退いた。

……こういうときは息ぴったりなんだな。

『別に意見がばらついてるのは悪いことじゃねぇからさ。一人ずつ、どういう理由でそういう考えになったのか、説明してもらっていいか？』

「え、えっと、正攻法で勝てる見込みが薄い相手ですから、変わったスキルを得られるクロノスは外せないと思います。ステータス外の要素に頼れる余地をなるべく残した方が……。力技ではなくて、工夫で戦っていかなければいけない相手なのは間違いありませんし」

なるほど……確かに、言っている通りに思える。論理立ててきっちりと話してくれた。

クロノスの時間操作や防御貫通は、神の声がどんな能力を有していても勝算を残してくれる見込みがある。ステータス不足は怖いが、それを補える価値がある可能性は確かに高い。

「何を言ってるの？　スキルなんて、結局ステータス不足を補う役割が強いんです。竜神さま、強力なスキルは、別に派手な技じゃなくて、速さや威力の不足を補ってくれるようなものばかりのはずです！　応用の利かないスキルは、対処さえ覚えればそれだけです」

アロが早口でまくし立ててくる。アロ三姉妹の意見は最初のアロの意見でほとんど決まりかと思っていたため、ここにきて凄い熱量で意表を突かれた。

『お、おう……そ、そうかもしれねぇな』

確かにそれはそうだ。ミーアの『エクリプス』も、派手で強いようで、屋外であればそこまで対処は難しくない。

あの光線は速いが、前動作が大きいためその間に距離を取ることは難しくない。強制的に仕切り直すことはできるが、自身がＭＰで圧倒的に優位でなければその作戦も効果的ではない。限定的といえば限定的なスキルだ。

それより一時的とはいえ速度を底上げするような、『神速の一閃』の方が脅威だったという考え方はできなくもない。

「最初からステータスがあれば別にいらないんです。攻撃手段や回復手段は確保するべきですが、それはもう竜神さまは持っているはずです。なので、高ステータスの可能性が高いアポカリプスにするべきです。クロノスは絶対にあり得ません！　仮に変わったスキルがあったとして、神の声が把握していない、なんてことあり得るんですか？　相手の見知ったスキル頼みで、それに対応できないことに賭けるなんて、あまりに分が悪すぎます」

　断言されてしまった。最初のアロがムッとした表情を浮かべている。

「竜神さまに、ずけずけと言い過ぎ！　それにスキルについても一概には言えない！　どんなスキルがあるのかもわからないのに！」

「大事な場面だからはっきり言うのは当たり前。どんなスキルがあるのかもわからないから言っている。ステータスが低くて、スキルも限定的で使いにくいものばかりだったら？　ほら、どんなスキルかわからないなんて、どっち側でも言える意味のない話。感情的にならないで」

「ごめんなさい竜神さま！　この子、すぐに黙らせます！」

　クロノス派のアロが、アポカリプス派のアロへと掴み掛かる。アポカリプス派のアロは、自身へと伸びる腕をひらりと躱し、神経質そうに眉間に皺を寄せた。

「私、間違ったこと言ってない！　第一、竜神さま、オネイロスのスキル自体、単純なのしか使ってない。クロノスで変わったスキルを手に入れたとしても、結局まともに使い熟せるのか怪しいもの……」

「りゅっ、竜神さま、違います！　私、こんなこと考えてませんから！　ニ、ニセモノ！　今すぐ消してやる！」

「ちょっと、やめて！　髪の毛摑まないで！　私は正しいことを言っているだけなのに、なんでそんなことするの！」

二人が素手で摑み合う。その内に縺《もつ》れて転び、地面で揉み合いを始めた。

『お、おい二人共、落ち着いてくれ！　言いたいことはわかった！　そ、それに、俺があんまりオネイロスのスキルを使ってなかったのも心当たりはある。な？　確かに、考慮に入れるべき点だと思う。だから止めてくれ！』

アポカリプス派のアロが、ほれ見たことかと口をへの字に曲げ、クロノス派のアロを睨み付ける。クロノス派のアロは気まずげに視線を逸らした後、俺の方を向いた。

「わ、私はただ、この子があんまりにも竜神さまを蔑ろにした言い方をするから、それが気に掛かって注意しただけです！　なのに、竜神さまは私じゃなくて、この子の肩を持つんですか！」

クロノス派のアロが、アポカリプス派のアロを指で示す。

『落ち着け、アロ、どっちもお前だ。……それで、だ。最後の一人に、アジ・ダハーカを推してる理由を教えてもらっていいか？　まだ、聞いてなかったんだが』

この惨状はどうあれ、二人のアロの口にしている内容はどちらも理のあるものだった。俺はやや回復能力に長けたヌンを強めに見ていたが、しかしクロノスかアポカリプスの方がいいのではないかと思い直し始めていた。

トレントには悪いが、ピュートーンは現状、避けた方がいいドラゴンの筆頭として見ている。

現状、クロノス＝アポカリプス＞ヌン＞＞ピュートーンといったところか。

ぜひアジ・ダハーカ派のアロの話も聞いておきたかった。

『アロ……？』

反応がなかったので、もう一度声を掛ける。

「あ、ごめんなさい、私ですね」

アジ・ダハーカ派のアロは、ようやく気が付いたらしく、俺へと顔を上げた。

二人のアロに意識を向けていたのだろう。呼ばれて気が付かなかったことを恥じるように、人差し指で自身の頬を掻く。

「えっと……竜神さまの頭が三つになったら、私達も三人だから丁度いいかなあって」

頬を赤く染め、照れ笑いしながらそう口にした。

……全く性能面を考慮した意見ではなかった。

険悪な雰囲気だった他派の二人の顔が一気に蒼白になり、アジ・ダハーカ派のアロを囲んで睨み付ける。

「どっ、どうしたの、二人共……？」

　二人のアロが、じりじりとアジ・ダハーカ派のアロへと距離を詰めていく。

「りゅっ、竜神さまの前で、はしたないこと言わないで！」

「真剣な話をしているのに、なんで堂々とそんなことを口にできるの？　みんな、元の世界で待ってるのに！　ふざけてるの？」

「ごっ、ごめんなさいごめんなさい！　結局何を選んだことがどう作用するかなんて考えられっこないし……私、難しいことわからないし……そ、それなら、間違いなく嬉しいことがあるものを選んでみようかなって……。でも、あの、その、絶対アジ・ダハーカにしてほしいってわけじゃなくて！」

　アジ・ダハーカ派のアロはあっという間に他派のアロ二人に捕まった。

「しっかり押さえておいて！　もう、その子、戻すから！」

「ちょっと、暴れないで！」

「待って！　待って！　竜神さま、あの、一応考慮に入れてもらえたら……！」

　アジ・ダハーカ派のアロは、黒い光の塊となり、クロノス派のアロの中へと吸われていった。どうやらクロノス派のアロが本体らしい。

『……思考能力を保てる分身は、一つまでなのかもしれませんな』

　トレントがぼそっと失礼なことを口にした。俺は前脚の指で、軽くトレントの頭を小突いた。

……ひとまず、トレントとアロ三姉妹のお陰で進化先の候補を絞ることができた。

トレントが推していたピュートーンは、残念ながら速度が遅いのが怖いので候補としては一つ落ちる。

頑丈でパワーがある点は評価ができるが、俺の経験上、やはり速度がないとその強みも活かしきれない。速度のない魔物は、格上相手より、格下相手に安定的に勝利する能力に長けている印象がある。大規模スキルも魅力的ではあるが、他の進化先を選んだ際の利点と比較すると今一つ劣る。

そしてアロ三号の推していたアジ・ダハーカも、強みと弱みはあるが、他の候補先を差し置いて敢えて選ぶ理由は薄そうな印象だ。俺もあまり多頭竜は能動的に選ぶ気にはなれない。変わったスキルに期待したいという点では、他の進化先であるクロノスに大きく劣る。

残ったのは、回復能力に長けたヌン、近接戦に長けたアポカリプス、凶悪なスキルを有するが低ランク・低ステータスであるクロノス。この三つが有力候補だといえる。

ただ、回復能力はウロボロスのスキルがそのまま残っているので、再び回復型のヌンへ進化するメリットは実は薄いのだ。

別に『ハイレスト』、『自己再生』、『ワイドレスト』に『リグネ』、そして自動回復スキルがあるので、充分回復スキルは揃っているといえる。実際、今でもこの辺りのスキルは多用しているのだ。

伝説級上位の回復型なので、これらのスキルよりも強い回復特化のスキルも新しく得られることだとは思うが、最低限揃っているというのは、充分後回しにする理由になる。

今一つ信用できねぇが『胡蝶の夢』を発動すれば無条件完全回復もできる。既に回復能力は揃っている。そう考えても悪くはねぇだろう。

『そう考えると、アポカリプスかクロノスなんだよな……』

クロノスの時間操作スキルを取りに行くか、アポカリプスの高ステータスを重視するか。

「クロノス……クロノスにしましょう！　竜神さま！　きっと神の声の意表を突けるスキルがあるはずです！」

クロノス派のアロが、必死に俺へと訴える。

「竜神さま、冷静に考えてください。スキル一つで覆る戦況は確かにありますが、そういう場面では、最初からもう少しステータスがあれば安定して勝てる状況です。ステータスが全く追い付いていない相手には、奇策だって通しようがないことだってあります」

アポカリプス派のアロが、どこか俺を責めるような口調で、理路整然とそう捲し立てる。

『……俺は、アポカリプスにしようと思う』

アポカリプス派のアロの意見がもっともなものだった、というのもある。

それに加えて、アポカリプスがフィジカルに秀でている可能性が高いのであれば、安定した攻撃性能は勿論、体力面にも期待ができるためだ。ヌンのような新しい回復スキルは得られないが、ウロボロスの回復スキルにアポカリプスのフィジカル面のステータスがあれば、充分なタフさが得られるだろうと、俺はそう考えている。

やはり速さとダメージソース、そして持久力は欠かせない。攻撃スキルもオネイロスのお陰で便利なものが揃っている。アポカリプスで得られる新スキルもあるだろうし、そちらよりもステータス面を優先するべきではないかと考えたのだ。

　ミーアのタナトスのような、精神面への悪影響があるのではないかという点もやや不安が残るのだが、アポカリプスにタナトスのような精神面への悪影響を仄めかす文言はない。

　それにミーアがタナトスに進化した際に精神面への悪影響を受けたのは神の声への憎悪に付け込まれる形になったからだと本人も口にしていたし、最大の元凶は狂神であった。これを理由にアポカリプスを避けるなら、他の進化先も怪しくなってくる。この一点に囚われすぎるべきではないと判断した。

　クロノス派のアロが、がっくりと肩を落とした。

「う、うう……」

　アポカリプス派のアロは腕を組んで、クロノス派のアロへと得意げな顔を向けていた。

　正直、さっきアポカリプス派のアロに言われた『第一、竜神さま、オネイロスのスキル自体、単純なのしか使ってない』が効いていた。

　だ、だが、幻影スキルには耐性のある奴が多すぎるし、『ヘルゲート』は反動がデカい上に発動も遅いから、使える場面が限られちまうのは仕方ねぇと思うんだけどな……。

『ワームホール』さんに至っては、発動が遅すぎる上に移動先の座標がバレちまうから、使い道らしい使い道が本当にわからねぇ。

いや、確かにオリジンマターは活用してたが、あれはオリジンマター本体がほとんど動かなくて、長射程で高威力かつ連発できる『ダークレイ』を持っていたからこそできた戦法だ。俺が真似をするには、『ワームホール』の発動を待つのと、その後の自身の移動を制限するのが痛すぎる。

だ、だから、仕方ねえかなとも思うんだが……。

アポカリプス派のアロが、俺の思考を見抜いているかのように、ジトっとした目で俺のことを見つめていた。

『うぐっ……！』

ね、『念話』は持ってねぇはずなんだがな……。

すぐにアポカリプス派のアロの背へと、クロノス派のアロが抱き着いた。

「ごめんなさい竜神さま、この子、すぐに仕舞いますから……！」

「ちょ、ちょっと！　あの、私、まだあなたと竜神さまに言いたいことが……！」

アポカリプス派のアロの輪郭が崩れて黒い光となり、クロノス派のアロの身体へと入り込んでいく。こうしてアロが元の一人へと戻った。

『アロ……その、言いたいことがあるのなら、普段から我慢しなくていいんだぜ？』

「違います！　違います！　あんな子、私じゃありません！」

アロがぶんぶんと首を左右へ振った。アロは嫌がってるみたいだが、あの子の意見は普通に参考になるから、俺としてはまた出してほしいんだがな……。

俺は目を閉じる。次の進化はアポカリプスだ。

必要に迫られるまで取っておく……という考え方もあるのだが、ここンガイの森で最低限のレベル上げを行ってから地上へ向かいたい。そう考えると、さっさとここで進化を済ませておくべきだろう。

【『アポカリプス：ランクL＋（伝説級上位）』】

【聖神教の預言書の最後の一行にて、世界の終わりに現れるとされているドラゴン。】

【赤黒い大いなる災禍が、一夜の間に世界を飛び回り、地獄の炎で地上の全てを焼き払うだろう、と。】

【だが、真に恐ろしいのはその牙と爪である。】

進化を決意した途端、身体中に熱が走った。

自身の体表が硬くなり、全身が縮小していく。圧迫されるに従い、体内の温度が高まっていく。

血が、肉が、骨が、ドロドロに溶かされていく。だが、不思議と痛みや不快感はない。

その後、一気に身体が膨張するのを感じた。

「オ……オオオ……グォォオオオオオオオオオオオオオオ！」

俺は咆哮を上げた。声が轟き、大地を揺るがす。

【特性スキル『竜の鱗』のＬｖが８から９へと上がりました。】

【特性スキル『気配感知』のＬｖが５から７へと上がりました。】

【耐性スキル〖即死無効：Lv－〗を得ました。】
【耐性スキル〖呪い無効：Lv－〗を得ました。】
【称号スキル〖竜王：Lv－〗により、所持している耐性スキルのLvが上昇します。】

どんどん体表が頑強になっていくのがわかる。

〖即死無効〗と〖呪い無効〗……か。正直、経験則だとあまり重要だとは思えないスキルだ。即死魔法も呪いも、格下相手でないとまともに作用しないスキルのはずだ。

まあ、ないよりはあった方がいいのは間違いない。神の声や、奴の〖スピリット・サーヴァント〗が使って来ねぇとも限らない。

【通常スキル〖痺れ毒爪〗のLvが6から7へと上がりました。】
【通常スキル〖ドラゴンテイル〗のLvが2から4へと上がりました。】
【通常スキル〖自己再生〗のLvが5から6へと上がりました。】
【通常スキル〖デス〗のLvが7から8へと上がりました。】
【通常スキル〖ヘルゲート〗のLvが5から6へと上がりました。】

通常スキルのレベルもどんどん上がっていく。この中だと、一番ありがてぇのは〖自己再生〗だな。それより、新スキルの方が気になるが……。

【通常スキル〖カースナイト：Lv4〗を得ました。】
【通常スキル〖リンボ：Lv4〗を得ました。】

【通常スキル【ディーテ：Lv4】を得ました。】
【通常スキル【コキュートス：Lv4】を得ました。】
【通常スキル【終末の音色：Lv--】を得ました。】
【称号スキル【最終進化者：Lv--】を得ました。】

……なんか、物騒そうなスキルだな。

特性スキルはなしで、通常スキルが五つ、か。今更こんなに手に入るとは思っていなかった。ただ、まあ、必要なスキルは既に揃ってる感じもするから、正直新スキルの恩恵はそこまでなさそうな気もするんだよな。

進化が落ち着いて、目線の高さが明らかに変わった。さすがにトレントの通常サイズには及ばねえが、五割増しくらいの大きさにはなったんじゃねえだろうか。

俺は足許のアロとトレントを見下ろす。アロもトレントも、どこか不安げな表情で俺を見上げていた。

『……やっぱし、そんなおっかねえ外見してるのか、俺？』

俺が尋ねると、トレントがビシッと直立し、あたふたと翼を振った。

『い、いえ！　とても格好よくあられますぞ！』

ふと、視野が変わっていることに気が付いた。俺は目を瞬かせ、どうやら額にも目があるらしいと判断した。

『【ミラーカウンター】』

俺は自身の前に、魔力の壁を展開させた。そこに自身の姿が映り込んでいる。

赤黒いゴツゴツとした体表に、大きな悪魔を思わせる巻き角がついていた。頭部から背に掛けて、青白い鬣《たてがみ》が伸びている。

翼は背全体を覆うほど広く、不気味な瞳のような模様がついている。太い尾の先には大きな水晶がついているのだが、それは眼球のような外見をしていた。

俺は前脚の鉤爪へと目を向ける。脚は、カラスのそれを強靱にしたような外見をしていた。

毒々しい紫の爪。そう強くない者が掠れば、それだけで死に至る猛毒の塊だと、俺は本能的にそう理解した。

苦笑すれば、口許に並んだ鋭利な牙が目についた。牙の一つ一つが、まるで禍々しい魔剣の類のようだ。

『こりゃ、一生人里には入れそうにねえなあ……』

人化の時間もかなり長くは取れるようになっているはずだが、元の姿をひと目でも見られればそこまでだろう。

それに人化状態も、ある程度は元のドラゴンの影響を受けているようだった。元がアポカリプスである以上、それ相応の姿になるはずだ。

アポカリプスだのと、物々しい名を冠していただけはある。世界を終わらせるために地上に降りてきた怪物だと、そう称されるだけの貫禄があった。

……まあ、外見は今更だ。タナトスにあったらしい、精神面への妙な影響はほとんどないみてぇで安心した。

「だ、大丈夫です、竜神さま！　えっと……もし竜神さまを受け入れないような土地があったら、私が力ずくでも……！」

俺を慰めようとしてか、アロがぎゅっと握り拳を作ってそう口にする。

『それは絶対にやめろよ!?』

……それに、もうとっくに、人里に入るのがどうこうとか、んなこと言える段階じゃなくなってんだよな。

神の声は、俺が止めなきゃいけねぇ。失敗すれば、そのときは今後も奴の手で、何千万という命が弄ばれることだろう。そしてその先に、神の声はいずれフォーレンとやらを復活させて、この世界をぶっ壊しちまう。

しかしそう考えると、聖神教で世界の終わりに現れるドラゴンだと言い伝えられているアポカリプスに進化したのは、あんまり縁起がいいとはいえねぇな。迷信に踊らされて進化先変えるような猶予はなかったわけだが、俺の代でフォーレンの封印を解くようなことになっちまったら現実になっちまうわけだ。

とりあえず、ステータスを見てみるかな。

〖イルシア〗
種族：アポカリプス
状態：通常
Ｌｖ　：1/175
ＨＰ　：363/2979
ＭＰ　：358/2411
攻撃力：2575
防御力：1421
魔法力：1697
素早さ：1651
ランク：Ｌ＋(伝説級上位)

神聖スキル：
〖人間道:Lv--〗〖修羅道:Lv--〗〖餓鬼道:Lv--〗〖畜生道:Lv--〗〖地獄道:Lv--〗

特性スキル：
〖竜の鱗:Lv9〗〖神の声:Lv8〗〖グリシャ言語:Lv3〗〖飛行:Lv8〗〖竜鱗粉:Lv8〗
〖闇属性:Lv--〗〖邪竜:Lv--〗〖HP自動回復:Lv8〗〖気配感知:Lv7〗
〖MP自動回復:Lv8〗〖英雄の意地:Lv--〗〖竜の鏡:Lv--〗〖魔王の恩恵:Lv--〗
〖恐怖の魔眼:Lv1〗〖支配:Lv1〗〖魔力洗脳:Lv1〗〖胡蝶の夢:Lv--〗

耐性スキル：
〖物理耐性:Lv6〗〖落下耐性:Lv7〗〖飢餓耐性:Lv6〗〖毒耐性:Lv7〗
〖孤独耐性:Lv7〗〖魔法耐性:Lv6〗〖闇属性耐性:Lv6〗〖火属性耐性:Lv6〗
〖恐怖耐性:Lv5〗〖酸素欠乏耐性:Lv6〗〖麻痺耐性:Lv7〗〖幻影無効:Lv--〗
〖即死無効:Lv--〗〖呪い無効:Lv--〗〖混乱耐性:Lv4〗〖強光耐性:Lv3〗
〖石化耐性:Lv3〗

通常スキル：
〖転がる:Lv7〗〖ステータス閲覧:Lv7〗〖灼熱の息:Lv7〗〖ホイッスル:Lv2〗
〖ドラゴンパンチ:Lv4〗〖病魔の息:Lv7〗〖毒牙:Lv7〗〖痺れ毒爪:Lv7〗
〖ドラゴンテイル:Lv4〗〖咆哮:Lv3〗〖天落とし:Lv4〗〖地返し:Lv2〗
〖人化の術:Lv8〗〖鎌鼬:Lv7〗〖首折舞:Lv4〗〖ハイレスト:Lv7〗
〖自己再生:Lv6〗〖道連れ:Lv--〗〖デス:Lv8〗〖魂付加《フェイクライフ》:Lv6〗
〖ホーリー:Lv5〗〖念話:Lv4〗〖ワイドレスト:Lv5〗〖リグネ:Lv5〗
〖ホーリースフィア:Lv5〗〖闇払う一閃:Lv1〗〖次元爪:Lv7〗
〖ミラージュ:Lv8〗〖グラビティ:Lv8〗〖ディメンション:Lv8〗
〖ヘルゲート:Lv6〗〖グラビドン:Lv8〗〖ミラーカウンター:Lv8〗
〖アイディアルウェポン:Lv9〗〖ワームホール:Lv1〗〖カースナイト:Lv4〗
〖リンボ:Lv4〗〖ディーテ:Lv4〗〖コキュートス:Lv4〗〖終末の音色:Lv--〗

称号スキル：
〖竜王:Lv--〗〖歩く卵:Lv--〗〖ドジ:Lv4〗〖ただの馬鹿:Lv1〗
〖インファイター:Lv4〗〖害虫キラー:Lv8〗〖嘘吐き:Lv3〗〖回避王:Lv2〗
〖チキンランナー:Lv3〗〖コックさん:Lv4〗〖ド根性:Lv4〗
〖大物喰らい《ジャイアントキリング》:Lv5〗〖陶芸職人:Lv4〗
〖群れのボス:Lv1〗〖ラプラス干渉権限:Lv8〗〖永遠を知る者:Lv--〗
〖王蟻:Lv--〗〖勇者:LvMAX〗〖夢幻竜:Lv--〗〖魔王:Lv6〗〖最終進化者:Lv--〗

やはり思った通りだ。魔法力が若干低く、その分、攻撃力、防御力、速さに長けたステータスになっている。

だが、魔法力が極端に低いわけでもない。魔法スキルを決定打にはし難くなったが、今までの主戦法であった、遠距離スキルで牽制して近づいてぶん殴るのに適したステータスだといえる。

4

ひとまずステータスがわかったところで、細かいスキルを確認していくことにした。

アポカリプスの新スキルは『カースナイト』、『リンボ』、『ディーテ』、『コキュートス』、『終末の音色』だな。

何やら不吉なスキル名が多いように思うが、それも仕方のねぇことだろう。オネイロスとは違って、直球で邪竜タイプなのは選ぶ前からわかってたことだ。

【通常スキル『カースナイト』】
【魔力の塊より、強い呪いを帯びた騎士を生み出す。】
【騎士は衝撃を受けるか、対象の敵への攻撃に成功した際に爆ぜ、周囲に呪いを撒き散らす。】
【飢餓や狂乱状態を与える他、相手の魔法力が低い場合には死を、場合によっては対象の肉体を術者が操ることもできる。】

なるほど……？　騎士を生み出すっつうか、当たると爆発する魔弾を放つ感じに近いのではなかろうか。

相手の耐性や魔法力によっては、追加で『バーサーク』や『デス』、『支配者の魔眼』のような状態異常も狙える……と。

状態異常系統の魔法や『デス』は、どうせ肝心な相手には効かねえだろって感じで使いどころが少ないことが多い。だが、攻撃手段と複数の状態異常を兼ねてるのは、利便性の高いスキルだといえるのかもしれねぇな。

もっとも……結局は速度重視になるだろうから、ノータイム攻撃の『次元爪』に勝るとは思えねえが。それまで連発してた『鎌鼬』がほぼ死にスキルになるくらいには『次元爪』が便利すぎるんだよな。

多少当てたときのメリットが増えたとしても、結局は当てなきゃ意味がねぇわけだし。オネイロスに充分攻撃力があったこともあって、『次元爪』で間に合ってる感があったんだよな。アポカリプスは、更に攻撃能力特化なわけだし。正直、あんまり期待はできねぇな。

格下狩りにしても、わざわざ『デス』を使ったことはない。『鎌鼬』で充分だからだ。多分、『カースナイト』さんも同じ末路を辿ることになるだろう。

一応後で実験はしてみるつもりだが……。

【通常スキル『リンボ』】

【聖神教において、教神、及びそれに準ずる存在が、生きることも死ぬことも許されないものを救うために行使する魔法だとされている。】
【かつて一人だけ〖リンボ〗の習得に至った聖女が存在したという。】
【対象を時間や空間の概念の存在しない次元の狭間へと落とす魔法スキル。】
【射程は短く、発動も遅い。ただ、当たれば外敵を永劫に異次元へ閉じ込めることができる。】

お、おっかねぇ……。オリジンマターの〖冥凍獄〗みてぇなスキルだ。

ただ、これを当てられる相手は普通に殴り殺せるって状態になっちまいそうだな。そういう意味では〖ワームホール〗さんと同類の匂いがする。工夫次第で当てられそうなら活躍の機会もありそうな気はするが……正直、文面からは使うのにあんまり気乗りできねぇスキルだ。

【通常スキル〖ディーテ〗】
【地獄の炎を呼び出し、球状に留めて放つ魔法スキル。】
【地獄の炎は、対象を焼き尽くすまで決して消えはしない。】

これまた直球の攻撃スキルだな。単に属性付きの攻撃魔法スキルとしてはスフィア系に近そうだが、あれよりも威力が高いんだろうか？

この手のスキルの評価点は、消耗ＭＰ、威力、規模、速さ、といったところか。気軽に撃てる〖次元爪〗、威力の〖グラビドン〗に比べて長所があるのかが気になるところだ。ちょっと検証する必要があるな。

【通常スキル『コキュートス』】

【地獄の氷を呼び出し、自在に展開する魔法スキル。】

【万物を凍てつかせる氷は、決して溶けることがない。】

【周囲の熱を急速に奪うため、思わぬ被害が出ることもある。】

【一度展開した氷を消すことはほぼ不可能なので注意が必要。】


こっちは氷か……。『ディーテ』よりは応用が利きそうなので、使いどころもあるかもしれない。

ただ、本命の攻撃以外に使うには、ＭＰ消費が激しそうなのがちょっと怖いところだが。

さて、と。次のスキルが最後の新スキルだったな。これが一番不穏なんだが……。


【通常スキル『終末の音色』】

【自身の生命力・魔力を溶かして膂力・速さへと変換する。】

【ただし、理性も溶かすため、狂乱状態へと陥る。】

【その激情は、視界に入るもの全てを無に帰すまで収まらない。】

【収まった後も、精神が変異する危険性が高い。】

【発動時には、身体から漏れ出た魔力の勢いで、奇妙な音が遠くまで響き渡る。】

【聖神教では、神の使いが楽器を用いて世界の終わりを告げるといわれており、この音はそれと同一視されている。】


身体能力の引き上げスキルなのはありがてぇんだが、デメリットがあまりに大きすぎる。正直、これは無しだ。絶対に使えない。

俺だって当然精神が変化するスキルには忌避感があるが、それ以上に激情の間に何をやらかすのかわかったもんじゃねぇ。四大魔境ならいざ知らず、神の声の『スピリット・サーヴァント』との衝突は恐らく人里近くになる。そんときに何かやらかしちまったら償いようがねぇ。

第一、ちょっとステータスが上がることのメリットよりも、戦闘中に我武者羅に暴走するようになるデメリットの方が遥かに大きい。

結局、理性的な奴の方がずっと強いからだ。

策略家で陽動や騙し討ちに長けていたリリクシーラ。ほぼ決まった動きしか取らないが、強みを活かせる状態でのみ勝負に出て、絶対に得意の持久戦に持ち込んでくるヘカトンケイル。洗練された動きで攻めながら、勝ち筋を固めて必要とあれば守りにも徹するミーア。

連中が暴走して考えなしの攻勢に出続けてくれるのならば、俺はあそこまで苦戦することはなかっただろう。

結局のところ、多少ステータスが上がったところで、それを活かしきる動きができなければ、あまり意味はないのだ。少なくともさっき挙げた三人はその領域にいた。追い詰められても安易に手を出していいスキルじゃねぇ。

『主殿、難しそうな顔をしておられますが、どうなさいましたかな？』

トレントが心配げに俺へと尋ねる。

『ちっとスキルを確かめてたが、使い難そうなのが多くてな。移動するか。スキルのテストついでに、ある程度レベルも上げておきてぇ。時間がねぇから、最低限上げたらさっさと元の世界へ向かうつもりだがな』

第5話　異形の巨人

1

俺とアロ、トレントは数刻だけ休憩した後に、ンガイの森を歩いて回り始めた。目的はアポカリプスのレベル上げ及び、新スキルの確認である。

現状、最大レベルのオネイロスのステータスの半分以下なのだ。この状態で神の声の『スピリット・サーヴァント』とぶつかりたくはない。

低レベル間は一気にレベルが上がりやすい。A級でも倒しておけば、ある程度は格好のつくステータスになるはずだ。まだミーア戦でのダメージもほとんど抜けていないが、俺達には時間がないのだ。

『……しっかし、こういうときに限って見つからねえな。あんまし天穿つ塔から離れたくはねえんだが』

【気配感知】に意識を向けながらふらふらと歩いていると、微弱ながら反応があった。俺は傍らを歩くアロ達へと目を向けて合図する。

姿は見えない……と思ったが、目前のノロイの木の根元に、直径一メートルはありそうな青黒い巨大な花が、いくつも咲いていた。どうやら気配はあそこから放たれているようだ。


【『ディスペア』：Aランクモンスター】

【世界の終焉に咲くとされている花。】

【深い嘆きや悲しみを糧として育つ。】

【聖神教の教えでは、いずれ世界は『ディスペア』に覆われるだろうとされており、それを遮るための救世主を待ち望んでいる。】


お、おっかねぇ……。ざっと見る限り、十以上のディスペアが咲いている。

ここは神の声に散々利用された奴らの墓場みてぇなものだ。『ディスペア』が咲くのも頷けるが……。しかし、レベル上げとして丁度いい相手であることは間違いない。

十の花が一斉に震え始めたかと思えば、ほとんど同時に大きく持ち上がった。俺が警戒して睨んでいると、根っこが球状に膨れ上がっており、そこに円らな瞳が二つ、小さな口が一つ付いていることに気が付いた。

「ふろぉー」

幼子のような鳴き声を上げる。

「ちょ、ちょっと可愛い……？」

アロがディスペア達を目にして、ぽつりと漏らした。

い、いや、可愛さに騙されてはいけない。こんな外見でも、こいつらはAランクモンスターだ。

凶悪なステータスを有しているに決まっている。

俺のステータスが進化したてでアロ達と大差ない数値になっている今、危険な魔物が複数体出てくれば、あっさり全滅させられることも考えられる。

種族：ディスペア
状態：狂神
Ｌｖ　：94/115
ＨＰ　：1985/1985
ＭＰ　：3227/3227
攻撃力：387
防御力：667
魔法力：1244
素早さ：887
ランク：A

特性スキル：
〖ＭＰ自動回復:Lv7〗
〖隠密:Lv8〗
〖飛行:Lv7〗〖狂神:Lv--〗

耐性スキル：
〖魔法耐性:Lv8〗
〖毒耐性:Lv8〗
〖麻痺耐性:Lv7〗
〖呪い耐性:Lv7〗

通常スキル：
〖デス:Lv7〗
〖カース:Lv7〗
〖ミラージュ:Lv7〗
〖忌み嚙み:Lv6〗
〖毒毒:Lv6〗
〖ライフドレイン:Lv7〗
〖ダークスフィア:Lv7〗
〖絶望の散華:Lv1〗

称号スキル：
〖最終進化者:Lv--〗
〖不運の花:Lv--〗

うし……ステータスを見る限り、扱い易い相手だ。

Aランクの中では魔法力はやや高めだが、それだけだ。魔法型にしては、中途半端にHPとMP、素早さが高く、ステータスが割れて長所に欠けるタイプのモンスターである。

この手のタイプは格下・同格相手には安定した戦い方ができるが、格上相手には為す術がないことが多い。

おまけにスキルもパッとしない。『デス』、『カース』、『ミラージュ』、『毒毒』は俺達に対してほぼ死にスキルだと言っていい。

『忌み噛み』も攻撃力の低いあのステータスではあまり意味がない。警戒するのは『ダークスフィア』くらいだ。

ディスペアのタイプを敢えて分類するのならば、魔法特化で状態異常を操れるアタッカーとでもいったところか。

距離を置いて戦う魔物にしては、素早さや耐久能力が中途半端に高い。相手の攻撃を受けながら戦うならば、中距離魔法や状態異常に特化しているのはアンバランスだ。これなら魔法型より、白兵戦で殴れるタイプの方が遥かに強い。

『速度がちっとマシで頑丈な魔術師タイプだ！　使ってくるのは『ダークスフィア』！　後は、一応『ミラージュ』警戒くらいだな。ステータスが分散してる分、秀でたところはない。そこまで警戒する必要はねえはずだ。ちっと不憫なステータスだな』

これならトレントも下手に元のワールドトレントの姿に戻る必要もねぇだろう。あのサイズに戻ったら他の魔物を引き寄せる可能性も高い上に、複数体相手だとちっと危険だ。

『……少し親近感が湧きますな』

トレントが寂しげに零した。

『お、同じ植物ってところにだよな……？』

しかし、回復スキルもないのに近接戦型寄りのステータスでＭＰが突出して高いのは、本当に意味が分からない。

確かに今までのトレントのステータスはやや不遇だったが、敵の攻撃を引き付けるというコンセプトがあった。ディスペアにはそれさえ見えてこない。

これだけＭＰがあろうと、近距離で回復なしに戦うことになれば、絶対ＭＰがなくなる前にＨＰが尽きて決着がつく。

こんな絵に描いたようなハズレステータスも珍しい……ん？　この最後の通常スキル、初見だったか。


【通常スキル『絶望の散華』】

【自身の残ＭＰを全て身体の中心に集中して圧縮して爆発させ、その勢いで花びらを射出する。】


あるじゃねぇか、持て余したＭＰの使い道！

【ダイレクトバースト】系統の自爆スキルだ。俺の脳裏では、満面の笑みのクレイガーディアンが浮かんでいた。

『アロ、トレント、気を付けろ！　こいつ自爆するぞ！』

アロとトレントがぎょっとしたように身構える。直後、周囲に生えていたディスペアが全員地面から身体を出し、俺達目掛けて走ってきた。

「ふろぉー！」

「ふろぉおお！」

もう少し速度が遅かったら振り切って別の魔物を狙うのもアリなのだが、中途半端にディスペアの足が速いため、今の【Lv：1】の俺の速度では、しばし鬼ごっこを続ける羽目になる。このンガイの森では、そんなことをしていたら他の厄介な魔物に囲まれるリスクが大きすぎる。

リスクを取って振り切っても、結局この森で、ステータスの下がっている今の俺が安定して勝利を収められる相手とぶつかれるっつう保証はねぇ。

『速攻で叩いて全滅させるぞ！』

2

ディスペアの群れが襲い掛かってくる。

俺は『自己再生』でＭＰをＨＰへと回した。

現在はレベルが低い上に、ミーアとの戦いで消耗させられている。『絶望の散華』なんて自爆スキルを受ければ、下手したら一気にＨＰがゼロになりかねねぇ。少ないＭＰを使ってでも回復しておくべきだと判断した。

アロが黒羽を広げて宙へと飛び、トレントもその後に続くように飛んだ。

……とにかく一体でも仕留めれば、俺のステータスは大幅に上がるはずだ。スキルテストも兼ねて、気を付けながらサクッと片付けちまいたい。

アポカリプスの新スキルは『カースナイト』、『リンボ』、『ディーテ』、『コキュートス』、『終末の音色』だ。まずは……これから試してみるか。


【通常スキル『カースナイト』】

【魔力の塊より、強い呪いを帯びた騎士を生み出す。】

【騎士は衝撃を受けるか、対象の敵への攻撃に成功した際に爆ぜ、周囲に呪いを撒き散らす。】

【飢餓や狂乱状態を与える他、相手の魔法力が低い場合には死を、場合によっては対象の肉体を術者が操ることもできる。】


俺は前脚を伸ばし、先端に魔力を溜めた。

指先に青白い光が灯る。放たれた光は人型の輪郭を模していき、上半身は鎧を纏った人間で、下半身は馬の形となった。槍を構えたかと思えば、真っ直ぐに宙を駆けてディスペアの群れへと突撃していく。

ディスペア達は各々に散らばって回避しようとしたが、『カースナイト』は逃げるディスペアを追い掛けるように軌道を逸らし、大きく槍を振るった。槍がディスペアに触れた瞬間、『カースナイト』が青白い光を強く放って爆ぜた。

「ふろおっ！」

ディスペアが爆発に呑まれ、その身を崩していく。

【経験値を9288得ました。】

【称号スキル〖歩く卵：Lv--〗により、更に経験値を9288得ました。】

【〖アポカリプス〗のLvが1から69へと上がりました。】

うしっ！　早速経験値をゲットした。

一気に低ランク帯を抜けることができた。ステータスを確認すれば、【防御力：3731】になっていた。上がり幅がえげつない。

既に最大レベルのオネイロスのステータスを魔法力以外は上回っている。これでいよいよ、ディスペアの攻撃は〖絶望の散華〗以外は正面から受けてもほとんど問題なくなったはずだ。

しかし、〖カースナイト〗……状態異常特化かと思えば、しっかりそれなりの威力が出るようだ。それにどうやら、ある程度は自律して行動してくれるらしい。

結局のところ使い勝手最強の〖次元爪〗先輩の劣化スキルなんじゃないかと思っていたが、自動追尾付きの爆弾だと思えば使い道は多そうだ。〖次元爪〗と併用すれば、中距離での手数が一気に増えるだろう。

近づかなければ自爆攻撃も怖くはない。アロとトレントも、距離を置いてスフィア系統の遠距離魔法スキルでディスペアを攻撃していた。アロ達は間に俺を挟んで攻撃魔法を使っているため、デイスペアから不意を突かれる心配もなさそうだ。

自爆スキルには脅かされたが、これなら安定してディスペア狩りを行えそうだ。他のスキルも実験させてもらうとしよう。

【通常スキル『ディーテ』】
【地獄の炎を呼び出し、球状に留めて放つ魔法スキル。】
【地獄の炎は、対象を焼き尽くすまで決して消えはしない。】

いくぞ、『ディーテ』！

俺の上方に、赤黒い炎の塊が現れ、それが球状に圧縮されていく。

そ、想定していたより、魔力をがっつり消耗させられる感覚がある。ディーテの炎も、思っていたよりも大きい。直径五メートルくらいはあるんじゃなかろうか。

『あ、主殿……少々その魔法は、やり過ぎなのでは……？』

トレントが俺の背後より不安げな声を漏らす。

「**グゥォオオオオオッ！**」

俺は首を下ろしながら、『ディーテ』の炎を力任せに放った。『ディーテ』の炎球が地面へと叩き落とされ、周囲が大きく揺れた。一気に赤黒い炎が周囲へ燃え広がっていく。

「**ミギギギギギギギギィ！**」

俺もこのスキルは不慣れであり、動作が大きすぎたためディスペア達は散らばって避けたが、如何せん範囲が広かった。炎に呑まれた二体のディスペアが、黒焦げになるのが目に見えた。

【経験値を16308得ました。】

【称号スキル『歩く卵：Lv--』により、更に経験値を16308得ました。】

【『アポカリプス』のLvが69から86へと上がりました。】

た、確かに、威力と範囲は申し分なさそうだ。

『ディーテ』の赤黒い炎は収まるところを知らない。地に落ちてなお、更にどんどんと燃え広がろうとしていた。

「りゅっ、竜神さま！　あれ、まずくないですか……？」

アロが不安げに叫んだ。

……確かに、このままではまるで収まりそうにない。このままンガイの森に炎で大火事を起こしかねない様子だった。

対象を焼き尽くすまで消えはしねぇって触れ込みだったが、ディスペアを焼いてもまだ消える気配がない。このままだとどれだけ広がるのかわかったもんじゃねぇ。炎が大きくなりすぎたら、下手したらンガイの森中の魔物が俺達の許へと寄ってくることにもなりかねない。

い、一応、消しておくか。それならこっちのスキルを使ってみるとしよう。

【通常スキル『コキュートス』】

【地獄の氷を呼び出し、自在に展開する魔法スキル。】

【万物を凍てつかせる氷は、決して溶けることがない。】
【周囲の熱を急速に奪うため、思わぬ被害が出ることもある。】
【一度展開した氷を消すことはほぼ不可能なので注意が必要。】

俺を中心に青白い魔法陣が展開される。炎に意識を向ければ、段々と赤黒い炎が、青白い氷に包まれていった。

アポカリプスの氷の魔法スキル、『コキュートス』。

よ、よし、これでこれ以上は燃え広がらずに済む。

『ディーテ』の炎は、『コキュートス』で凍てつかせられることがわかった。地獄の炎より、地獄の氷の方が強力なのかもしれない。

いや、それは単に、先に使った分『ディーテ』の炎が弱まっていただけかもしれない。使う順番が逆ならば、『コキュートス』の氷も『ディーテ』の炎で溶かせられそうだ。

「竜神さま！　死角から一体、飛んできてます！」

と、飛んでいる!?

アロの叫び声で振り返る。すぐ傍まで一体のディスペアが、空を飛んで迫ってきていることに気が付いた。

「ふろっ、ふろぉっ！」

ディスペアの一体が、絡めた根っこを持ち上げて伸ばし、翼のようにして空を飛んでいた。

お前、飛べたのかよ!?

そういえば、ちゃっかり『飛行』のスキルを有していやがった!

『ディーテ』に意識を取られ過ぎていた。すぐさま爪で叩き潰そうとしたが、ディスペアの身体が膨らみ始めていることに気が付いた。

身体の膨張によって、円らな瞳が上へと押し上げられて見えなくなり、口が大きく押し広げられた。いや、口だと思っていたものが、大きな単眼へと変わった。

しょ、正体現しやがったな!

あの気の抜けた顔付きは、ただの擬態のようなものだったらしい。このンガイの森に可愛らしい魔物などいるわけがなかったのだ。

直感的にわかる。こいつは既に自爆モードに入っている。今更どうこうしようが、『絶望の散華』を止めることはできねぇ。

『竜の鏡』で姿を消してやり過ごすか? いや、『絶望の散華』の射程がわからねぇ。俺という遮蔽物がここで突然消えれば、下手したらアロ達が爆発に巻き込まれかねない。

だったら、こいつを使うしかねぇ!


【通常スキル『リンボ』】

【聖神教において、教神、及びそれに準ずる存在が、生きることも死ぬことも許されないものを救うために行使する魔法だとされている。】

【かつて一人だけ〖リンボ〗の習得に至った聖女が存在したという。】
【対象を時間や空間の概念の存在しない次元の狭間へと落とす魔法スキル。
射程は短く、発動も遅い。ただ、当たれば外敵を永劫に異次元へ閉じ込めることができる。】

俺は目前のディスペアへと意識を向ける。神々しい白の輝きを放つ魔法陣がディスペアを中心に展開される。

ディスペアが魔法陣から逃れようとしたが、俺は前脚で掴んで宙に固定した。

『〖リンボ〗！』

光が弾け、ディスペアは消え去った。ディスペアを掴んでいた手が宙を握る。

成功した……。け、経験値は入らねぇんだな。

【対象を時間や空間の概念の存在しない次元の狭間へと落とす魔法スキル。】

咄嗟に使ったが、〖リンボ〗の説明文を思い返して何となく後味の悪さを覚えた。

……〖リンボ〗のお陰で〖絶望の散華〗はどうにか防げたが、極力使わねぇことにした方がよさそうだ。

まだ試していないスキルはもう一つあるが……。

【通常スキル〖終末の音色〗】
【自身の生命力・魔力を溶かして膂力・速さへと変換する。】
【ただし、理性も溶かすため、狂乱状態へと陥る。】

【その激情は、視界に入るもの全てを無に帰すまで収まらない。】
【収まった後も、精神が変異する危険性が高い。】
【発動時には、身体から漏れ出た魔力の勢いで、奇妙な音が遠くまで響き渡る。】
【聖神教では、神の使いが楽器を用いて世界の終わりを告げるといわれており、この音はそれと同一視されている。】

……このスキルは試さねぇ方がよさそうだな。強制『バーサーカー』状態になる上に、その後の精神にまで影響を及ぼしかねない。どう考えても安易に使っていいスキルではない。

3

ディスペア達との戦闘は、蓋を開けてみればあっさりと片付いた。トレントが『絶望の散華』に巻き込まれそうになってワールドトレントモードに戻って無理やり『不死再生』を使ってやり過ごす場面もあったが、危なげがあったのはその一幕のみであった。

今回のレベル上げで俺は【Lv：92／175】まで引き上げることができた。

アロは【Lv：109／130】から【Lv：114／130】へ、トレントは【Lv：116／130】から【Lv：119／130】へと上がっていた。

俺は果てしなく空へと伸びる、天穿つ塔を見上げた。

レベル上げも、スキルのテストもできた。これでもう、このンガイの森に思い残すことはねぇ。天穿つ塔を上って元の世界へと戻って……今度こそ、神の声の奴と決着を付ける。

『……そろそろ塔に戻りてぇんだが、大丈夫か？　トレント』

『少し……少し待ってくだされ……主殿……』

木霊状態のトレントがぐったりと地面に横たわっている。

無理もない。ミーア戦で『不死再生』を使って限界まで魔力を消耗させたばかりだったのに、結局すぐその後にディスペアの自爆から逃れるために回復したばかりのＭＰを使い切って『不死再生』を使うことになったのだから。

な、なんか締まらねぇな……トレントは。今度こそ、この世界をずっと支配してきた神の声と決着を付けに行くってところだっていうのに。まあ、そこがトレントらしくて、ちっと落ち着くんだけどな。

『ほら……トレント。俺の魔力も吸っていいぞ』

トレントへと前脚を伸ばす。

『ありがとうございますぞ……主殿』

トレントが俺の前脚へと抱き着き、身体から木の根を伸ばして絡み付く。『根を張る』のスキルだ。

俺は一度、自分のステータスを確認することにした。

〖イルシア〗
種族：アポカリプス
状態：通常
Ｌｖ　：92/175
ＨＰ　：1068/9460
ＭＰ　：215/7656
攻撃力：8177
防御力：4512
魔法力：5389
素早さ：5243
ランク：Ｌ＋(伝説級上位)

神聖スキル：
〖人間道:Lv--〗〖修羅道:Lv--〗〖餓鬼道:Lv--〗〖畜生道:Lv--〗〖地獄道:Lv--〗

特性スキル：
〖竜の鱗:Lv9〗〖神の声:Lv8〗〖グリシャ言語:Lv3〗〖飛行:Lv8〗〖竜鱗粉:Lv8〗
〖闇属性:Lv--〗〖邪竜:Lv--〗〖HP自動回復:Lv8〗〖気配感知:Lv7〗
〖MP自動回復:Lv8〗〖英雄の意地:Lv--〗〖竜の鏡:Lv--〗〖魔王の恩恵:Lv--〗
〖恐怖の魔眼:Lv1〗〖支配:Lv1〗〖魔力洗脳:Lv1〗〖胡蝶の夢:Lv--〗

耐性スキル：
〖物理耐性:Lv6〗〖落下耐性:Lv7〗〖飢餓耐性:Lv6〗〖毒耐性:Lv7〗
〖孤独耐性:Lv7〗〖魔法耐性:Lv6〗〖闇属性耐性:Lv6〗〖火属性耐性:Lv6〗
〖恐怖耐性:Lv5〗〖酸素欠乏耐性:Lv6〗〖麻痺耐性:Lv7〗〖幻影無効:Lv--〗
〖即死無効:Lv--〗〖呪い無効:Lv--〗〖混乱耐性:Lv4〗〖強光耐性:Lv3〗
〖石化耐性:Lv3〗

通常スキル：
〖転がる:Lv7〗〖ステータス閲覧:Lv7〗〖灼熱の息:Lv7〗〖ホイッスル:Lv2〗
〖ドラゴンパンチ:Lv4〗〖病魔の息:Lv7〗〖毒牙:Lv7〗〖痺れ毒爪:Lv7〗
〖ドラゴンテイル:Lv4〗〖咆哮:Lv3〗〖天落とし:Lv4〗〖地返し:Lv2〗
〖人化の術:Lv8〗〖鎌鼬:Lv7〗〖首折舞:Lv4〗〖ハイレスト:Lv7〗
〖自己再生:Lv6〗〖道連れ:Lv--〗〖デス:Lv8〗〖魂付加フェイクライフ:Lv6〗
〖ホーリー:Lv5〗〖念話:Lv4〗〖ワイドレスト:Lv5〗〖リグネ:Lv5〗
〖ホーリースフィア:Lv5〗〖闇払う一閃:Lv1〗〖次元爪:Lv7〗
〖ミラージュ:Lv8〗〖グラビティ:Lv8〗〖ディメンション:Lv8〗
〖ヘルゲート:Lv6〗〖グラビドン:Lv8〗〖ミラーカウンター:Lv8〗
〖アイディアルウェポン:Lv9〗〖ワームホール:Lv1〗〖カースナイト:Lv4〗
〖リンボ:Lv4〗〖ディーテ:Lv4〗〖コキュートス:Lv4〗〖終末の音色:Lv--〗

称号スキル：
〖竜王:Lv--〗〖歩く卵:Lv--〗〖ドジ:Lv4〗〖ただの馬鹿:Lv1〗
〖インファイター:Lv4〗〖害虫キラー:Lv8〗〖嘘吐き:Lv3〗〖回避王:Lv2〗
〖チキンランナー:Lv3〗〖コックさん:Lv4〗〖ド根性:Lv4〗
〖大物喰らい《ジャイアントキリング》:Lv5〗〖陶芸職人:Lv4〗
〖群れのボス:Lv1〗〖ラプラス干渉権限:Lv8〗〖永遠を知る者:Lv--〗
〖王蟻:Lv--〗〖勇者:LvMAX〗〖夢幻竜:Lv--〗〖魔王:Lv6〗〖最終進化者:Lv--〗

……マ、マジでとんでもねぇステータスだ。

攻撃力、防御力、素早さに関しては全部最大レベルのオネイロスの倍近くになっている。この上にまだまだレベルが上がれば強くなっていくのだ。

これなら、ここに飛ばされる前は手も足も出なかった神の声の『スピリット・サーヴァント』……『三つ首の飽食王バアル』相手にだって、ちゃんと戦いになるはずだ。

バアルは歴史上最強の魔王だと、神の声はそう口にしていた。他の三体はわからないが、少なくとも奴は伝説級上位であるはずだ。

待ってやがれ、神の声……！

神の声は、本当に勝てるような相手なのかどうか、それさえわからないような存在だ。だが、ミーアの想いを無駄にするわけにはいかない。奴とは、何らかの形で決着をつけないといけねぇ。ミーアのために、仲間達のために、そしてあの世界の全ての住人達のために、何よりも俺自身のために、だ。

『うし、そろそろ出発するぞトレント……』

そのとき、天穿つ塔の方より、何か轟音が響いてきた。

ドシンドシン、ドシンドシンドシン。

どこか聞き覚えのある音だった。

ノロイの木と並ぶ、俺よりも遥かに大きな、片足の巨人が姿を現した。

黄土色の肌に、顔の上下に付いた二つの口。中央に開いた単眼が、無邪気に俺を見つめている。

『ユミル!?　このタイミングでか!?』

本当に間が悪い。覚悟を決めたところだったというのに、思いっきり水を差される形になっちまった。疲弊しきったこの状況で、ンガイの森最強候補の化け物と取っ組み合いをするつもりにはなれない。

『クソ、なんでこのタイミングで！』

「あ！　トレントさんが、〖不死再生〗を使うために一回元の姿に戻ったから……！」

『ア、アロ殿！　間が悪いことを全て私のせいにするのは止めてくだされ！』

トレントが慌てて弁明を口にする。

ただ、俺もこのタイミングでユミルが突撃してきたのは、ワールドトレントのせいでユミルに発見されたとしか思えない。以前も似たような件《くだり》があったように思うが、もうここまで来ると、トレントの特性スキルに、ユミルを誘き寄せる隠し効果でも隠されているのではなかろうかと疑ってしまう。

『塔の方から来てるから、一回やり過ごして遠回りするしかねぇか……?』

そこまで考えて、俺は思い直した。

もうオネイロスのときのステータスとは違うのだ。今のアポカリプスのステータスであれば、伝説級最大レベルのモンスター相手であっても、正面から打ち倒せるはずだ。

　こそこそ逃げ回ったって、ユミルにこの周辺に居座られちまったらどんどん時間を無駄にすることになる。それに、俺のレベルだってまだ充分だとはいい難い。外に出れば、レベル上げの機会は大きく限られちまう。

　だったら、ここでぶっ倒して、最後のレベル上げを行って地上へ戻った方がいい。

『アロ、トレント、逃げるのは止めだ！　ここであの、片足の巨人をぶっ倒すぞ！』

4

　俺は向かってくるユミルを、正面から見据えた。俺が逃げない様子を見て、ユミルは二つの口を大きく裂いて笑みを浮かべた。

【『ユミル』：L（伝説級）ランクモンスター】
【異形の姿を持つ巨人。】
【ただ歩くだけで千の木が折れ、渇きを潤すために湖一つ干上がらせる。】
【彼の怒りを買えば、一つの大陸が沈むと云われている。】

　これまで逃げ回ってきたが……ユミル。今回は、これで最後だからな。正面から戦ってやるよ。

『だだ、だ、大丈夫ですかな……？』

　トレントが俺の背で震える。

『アロとトレントは疲れてるだろ。俺の上で、ゆっくり休んでおいてくれ。余裕があったら遠距離攻撃でもして、経験値を稼いでおいてほしいところだがな。トレントの『死神の種』なら、上手くいったら纏まった経験値が手に入るだろ』

『死神の種』は、長引けば長引くだけ相手のＭＰを減らし続けてくれるため、何もしていなくてもそれだけで戦闘に貢献し続けていることになる。今回みてぇにランクとレベルの高い敵が単体の場合、『死神の種』はレベリングに活かしやすいはずだ。

『もっとも……今の俺のステータスじゃ、一瞬で片がついちまうかもしれねぇけどな！』

俺は言いながら、ユミルの細かいステータスを確認する。いつも戦わずに即逃走であったため、しっかりとステータスを見るのは今回が初めてだった。

種族：ユミル
状態：狂神
Ｌｖ　：145/145(MAX)
ＨＰ　：7734/7734
ＭＰ　：1045/1045
攻撃力：6351
防御力：4225
魔法力：1944
素早さ：3084
ランク：Ｌ(伝説級)

神聖スキル：
〖畜生道|(レプリカ):Lv--〗
〖人間道|(レプリカ):Lv--〗

特性スキル：
〖グリシャ言語:Lv2〗
〖HP自動回復:LvMAX〗
〖猪突猛進:LvMAX〗
〖肉の鎧:LvMAX〗
〖狂神:Lv--〗

耐性スキル：
〖物理耐性:LvMAX〗
〖火属性耐性:Lv2〗
〖石化耐性:Lv4〗
〖毒耐性:Lv〗
〖麻痺耐性:Lv1〗
〖呪い耐性:Lv3〗
〖即死耐性:Lv9〗
〖混乱耐性:Lv2〗
〖幻影耐性:Lv3〗

通常スキル：
〖自己再生:LvMAX〗
〖金剛力:LvMAX〗

称号スキル：
〖異形の巨人:Lv--〗
〖最終進化者:Lv--〗
〖元魔獣王:Lv--〗
〖元勇者:Lv--〗

な、なんだ、この馬鹿みてぇなステータス!?

勝手にオリジンマターとどっこいどっこいくらいじゃねぇかと想定していたが、あいつよりも遥かに強い。魔法性能を完全に捨てている分、フィジカル方面のステータスがぶっ飛んでいる。

さすがに速度も攻撃力も俺が上回っているとはいえ、ＨＰが少ない今、あんな奴と近接で殴り合いたくねぇ。おまけに魔力も底を突きかけているため、距離を取って戦うことも難しい。やっぱり今からでも逃げちまおうか、なんて考えが頭を過る。

『……なぁ、トレント、さっきお前にやった魔力、やっぱり返してくれねぇか？』

『どうやってですかな!?』

い、一応、初見のスキルは確認しておくか。スキルというより、完全にステータスで殴るタイプであることは間違いないが。


【特性スキル　『猪突猛進』】

【麻痺や毒などの一部の状態異常による行動制限、ステータス低下を気力で捻じ伏せて無効化する。】

【この特性スキルが発動している間、攻撃力と素早さが上昇する。】


あっぶねぇ……！

こんな罠みてぇな特性スキルがあるのか。初めて知った。

一応、アロもトレントも毒関係のスキルを持っているので、絶対に使わないようにしてもらおう。

これ以上馬鹿力が加速したら手に負えねえぞ。

【通常スキル『金剛力』】
【MPを消耗して攻撃力を瞬間的に引き上げる。】
【また、ダメージを受けた際に使うことで打たれ強くなる。】

『猪突猛進』を警戒したって、『金剛力』で勝手にパワーアップするんじゃねぇか！　こういうシンプルなスキルが結局強いんだよ！

こんなスキルがあったんじゃ、あいつの実質的な攻撃力は七千くらいを覚悟しておく必要があるぞ。攻撃系統のスキルが他にないことがまだ救いか。

ユミルが大きく跳び上がり、俺の全長くらいはある巨大な腕で殴り掛かってきた。

俺は飛んで逃げながら、ユミルの顎を尾先で殴打した。首から大きな音が鳴り、ユミルが顔を歪な角度へ傾ける。

俺はそのまま背中側へと回り込み、ユミルに連撃を叩き込んでやろうとした。

ユミルが腕を大きく伸ばし、腰を捻った。超リーチの一撃が飛んでくる。俺は高度を下げて回避し、ユミルから距離を取った。

立て直しが早い上に、あの巨体から繰り出されるリーチが脅威過ぎる。恐らく『金剛力』で顔面へのダメージを耐えたのだろう。被ダメージ覚悟で、速度の差を補える近距離での殴り合いに持ち込もうとしてきやがったな。

こちらがステータスで大幅に勝っていたため逃げられたが、あの馬鹿力と殴り合いなんて絶対にごめんだ。ヘカトンケイルと似ているが、決定的に違うのはヘカトンケイルは耐久力を売りにしていたことで、ユミルは単純な馬鹿力に特化していることだ。

ＭＰさえあったら、魔法スキル連打のゴリ押しで押し切ってやれるのに……！

伝説級最大レベルを相手に、今の疲弊しきった状態で挑むのは舐め過ぎたか。いや、同じく伝説級最大レベルのオリジンマターと比べても、ユミルはかなり危険な相手だ。

『主殿！　ナイス回り込みでした！　どうにか〖死神の種〗を奴につけられましたぞ！』

トレントが嬉しそうに口にする。悪いが、そんな楽観的になれる状況じゃあねえんだよなぁ。

こっちもアポカリプスの高ステータスがあるため、まともな攻撃が連続で入れば一瞬でユミルを倒し切れるはずだ。だが、残りＨＰとＭＰの少なさがここで響いてくる。ユミルの馬鹿力を一発でも受けちまったら、一撃で命をもっていかれかねない。〖死神の種〗がまともに効果を発揮する前にこの戦いが終わっちまいそうだ。

残りのＭＰを攻撃スキルに当てて、一気に攻めに出てユミルを倒すか。攻撃を受けた際の回復用の保険として残しておくか。これもまた迷いどころだ。

『ヒットアンドアウェイで安全に行きてぇが、それを許しちゃくれねぇよな……』

ユミルの首が真っ直ぐへと戻り、顎にできた傷が見る見るうちに癒えていく。ユミルには〖自己再生〗があるため、ヒットアンドアウェイ作戦でＨＰを削り切るには、何度もユミルの間合いに入って奴を攻撃する必要がある。あの超リーチと馬鹿力相手にそれはリスクが大きすぎる。

かといって、近接戦の連続攻撃で奴のＨＰを削り切るのも難しい。ユミルは伝説級の内でもかなり速度が速い。おまけに巨体による超リーチがあり、『金剛力』を用いて一撃を耐えて即座に反撃に出ることもできる。

なら、方針は決まった。やはり残りＭＰは、中距離系のスキルに用いる。そこでダメージを稼いで接近し、即座に肉弾戦に繋げてユミルのＨＰを削り切る。

ユミルのスキルが近接スキルしかなかったのが救いだな。間合いを取って、落ち着いて考えられる。

「竜神さま、あの巨人、何を……？」

アロが不安げにそう口にした。俺は思考をすぐに前方のユミルへと戻した。

ユミルは両腕で、ノロイの木を掴んでいた。何をするのかと思えば、ユミルの全身が真っ赤になり、筋肉が膨れ上がった。

ユミルはノロイの木を引き抜くと、俺目掛けて派手に振り回してきた。

う、嘘だろ!?　あの馬鹿みてぇに頑丈なノロイの木を!?

俺は慌てて軌道を上下に大きく揺らし、大木の一撃を避ける。暴風が俺の身体を煽った。アロとトレントも、必死に俺の身体にしがみついている。

え、遠距離スキルがねぇ弱点を、強引に馬鹿力で解決してきやがった……！

ユミルは続けてノロイの木を振り回してくる。俺は必死に右へ左へ、上へ下へと動き回ってユミルの攻撃を回避する。

「『ゲール』！」

危うかった一撃を、アロが竜巻で軌道を逸らしてくれた。

『ナイスだ、アロ！』

そうこうしている間に、ユミルのノロイの木振り回し攻撃にも慣れてきた。

ちっと絵面の強烈さに驚かされたが、動きが単調で読みやすい。冷静にさえなれれば、危なげなく回避するのは難しくない。

俺はユミルの大木攻撃を躱しつつ、間合いを詰めていく。

俺の残りＭＰを、次の攻撃スキルに懸けて一気に畳み掛ける。それでユミルを倒し切る。

……仮にそれでしくじった場合は、攻撃に用いるだけのＭＰがなくなってしまう。そのときは格好悪いが、一度全力で逃げて、大きく遠回りしてからこっそり塔に入って元の世界へと戻ることにしよう。無駄に危険を冒す必要はない。

使うスキルを何にするかが悩みどころだ。ユミルは速度と攻撃力、体力に特化した、典型的なアタッカータイプだ。厄病子竜の頃から思っていたが、結局この手の魔物を敵に回すと一番危険なのだ。

しかし、魔法力が極端に低いというのは、大きな弱点でもある。

この世界では、状態異常への抵抗力は魔法力に直結している。さっき見た限り、ユミルは一通りの耐性スキルこそ備えているが、そのスキルレベル自体はさして高くない。

ここは状態異常系統で攻めるのもアリだ。仮に攻めあぐねても、状態異常さえ入ればその後の勝ち筋は充分に残る。

ここは状態異常の付与ができて、かつ自律行動してユミルの気を引ける、『カースナイト』を使うべき……。

【特性スキル『猪突猛進』】

【麻痺や毒などの一部の状態異常による行動制限、ステータス低下を気力で捻じ伏せて無効化する。】

【この特性スキルが発動している間、攻撃力と素早さが上昇する。】

……だと思ったが、『猪突猛進』とかいうクソスキルの存在を忘れていた。

危ねぇ、見えていた地雷に飛び込むところだった。攻めやすい弱点があって助かったと思ったのだが、この特性スキルはユミルの魔法力の低さを補うためのものだったたか。

『カースナイト』は複数の状態異常をばら撒くスキルだ。まず間違いなく『猪突猛進』の餌になる。他の状態異常で攻めるにも、どこまでが『猪突猛進』の範囲内になるのかが曖昧な以上、下手に触るべきではないだろう。

だとしたら『猪突猛進』に引っ掛からず、かつ『金剛力』で耐えられない攻撃をする必要がある。

俺はユミルへと一気に距離を詰め、背中側へと回り込む。ユミルはノロイの木から手を放し、俺へと大きな動作で殴り掛かってくる。

『【コキュートス】！』

俺はユミルの巨大な足を凍り付かせた。ユミルの足が青白く変色していき、氷に覆いつくされていく。

ユミルの移動は、一本の大きな足に依存している。そこさえ崩せば、奴の行動を大きく遅らせることができる。これは状態異常には引っ掛からない上に、【金剛力】で打たれ強くなっても耐えられない。

ユミルの足が、青色から赤色になり、筋肉が膨れ上がり始めた。【金剛力】を用いて足を強化したようだ。力技で脱出するつもりらしい。

『させるかよ！【グラビティ】！』

黒い光が、俺を中心に広がっていき、周囲を覆う。ユミルの身体に重力を掛け、足を上げるのを阻害したのだ。

このまま動けねぇ足を氷漬けにしてやる！

『そして俺のありったけのＭＰだ！』

俺は前脚を振り、【鎌鼬】を二発放った。

ユミルは重力に耐えながら両腕を辛うじて上げてガードに回す。風の刃の一発目は腕を抉ったが、二発目はその僅かに上の胸部を抉った。

ユミルの全身が真っ赤になっていく。俺が一気に仕掛けるつもりだとわかり、『金剛力』をフルに使って耐えようとしているらしい。

『これで終わりだユミル！』

俺は腕を振るい、全力の爪撃を奴の顔面にお見舞いした。

伝説級上位の一撃をまともに受けたのだ。ユミルの顔面は大きく抉れ、体液と肉が飛び散っていた。

有り得ない角度までユミルの首が倒れていた。今度こそ、首が折れた。

如何にタフなユミルとはいえ、アポカリプスの高攻撃力をまともに受ければ一気に体力がゼロになる。

そのはずだった。だが、経験値取得のメッセージが来なかった。

ユミルの真っ赤な目が、カッと見開いた。爪の一撃が入っており、瞳の中心部に一直線に傷が走っていた。

『う、嘘だろ、耐えやがった!?』

恐らくユミルは足を凍らされた時点で連続攻撃が来ると察して、『金剛力』と『自己再生』をフルに使って攻撃を受ける態勢を整えていたのだ。

いや、それだけでは耐えられた説明がつかない。特性スキルの『肉の鎧』は、よくある体表で攻撃を受けた際にダメージを抑えるスキルだろうが、この補正が思いの外大きかったために、『鎌鼬』で与えたダメージがあっさり『自己再生』で潰されてしまっていたのだろう。ユミルの耐久力が、俺の想定をほんの少し上回っていたのだ。

　ＭＰの問題でチャンスは一回限りだったのだから、全てのスキルを計算に入れて、余裕を以て確実に倒し切れる手立てで攻めるべきだったのだ。拘束目的だった『コキュートス』や『グラビティ』の威力を弱めてでも、他のスキルでダメージをもう少し稼ぐべきだった。

　……いや、結果論だ。ユミルの馬鹿力を前に、隙を作るためのスキルのＭＰをケチるという選択肢はなかった。

「**オオオオオオオオオ！**」

　全力の一撃を放って隙を晒した俺へと、『金剛力』で衝撃に耐えたユミルの素早い反撃が迫ってくる。俺は必死に高度を下げるが、ユミルの拳が追ってくる。

　振り切れねぇ……！　かといって、この状況を打開できるスキルに頼ろうにもＭＰが足りない。

　最初から安全策で遠回りして塔に戻るべきだったか！　伝説級最大レベルが、弱いわけがなかったのだ。

　こうなりゃ、残り僅かなＭＰを全て『自己再生』に投じて『英雄の意地』の発動条件を満たし、ユミルの『金剛力』の一撃に耐えて、その後は死力を尽くして逃げ切るしかない。

『主殿！　私にお任せを！』

『トレント……何を……！』

トレントが背後へと飛び、元のワールドトレントへと戻った。一瞬にして俺とユミルの間に巨大な壁が生じる。

『〘不死再生〙ですぞおおおお！』

トレントの全身を青い輝きが包んだ。


【通常スキル〘不死再生〙】

【自身の生命力を爆発的に上昇させる。】

【使用すれば全身に青く輝く苔が生まれ、ＭＰが全体の１％以下になるまで強制的にＨＰを回復させ続ける。】

【使用中は防御力が大きく上がるが、他のステータスは半減する。】


ミーア戦で一回、先のディスペア戦で一回使っていたため、これで日に三度目の〘不死再生〙となる。魔力を何度も限界まで吐き出す行為は、疲労感は無論のこと、かなり精神力を摩耗させるはずだ。

だが、俺の魔力を吸い取っていたとはいえ、残り魔力はかなり厳しいだろう。ＨＰの継続的な回復もすぐに切れるだろう。

そもそもトレントの耐久力も、ユミルの馬鹿力の前では怪しい。攻撃力特化のユミルの前で巨大化して的になることは自殺行為に等しい。

『トレントォ！　逃げろ！　俺なら耐えられる！』

『任せてくだされ主殿！　私なら倒し切ってみせますぞ！　時間と経験値が惜しい今、こんな一つ目巨人相手に引き下がっているわけにはいきませぬ！』

ユミルの巨大な拳がトレントへと繰り出される。トレントの巨体が震え、葉っぱが勢いよく散った。全身の『不死再生』の輝く苔も、衝撃のあまり幾らか地面へ落ちたように見えた。

『ふんぐぅ!?』

トレントの苦悶の念が漏れる。や、やっぱりあの様子、長くは持たない！

『主殿、ご心配なく！　私にはこのスキルがありますぞ！　大した膂力ですが、利子を付けてお返しいたしますぞ！　〖ウッドカウンター〗！』

トレントが幹を回し、巨大な枝をユミルへと勢いよく打ち付けた。

轟音と共に、ユミルの巨体が十メートル以上は移動した。地面には、ユミルが足で踏ん張った跡が、大きな溝となっていた。

ユミルの馬鹿力を、〖ウッドカウンター〗でまともに跳ね返した！

さすがのユミルとて、今の一撃は致命打だったはずだ。今度こそユミルは限界なはず……！

土煙が晴れたとき、そこには二本の腕を盾のように左半身へ密着させているユミルの姿があった。

痛々しい傷の入った単眼が、トレントを睨みつけている。

ユミルが腕を解く。片方の腕が折れているようだったが、〖自己再生〗ですぐに再生していった。

そこで、トレントの身体の青い輝きが薄れていった。

『……ふ、『不死再生』が、切れましたぞ』

やはりあのスキルを使うにはＭＰが少なすぎたのだ。俺は慌ててトレントの許へと引き返した。

『トレントォ！　横切るから、一瞬で木霊状態になって俺に飛び乗れ！』

逆方向からは、『金剛力』で全身を真っ赤にしたユミルがトレントへと駆けてきている。

『主殿！　私はもう駄目です！　どうか先にお逃げくだされ……！』

『馬鹿言ってるんじゃねえぞ！』

だが、ユミルがトレントの許へと到着するのは、俺よりも先だった。振りかぶられた拳の一撃に、トレントが悲鳴を上げるように大きく口を開けた。

直後、ユミルが突然動きを止めた。『金剛力』が解けたらしく、身体がどんどん元の黄土色に戻っていき、筋肉が縮小していく。わなわなと全身を痙攣させ始めた。

何が起こったのかと思いきや、ユミルの全身を貫いて、内側からいくつもの木の根が、勢いよく伸び始めた。ユミルの身体が裂けて血肉が飛び散り、ユミルの巨体が地面へと倒れ、ぴくりとも動かなくなった。

え？　ん？　何が起こった？

いや、こ、これって、『死神の種』……だよな？

【経験値を２２９１０得ました。】

【称号スキル『歩く卵：Lv--』により、更に経験値を22910得ました。】
【『アポカリプス』のLvが92から104へと上がりました。】

た、倒しちまった……。

そうか、ユミルの弱点は魔法力が低いだけではない。最大MP自体がかなり低かった。

【通常スキル『死神の種』】
【相手に魔力を吸う種を植え付ける。】
【スキル使用者と対象が近いほど魔力を吸い上げる速度は速くなる。】
【魔力を完全に吸い上げた『死神の種』は急成長を始め、対象の身体を破壊する。】

俺を相手取るに当たって、MP量が多くもないのに『自己再生』と『金剛力』の乱発に迫られていたため、じわじわとMPを削り続ける『死神の種』についに耐えられなくなったのだ。トレントの『ウッドカウンター』を耐えた『金剛力』と、その傷を癒すために用いた『自己再生』で限界を迎えたのだろう。

『む……？　あ、あれ？　倒しました……かな？』

トレントがそうっと、顔の前を覆っていた枝を外した。

……素直に褒めてやりてぇんだが、なんだか締まらねぇなあ……。

5

『まさかこんな形で決着が付くとは思いませんでしたな』

トレントが照れ笑いを浮かべながら口にする。

『……俺も思ってなかったよ』

ユミルの亡骸を目前にしながら、俺は溜め息を吐いた。

短期決戦になるから『死神の種』は機能しないだろうと思い込んでいたため、俺もすっかり見落としていた。

あんな便利な『金剛力』のスキルのMP消耗量が少ないはずもなかったのだ。これなら強引に連続攻撃を仕掛けずとも、攻撃すると見せかけて引いて『金剛力』の空打ちを誘ってMPを消耗させ、その合間に攻撃を通して『自己再生』を使わせれば、もっと安定した勝利を摑めていたかもしれない。

俺は特化型ばかり評価する傾向にあったが、偏り過ぎたステータスには、やはりちゃんとそれなりの弱点があるものなのかもしれない。

『しかし、妙だな……伝説級のユミルを倒したのに、二万ぽっちしか経験値が来ねぇなんて。十万近くいくんじゃねぇかと思ってたんだが』

思いの外レベルが上がらなかった。ユミルを倒せばもうちっと大幅にレベルを上げられるっつう狙いがあったからこそ、リスクを承知であいつと戦ったんだがな。

『ふむ、何か主殿の気が付いていない、裏のルールがあるのかもしれませんな』

俺は木霊トレントとしばし顔を見合わせていたが、そのとき、ふと思い至ったことがあった。俺はトレントのステータスを確認した。

種族：ワールドトレント
状態：呪い・木霊化:Lv6
Ｌｖ　：130/130(MAX)
ＨＰ　：1476/5773
ＭＰ　：23/1534

トレントは【Ｌｖ：１１９／１３０】から【Ｌｖ：１３０／１３０】へと上がっていた。
対してアロは【Ｌｖ：１１４／１３０】から【Ｌｖ：１１７／１３０】である。
因みに俺は【Ｌｖ：92／１７５】から【Ｌｖ：１０４／１７５】であった。
犯人は見つかった。間違いなく経験値の大半をトレントに持っていかれている。

『……トレント、お前、最大レベルになってるぞ』

『本当ですか主殿！　これでまた一層、私は強くなれたということなのですな！　これからも絶対にお役に立ってみせますぞ！』

トレントが嬉しそうにビシッと背伸びをする。アロが目を細めて、物言いたげにトレントを見つめていた。

思えば、トレントは今回の戦いでは滅茶苦茶貢献していたといえる。陰でずっとＭＰを削ぎ続けていたのは『死神の種』であるし、最終的にユミルを倒したのも『死神の種』である。相手の一撃を『不死再生』で防ぎ、『ウッドカウンター』で大ダメージを与えて『自己再生』の使用へと追い込んでいる。

そう考えてみれば、トレントの経験値分配率が跳ね上がるのも納得のいく話であった。

『頑張ったな、トレント』

俺はトレントの頭を指先で撫でた。

『ふふん、当然のことですぞ主殿！』

トレントが得意げに胸を張る。

何はともあれ、これで今度こそ、このンガイの森でやり残したことはなくなった。

俺達は再び天穿つ塔の内部へと戻った。巨大な螺旋階段が無限に続く、塔の内装を見上げる。

『……ここを出たらよ、もう森を駆け回りながら、食材探したり魔物狩ってレベル上げに励んだりするようなことはもうねぇんだろうな』

もうその必要がないからだ。レベル上げをするにも、俺の経験値の足しになる魔物はもう、このンガイの森くらいにしか存在しない。そして強くなるにも、俺より強い相手はもう、神の声と奴の〖スピリット・サーヴァント〗くらいだろう。そう思うと、不思議とちっと寂しくもあった。

森で黒蜥蜴や猩々《しょうじょう》達と拠点を築いたり、砂漠でニーナや玉兎と必死に大ムカデから逃げ回ったり、突然竜神なんて崇められて害虫の群れと戦うことになったり、僻地の島で異形の化け物達に襲われたり……。

大変だったが、あれはあれで楽しかった。もうきっと、経験値獲得に躍起になるようなこともないのだろう。

「そうしたら、どこかの静かな森でゆっくり拠点を構えて、たまに人里に遊びに行ったりすればいいんですよ。きっと楽しいですよ」

アロが笑顔で俺へとそう言った。

『そうだな……〖人化の術〗も、かなり長時間使えるようになってきたわけだし』

俺は苦笑しながら答えた。

最初の頃は居場所と安全の確保に必死だったし、リリクシーラと関わってからはずっと神聖スキル騒動で落ち着く暇もなかった。これまでがあまりに忙しかったから、目的がなくなることを恐れていたのかもしれねぇ。戦闘狂みてぇな発想になっちまっていた。

昔と違って便利なスキルがあるため、できることも多い。やりたいことなんて腐る程見つかるだろう。ゆっくり暮らしながら見つけていけばいい。

『それに……やることがなくなったらなんて、あまりに気が早すぎるよな。決着つけてやらねぇといけねぇクソヤローがいるんだからよ』

俺は螺旋階段の先を睨んで、そう呟いた。

今度こそ、神の声との最後の決着だ。

『しかし、階段が長すぎますな……。外から見えていた様子から言っても、相当な距離だと思いますぞ』

確かにトレントの言う通りだ。塔があまりに高すぎて、どれだけ遠くから見ても先端が見えなかったのだ。それを螺旋階段で上がり続けなければならない。

このアポカリプスの身体を以てしても、歩いていくには、ちっと遠すぎるかもしれねぇ。何より、一刻も早く地上に向かわねぇと、元の世界がどうなっていやがるのかわからねぇ状態だ。

「階段を使うよりも、竜神さまが真っ直ぐに飛んでいった方がいいかもしれませんね。たまに階段を足場にして蹴り上げる、くらいで」

アロがそう言うと、トレントが両手の翼をぽんと打った。

『なるほど、妙案ですな。では主殿、そういうふうに……』

『アロ、トレント、口の中に入れ！　転がって一気に駆け抜けんぞ！』

トレントの表情が一瞬にして曇った。

俺はアロとトレントを口の中に入れると、螺旋階段を全力で転がって駆け上がった。

『主殿っ！　主殿っ！　やっぱりこれを何時間も続けるのは無理ですぞぉっ！』

トレントの悲鳴が聞こえる。

だが、転がっていて実感した。やはりこっちの方が飛ぶよりもずっと速い。

それに障害物もなく安定して駆け続けられるのはなかなか爽快だった。

向かい風が心地よい。階段の幅に今の身体のサイズがフィットしているため、コースから外れる心配もない。アポカリプスが転がるために設計されたとしか思えねぇような奇跡的な幅だった。

待ってやがれ、皆、そして神の声……！

書き下ろし番外編　ミーアとの対話

　俺とアロ、トレントは、ミーアと共に、番人ヘカトンケイルの守っている天穿つ巨塔へと向かって移動していた。遠くに見える巨大な塔が、段々と近づいて更に大きくなり、その圧倒的な存在感を主張し始めていた。

　先程、相柳の串焼きを用いたちょっとした食事会を行ってから仮眠休息を取ったため、ＨＰとＭＰはすっかり回復している。

　ここからは余計な戦闘を挟まずにヘカトンケイル戦へと持ち込みたい。もしも道中で魔物と交戦になってＭＰを消耗させられちまったら、最悪の場合はヘカトンケイルへの再戦を延期することになっちまうかもしれねぇ。そうなったら、狂神化の進行しているミーアは手遅れになっちまいかねない。

　そのため俺達は『気配感知』を用いて確実に他の魔物との接触を避けながら、地上を歩いて慎重に塔へと向かっていた。

　空を飛んで一気に向かうというのも手だったが、ユミルに見つかって塔まで追い掛け回されることになったら最悪だ。

　前へと進みながら、俺はミーアの表情を窺っていた。ミーアは何を考えているのか摑み所がない。どうにも俺には、彼女の表情や言葉が、芝居掛かったどこか人工的なものに思えちまってならないのだ。

　ただ、ヘカトンケイル打倒にミーアの協力は必須である。現状、俺とアロ、トレントだけの力でヘカトンケイルのＨＰを削り切ることはできないだろう。ミーアの機嫌を損ねるわけにはいかないのだ。

　それに……打算や都合に関係なく、俺はミーアを信頼したいとも思っている。それは、彼女を疑わしく思っている気持ちよりも遥かに強い。彼女の部下であるウムカヒメだって、俺達に対して害意は持っていなかったはずだ。

　ただ、ミーアの風格や佇まいから、どうにも一緒にいると不安や落ち着かないものを感じてしまうのだ。それはミーアの性格や人間性というよりも、彼女の種族……タナトスの持つ、『死神のオーラ』によるものなのかもしれない。

「どうしたんだい、イルシア君？　そんなにちらちらと私の顔を見て。何か、気になることでもあるのかな？」

『い、いや……なんでもねぇよ。ただ、ちょっとばかり考え事してただけだ。気を悪くしたってなら謝るぜ』

「まさか、気を悪くなんてしていないさ」

ミーアはそう言って笑ってから、アロの方へと向いた。

「アロ君、アロ君、イルシア君は、随分と私のことを気に掛けてくれているらしい。さっきから何度も目が合ってしまってね。もしかしたら君から竜神様を奪うような形になってしまうかもしれないから、先に謝っておこう」

「ちっ、違います！　りゅ、竜神さまはあくまで、あなたをどこまで信用していいのかを悩んでいるだけです！　変な言い方しないでください！」

アロが顔を赤くして、早口でそう言った。

俺の考えがアロに筒抜けだったのはわかったが、ミーアに対して直球でそういうことを言うのは止めてくれねぇか!?

トレントもぎょっとした表情でアロを振り返り、ばたばたと忙しなく翼を上下に動かしていた。

『アロ殿、その、言い方を……！　よろしくないですぞ、今のは！』

「ご、ごめんなさい、その、だ、だって、私、ミーアさんが変な言い方をするから、混乱してしまって……！」

アロは顔を真っ赤にしたまま、あたふたと俺とミーアへ交互に顔を向けていた。

「イルシア君、君の部下は本当に可愛いね」

ミーアは満足した様子でアロを眺めていた。

最初からアロをからかうのが目的だったらしい。ちょくちょく変な茶目っ気を出してくるのをやめてほしい。心臓に悪い。

つうか今のアロの言葉に一切動じていない辺り、最初から俺がミーアに多少警戒心を抱いていたのはバレバレだったようだ。

アロにもミーアにも見抜かれている。何なら、速攻でフォローに回ろうとしたトレントにさえ察せられていた可能性が高い。

薄っすらとはわかっていたことだが、どうにも俺は隠し事ができる性分ではないらしい。俺は溜め息を吐いた。

「フフ、アロ君をからかうのは程々にしておいて……何か、気に掛かっていることがあるのなら話すよ。私としては大事なことは全て伝えたつもりなのだけれど、君達がどこまで何の情報を持っているのか、君達視点で重要な情報が何なのかってことは知らないからね。何でも聞いてくれるといい。大事な戦闘前に不信感を残しておきたくはないだろう？」

『何でも……か』

「もっとも、実際に私が答えるかどうかは少し考えさせてもらうけれどね。フフ、私にだってあまり話したくないことはある」

……本当に摑み所がねぇ。一体どこまでが本気で、どこまでが軽口なのか。ミーアはその境界を意図的に誤魔化しているようにも思えて、そういう面ではやっぱり全面的に信頼することは危険にも思える。

ただ、あまり話したくないことがある、というのは本音だろう。ミーアは元の魔物の姿を取ることを避けているようだが、それについてもはぐらかされている。いつかは話す、とは口にしているが。

神の声の情報についてもそうだ。前情報を持っていても仕方がない、萎えられても困ると言って、詳しく教えてはくれなかった。

俺がミーアに対して若干の不信感を抱いているように、彼女もまた俺を信頼しきれていないのかもしれない。とはいえ恐らくそれは、俺が神の声を倒すことに対して弱気だったことに起因するのだろうが。

「しかし……そうだな、案外、私達が話せる時間はそう長くないのかもしれない。さっきは話すとは限らないとは言ったが、どうしても私の中に話せない明確な理由があるものでなければ、しっかりと答えるつもりだ。本当に、何でも聞いてくれて構わないよ」

ミーアは口の先に手を当て、意味深な台詞を漏らした。

『話せる時間は、そう長くないかもしれない……？　そ、それって、どういうことだ？　まさか、狂神化の……』

「いやいや、そうじゃない。ただ、元の世界には神の声の複数の『スピリット・サーヴァント』がいるのだろう？　神の声の口振りからして、お行儀よく一ヵ所で待ってくれているわけでもなさそうだ、と。そうなると、私とイルシア君は別行動することになりそうだからね。ゆっくり話をする機会は、今が最後なのかもしれないと思っただけさ」

『なるほど……』

ミーアの本音としては、神の声討伐のためのパートナーとして、もう少し俺を見極めたかったのかもしれない。

ただ、神の声はあの四体の『スピリット・サーヴァント』を用いて、あの世界の各地へ攻撃を始めるつもりのようだった。そして実際にそれが行われていた場合、被害を少しでも食い止めるためには、単独で伝説級の魔物を相手取ることができる俺とミーアは、二手に分かれて別々の地へ向かうべきだろう。

そしてその際にミーアと分かれた後、彼女と合流する前に神の声からの干渉が入る可能性が高い。その場合は、結局ミーアからの情報を聞けずじまいのまま神の声との戦いが始まってしまうことになるかもしれない。

ミーアとしては、そうなるくらいなら、下手に伏せて先延ばしにせず、必要な情報は話してしまっておきたい、ということなのだろう。

「変な遠慮はしないでおくれ。私だって、つまらないことで腹を立てる程、度量が小さいつもりもないからね。神聖スキル持ちの先輩として、君に話せることは全て話しておいてあげたい。これは私の偽らざる本音だよ」

『……じゃあよ、答え辛いことかもしれねぇが、聞いておきたいことがあったんだ。エルディアって知ってるか？　ミーアの代からいた、ディアボロスって種族の黒竜なんだが』

俺がミーアと会って以来、ずっと気になっていたことだ。

エルディアには七体の子竜がいたが、勇者ミーアに全員殺されたと口にしていた。確かめても仕方のないことなのはわかっているが、それについて聞かないままでいるのが、どうにも気持ち悪かった。

エルディアの子竜だということは、俺の兄弟だった、ということになる。もっとも俺の母親は、たまたま最西の巨大樹島に訪れた、島渡りの飛竜だという話だ。だから、腹違いってことにはなるんだろうが……。

別に、兄弟を殺されたことを恨んでいるとか、そういうことじゃない。ただ、事実をミーアの口から確認しておきたかっただけだ。

それにエルディアが父親だと知って意識はしていたが、前世の記憶が薄っすらと残っている俺としては、どうしても親子という感覚が薄いところがあった。もっとも、俺がエルディアに対して、親愛に近い特別な感情を持っていたことは否定しないが。

「エルディア……あいつの名が、イルシア君の代まで遺っていたのか。エルディアは竜の魔王であるノアの側近だった」

ミーアは過去を懐かしむようにそう言った。

「しかし、君の時代……五百年後まで名が遺っていたのか。……エルディアは、何をそこまでしでかしたんだい？　あいつが何か大罪を犯したのならば、その咎は私にあるも同然だ。奴は五百年前、私が魔王ノアとの戦いの際に……その、仕留め損なった相手だった」

　含みのある言い方だった。ミーアは珍しく、苦しげな表情をしていた。

　ミーアが最東の異境地に残していた石板から、かつての勇者ミーアと魔王ノアの戦いのことは大まかには知っている。

　ミーアに勝てないとわかったノアは、自身の死後に発動する呪いを撒き散らすスキルを利用し、自分を殺せばミーアの故郷と、彼女の人間としての生を奪うと脅しを掛け、彼女を嬲り殺しにしようと試みたのだという。

　だが、ミーアは魔王ノアの、スキルを用いた脅しには屈しなかった。迷いなく——かは本人のみぞ知るところだが、とにかく魔王との戦いを長引かせないことを優先したミーアは、魔王ノアを斬り伏せたのだ。

　その結果、かつては世界の中心とされ栄えていたハレナエ帝国は、ノアの呪いによって死の砂漠と化すことになった。そしてミーア自身もノアの呪いによって人間としての生を奪われ、今のアンデッドの魔物へと変異することになったのだ。

『いや……エルディアは、生き残っていたんだ。五百年間、ずっと世界の僻地に引き籠ってな。次の魔王が誕生するのを、ただただずっと待ち続けていた。別に何かしでかして有名になったわけじゃねぇよ』

「そうか……」

ミーアはほっとしたように息を吐き出した。

「しかし、エルディアが次の魔王を待ち続けていたということは、彼は今はイルシア君の部下になっているということかな？　それはどうにも奇妙な巡り合わせだ。五百年前の顔見知り……魔王ノアの側近だったエルディアがまだ生きているだなんてね。しかし、だとすれば……私のことは話すべきではないだろう。エルディアからしてみれば、世界の真実がどうだという話では納得できない程、私に対して恨みを抱いているはずだ」

『……いや、エルディアが生きていたっていうのは、つい最近まではって話なんだ。エルディアは……もう、死んだんだ。今代の聖女であるリリクシーラが、エルディアを『スピリット・サーヴァント』にするために、世界の果てで静かに暮らしていたエルディアを、俺との戦いの前に討伐したんだ』

「……そう、だったか。五百年間待ち続けて……結局最後は、聖女の手に落ちて利用されたか。だったら尚更、あのときに殺してやるべきだったのかもしれない。魔王ノアとの戦いのとき……私には、その責任があったはずだった。だが、しかし……」

ミーアは沈痛な面持ちだった。

「いつの代も、聖女のすることは好きになれない……いや、そういったことを言うのは止めようか。私の代では、魔王ノアは死後発動のスキルで私の故郷を人質に取った。私はそれと知っていて逆にノアの移動経路を絞ることに利用し、奴を殺した。聖女ルミラは自分に有利な状況で私と戦うために、周辺国を扇動してノアの呪いで壊滅していた私の故郷の国で、戦争という名の大虐殺を始めたのだ。しかし元を辿れば、全て神の声が最初からそうなるように仕組んでいたものだったのだ。私が魔物となり、同時に世界の敵となるように仕向けるためにな。だからといって、神の声の言いなりになっていた自分の罪から目を背けるつもりではないが……神聖スキル持ち同士で罪を擦り付け合うような思考は不毛なだけか」

『ミーア……』

「はぁ……まったく、皮肉なものだな。私の代では、破壊衝動のままに暴れていた魔獣王バンダースナッチが一番被害を出さず、最も高潔で、純粋であった。話の通じない、危険な奴だったことは間違いないがな」

俺は魔獣王ベルゼバブのことをふと思い出していた。ベルゼバブには苦労させられたが、純粋でひょうきんで、不思議と嫌いにはなれない奴だった。

「それで、エルディアの何を聞きたい？　真っ先に尋ねたんだ。君の中で、どうしても確認しておかなければ気の済まないことがあったんじゃないのか？　もしエルディアが私のことを恨んでいたということならば、全面的に彼の言葉が正しいよ。私には何も反論する資格はない。そうしなければならない戦いだった、なんて言葉では私も済ませたくはない」

『……いや、もう満足だ。ありがとうな、ミーア。あんまり気分のいい話じゃなかっただろうが、誤魔化さずに答えてくれてよ』

「む……そうかい？」

ミーアは不思議そうに瞬きをした。

俺の聞きたかったことは充分に聞けたつもりだ。これ以上、無用にこの話を掘り返したいとは思えなかった。

ミーアが殺したらしい俺の七体の兄弟のことはともかく、俺がエルディアの息子だということくらいは話してもよかったのかもしれないが、どうしても今この空気の中でそれを持ち出すことは躊躇われた。

神の声がこれまで散々この世界を弄んできていたことはよくわかった。だが、その全てを神の声の仕組んだことだったと割り切るには、あまりにも規模や被害が大きすぎる上に、ミーア達も深く関わり過ぎている。

ミーア自身、自分の行いも、魔王や聖女の行いも、神の声に仕組まれたことであったことは痛いほどわかっているはずだ。だが、その上でなお、都合よく自分から切り離しては考えられないし、彼女自身がそう考えるべきではないと判断している。

全てを振り返って受け止めるには重すぎる。特に、話に聞くミーアの時代は、今の代の争いよりもずっと血生臭かったらしい。

それらをしっかりと受け止めて話せるときが来るとすれば、それは神の声を倒して、この世界を奴の手から解放できたときだ。

『それで……神の声の能力のこと、今なら聞いてもいいんだよな？』

俺の言葉に、ミーアは少し黙って逡巡する素振りを見せた後、小さく頷いた。

「ああ、いいよ。でもね、話しても仕方がないと思っていることもまた事実なんだ。勝てると信じて、できる限りの全てを尽くすしかない」

『どういうことだ？』

「イルシア君は神の声の強さが、どのくらいのものだと想定しているかな？」

神の声の強さ、か……。伝説級の魔物となったミーアでも全く勝ち筋が見いだせなかった、ということはわかっている。

そして神の声は、伝説級かそれ以上であろう魔物を、四体同時に『スピリット・サーヴァント』を用いて操ることができていた。

それも『スピリット・サーヴァント』が切り札であるとか、主要な攻撃方法であるとか、そういうことでさえないだろう。半ばお遊びで、俺を脅かすためにコレクションを見せびらかしたとしか思えなかった。それはつまり、神の声本体は、伝説級の魔物が四体掛かりでもどうにもならねぇくらいステータスが高いってことだ。

　これまでの経験則というかただのざっくりとした印象だが、モンスターランクの差を一つ覆すのには三倍近い頭数が必要だ。つまりA級の魔物を倒すためには、B級の魔物三体が手を組んでようやく互角ってところだ。もっともステータスやスキルの相性によるところが大きいので、あまり意味のある考え方ではないが。

　神の声は、伝説級の魔物よりも遥かに強いだろう。ミーアの話しぶりからしても、たかだか三倍近い頭数でどうにかなる相手だとも思えない。

『伝説級で最大レベルの魔物が十体くらいいて、それでようやく勝算が出てくるかもしれねぇってくらいか？』

　俺が話すと、ミーアは首を横に振った。

「私が百人くらいいたとしても、奴が本気になれば一秒も持たないかもしれない。私と奴には、それくらいの差があったよ」

　ミーアはあっさりと、そんなことを口にした。

　俺は驚いて、咄嗟に言葉を返せなかった。アロもトレントも、ぎょっとした表情でミーアを見つめている。

『……お、おいおい、それはさすがに言いすぎだろ、ミーア。こんなところで冗談を口にするのは人が悪いぜ』

「君は神の声を、神様を気取った紛い物だと思っているようだ。だが、奴は実際に、本当に何でもできる。奴をどうすれば倒せるか、どうすれば有利に戦えるかなんて情報は、私は三度戦って、一切手に入れることができなかった。奴がほんの少し本気を出せば、辺り一面は炎の海に覆われた地獄と成り果て、何もできないままに蹂躙される。対策だのなんだのといえる次元じゃない。戦うというステージにそもそも立てなかったんだよ。こう聞けば、私が意地悪に情報を渋ったのも、今となっては理解のできないことでもないだろう？」

……確かにそれが全て本当だというのならば、弱気に構えていた俺を前に、話す気になれなかったことも理解できる。覚悟を決めて聞いたつもりだったが、正直少し聞いたことを後悔している。全く希望が見えない。

「強くなるためにできることを全てして、あらゆる可能性を信じて戦うしかない。偶然の上の偶然……その奇跡を摑まないと、まず神の声は倒せない。元々奴に、圧倒的に有利な世界なんだ。君は勝算がありそうなら戦いたいと言っていたが、そんな甘い覚悟で挑める相手じゃないんだよ。自分の全てを懸けて挑んだつもりでも、利用されるだけされ尽くして、何の意味もなくあっさりと処理されてお終いかもしれない。これは、そういう戦いなんだ。実際、そうして散っていった先人達だっていくらでもいるはずだよ」

自分の全てを懸けて世界に尽くしてきたつもりが、ただ神の声の操り人形として利用されていたミーアが言うには、あまりにも重すぎる言葉だった。彼女は人間時代に英雄として戦ってきたその意味を奪われ、神の声の都合で魔物にされて散々利用され、果てにはその彼女の復讐心さえも、神の声にとっては高ランクの魔物を造るための材料でしかないのだ。

　俺達が神の声を倒そうと力をつければつけるほど、皮肉なことにそれは神の声にとって『神聖スキルを受け入れてより高い『ラプラス干渉権限』を得るための母体ができあがった』ということでしかないのだから。

　ミーアは自分の覚悟と苦痛の全てが、何の意味もない無駄なものとして散るかもしれず、その果てにただ仇敵の糧となる可能性も理解している。その上で、神の声を殺すために今の在り方を選んだのだ。

『大丈夫ですぞ、主殿！　神の声の奴を討伐する方法を、私は思いつきましたぞ！』

　暗い空気が周囲を支配する中、トレントがぴしっと翼を掲げた。

『神の声を、討伐する方法？』

　なんだか嫌な予感がする。ちらりとミーアへ目を向ければ、彼女はまるで石か虫でも見るような冷たい目をトレントに向けていた。

　俺は目線で必死に訴える。おいトレント、場を和ませようとしているのなら止めた方がいいぞ。とんでもない事故が起きようとしている。

『私は大真面目ですぞ、主殿！　私には、相手の攻撃力を利用するカウンタースキルがあります！そこに主殿の『英雄の意地』のようなスキルが加われば、どんな強大な一撃にも耐え、そのままお返してやることができますぞ！　相手の力そのものを利用してやればよいのです！』

スキル『英雄の意地』は、特定条件下でのダメージに対して、必ず生き残ることができるスキルだ。

【特性スキル『英雄の意地』】

【ＨＰが半分以上残っている状態で致死量のダメージを受けた場合、必ずＨＰを一割残した状態で耐えることができる。】

確かにもしトレントが類似したスキルを入手できれば、トレントが言っているように神の声の一撃をお返ししてやれるかもしれない。その攻撃を受ければ、奴とて致命的なダメージを負うはずだ。

現状では捕らぬ狸の皮算用だ。だが、神の声を倒すためには、あらゆる勝ち筋を想定して、その全てを追求する必要がある。それはミーアも言っていたことだ。案外、彼女からの評価は悪くないかもしれない。

「……えっとね、神の声は何千年、いや何万年とスキル持ちを観察し続けているんだ。そもそも、恐らく神の声は、この世界の土台そのものを創った六大賢者の一人だと私は考えている。なぜそんな神の声が、無警戒に敵の受動的なカウンタースキルを十全に発揮させてくれると思ったんだい？」

ミーアがトレントを睨み付ける。つ、冷たい……。考えなしの発言がというよりは、態度が軽々しく見えたのが彼女の神経を逆撫でしたのかもしれない。

『す、すいませんぞ、ミーア殿……』

トレントはしゅんと身体を縮めた。

ミーアははっと気が付いたように目を見開き、すぐに首を振って冷たい表情を取り払い、普段の顔へと戻した。

「い、いや、私が大人げなかった。確かに考えの一つとしては悪くない。それだけでどうにかなる相手ではないけれど、強力なカウンタースキルを入手することができれば、それを発動する機会には恵まれずとも、神の声の行動を大きく抑制する手段になり得るかもしれない」

ミーアはそう言い繕った。

「ははは、つまらないことで腹を立てる程、度量が小さいつもりもない……なんて言い切ったばかりなのに、みっともない言動を取ってしまったね。どうにも神の声のことになると、つい神経質になってしまうんだ」

ミーアはそう口にしてトレントへと謝罪した。トレントはびしっと身体を伸ばし、大きく胸を張った。

『気にすることはありませんぞ、ミーア殿！　私は戦闘中も、盾役として敵の注意と攻撃を引き付けるのが本分ですからな！　それが少し滲み出てしまったのでしょう』

トレントなりのジョークだったのだろうが、ミーアは含みのある苦笑いを浮かべていた。トレント、なぜお前はそこで攻めの姿勢に出られてしまうんだ。

「……なるほどトレント君、確かに君は盾役として天性のものがあるのかもしれないね」

『やはりそうですかな！　ミーア殿にそう言ってもらえると光栄ですぞ！』

多分それは皮肉だぞ、トレント。自然体でいるときもつい手が出そうになるって意味の。

飄々としている摑み所のないミーアの、恐らく唯一であろう地雷を的確に踏み抜いて殺気立たせたという意味では、確かにトレントは持っているものがあるのかもしれない。

『なぁ、ミーア……。質問ばっかで申し訳ないんだが、もう一つ聞かせてもらっていいか？』

「ああ、勿論、構わないよ」

『前に言い掛けていた、ヘカトンケイルとの戦いでは、元の姿を取らない理由だ。単に共闘に向かないってこと以外に、別にあるんだろう？　今ならそれも教えてくれるのか？　それとも、それはまだ聞いちゃいけねぇことなのか？』

「そのことか。そうだね……さっきも言ったけれど、少しだけ、待ってほしいんだ。ほら、そろそろヘカトンケイルのいる塔が近づいてきたよ。お喋りはここまでにしよう」

『……ああ、わかった』

やはり今は言い出せない事情があるらしい。仲間なのに何を黙っておく必要があるんだ……とは正直思っていたが、しかし神の声の話を伏せていたことについても、確かに正当性があった。俺の弱腰がミーアの不信感を煽ったことが原因だった、としかいえない。

ミーアの本当の姿についても、きっと実際に聞けば、伏せていたことに納得がいく理由があるのだろう。後で話してくれるというのならば、今急いで聞く必要はないはずだ。

短い付き合いだが、ミーアは判断力に長けている。つまらない理由で裏目に出るような真似はしない。

「……ヘカトンケイルを倒して塔を確認したら、すぐに話すさ」

ミーアは小さな声でそう言った。俺に伝えるためというよりは、自分に言い聞かせるためのように感じた。微かに笑うミーアの横顔は、なぜだか少し寂しげなふうに見えた。

あとがき

作者の猫子です。ドラたま第十四巻をお買い上げいただきありがとうございます！

第一巻の発売から気が付けばもう六年近く。ドラたま開始時に小学校に入った子が、もう中学生になるくらいの年月です。

そう考えると、なかなかに時間の流れは早いものですね……。これが十回あったら、もう六十年か……。

自分はもう六年間ドラたまを書き続けていることになるわけですが、そう考えると本当に不思議な感じがします。序盤を読み返してみても、何だか最近書いたことのように結構鮮明に覚えていたりするんですよね。

書いた内容くらいであればそれくらい覚えているかなとは思うのですが、ああ、このとき、こんなことを考えながら書いていたなあ、このキャラのこの台詞は知人の誰それを参考にしたなあ、だとかいった点から、表現に悩んで何度か書き直したところや、悩んだ末に結局残すことにしたちょっとした地の文のおふざけ。不思議とそういうところの端々まで、結構細かく頭に残っていたりします。

もっとも、そのくらいくっきり覚えていなかったら新しい部分を書く度に何度も既巻部分を読み返しつつ書くことになるので、ありがたい話ではありますが。ドラたまは商業デビュー作であり、初めて書いた五十万字以上の長編小説でもあるので、そういう点で自分の中でも印象深いのかもしれません。


十四巻はンガイの森編後半となっております。強敵ヘカトンケイルとの戦い、そして仲間となったばかりだった勇者ミーアとの戦い、新しい進化形態であるアポカリプスへの進化、そして満を持しての地上への帰還。

ミーアは自分でも書いていて楽しい気に入っているキャラクターだったのですが、設定上どうしてもこの巻で退場する必要があったのが自分としても悲しいです……。ただ、書き下ろし短編や各種特典SSで本編外でのミーアを書いてあげられてよかったです。

次巻からはいよいよ本格的に神の声との戦いになる、ドラたま最終章パートとなります。十六巻、十七巻あたりで完結になるのかな、とちょっと考えたりしています。最後までお付き合いいただければ幸いです。


あまり作品の突っ込んだところを作者視点で作品外でぺらぺらと話すのは気恥ずかしさが勝ってしまって苦手なのですが、今回は結構がっつり書いてしまいましたね。

ぶっちゃけまあその、後書き見開き二ページ埋めるのに他の方法が思いつかなかったからなのですが。

きっと小説の後書きまで毎回じっくりと読む人はそんなにいないでしょうし、まあ許されるかな……と思って書いています。次巻までにはまた、当たり障りのない字数の稼げそうな笑い話を仕入れておかなければ……！


後書きを書くに当たってドラたまの既刊を見返していたのですが、スーパーで買ったアボカドを育てている話を延々と引っ張っている時期がありましたね。それももう四、五年ほど前のことだと思うとびっくりです。

今度はキウイかバナナにでも挑戦してみたいところですね……と書いていてふと気が付いたので

すが、バナナって種がありませんね。本当に今正に調べて知ったところなのですが、種無しスイカだとかと同様に、品種改良の中で食べやすくするために種無しバナナが主流になっていったそうです。知らなかった……。

中には種が残っているものもあるそうですが、正確には種ではなくて種の名残のようなもので、種としての能力は残っていないので、植えても芽が出てくることはないそうです。増やすときは株分けで増やしているんだとか。

二十年以上バナナを食べていましたが、今ふと疑問に思うまで、バナナの種の有無なんかを気にしたことがありませんでした。

次は種無しアボカドを開発してほしいですね。アボカドは結構種に圧迫されていて、毎回ちょっと身が減ったような気持になるので。

……と、どうでもいいことを話している間に、いい感じの尺になってきましたね。ちょっとほっとしております。ありがとう、アボカド。ありがとう、バナナ。

改めまして、ドラたま十四巻をお買い上げいただき、ありがとうございました！　また次巻、十五巻でお会いできることを楽しみにしております。

猫子

for reading

Thank you

タメ
ど真ん中!
―1月刊― 好評発売中!
万能「村づくり」チートで
お手軽スローライフ
～村ですが何か?～ 1
私、能力は平均値でって
言ったよね! 14
勇者パーティーを追放された俺だが、
俺から巣立ってくれたようで嬉しい。
……なので大聖女、お前に
追って来られては困るのだが? 1
転生したらドラゴンの卵だった
～最強以外目指さねぇ～ 13
読者さん・
作品・作者さんの、
一番楽しい
レーベルです!
ノベル
創刊!

大人のエン
シリーズ続々刊行します!
悪役令嬢は
溺愛ルートに入りました!?
人狼への転生、魔王の副官 ⑭
退屈嫌いの封印術師
～復活せし不死王たち～
雑用係兼支援術師は
パーティー追放に憧れる
～世間は追放ブームなのに、俺を
過大評価するパーティーメンバーたちが
決して手放そうとしてくれない～
マイナススキル持ち四人が
集まったら、なんかシナジー発揮して
最強パーティーができた件
わたしは
ふたつめの人生をあるく! ③
毎月7日発売!
SQEX

SQEX ノベル

転生したらドラゴンの卵だった ～最強以外目指さねぇ～ 14

著者
猫子

イラストレーター
NAJI柳田

©2021 Necoco
©2021 NAJI yanagida

2021年6月7日　初版発行

発行人
松浦克義

発行所
株式会社スクウェア・エニックス
〒160－8430
東京都新宿区新宿6－27－30　新宿イーストサイドスクエア
（お問い合わせ）スクウェア・エニックス　サポートセンター
https://sqex.to/PUB

印刷所
中央精版印刷株式会社

担当編集
齋藤芙嵯乃

装幀
村田慧太朗（VOLARE inc.）

この作品はフィクションです。
実在の人物・団体・事件などには、いっさい関係ありません。

○本書の内容の一部あるいは全部を、著作権者、出版権者などの許諾なく、転載、複写、複製、公衆送信（放送、有線放送、インターネットへのアップロード）、翻訳、翻案など行うことは、著作権法上の例外を除き、法律で禁じられています。これらの行為を行った場合、法律により刑事罰が科せられる可能性があります。また、個人、家庭内又はそれらに準ずる範囲での使用目的であっても、本書を代行業者などの第三者に依頼して、スキャン、デジタル化など複製する行為は著作権法で禁じられています。
○乱丁・落丁本はお取り替え致します。大変お手数ですが、購入された書店名と不具合箇所を明記して小社出版業務部宛にお送り下さい。送料は小社負担でお取り替え致します。但し、古書店でご購入されたものについてはお取り替えに応じかねます。
○定価は表紙カバーに表示してあります。

ISBN978-4-7575-7310-9 C0093　Printed in Japan